风卷

水云渡

张金科 著

中国言实出版社

图书在版编目(CIP)数据

风卷水云渡 / 张金科著. –– 北京：中国言实出版社，2022.12

ISBN 978-7-5171-2764-2

Ⅰ.①风… Ⅱ.①张… Ⅲ.①长篇小说－中国－当代 Ⅳ.①I247.5

中国版本图书馆CIP数据核字（2022）第235020号

风卷云水渡

责任编辑：王建玲
责任校对：张天杨

出版发行：中国言实出版社

地　址：北京市朝阳区北苑路180号加利大厦5号楼105室
邮　编：100101
编辑部：北京市海淀区花园路6号院B座6层
邮　编：100088
电　话：010-64924853（总编室）　010-64924716（发行部）
网　址：www.zgyscbs.cn　电子邮箱：zgyscbs@263.net

经　销：新华书店
印　刷：北京温林源印刷有限公司
版　次：2023年1月第1版　2023年1月第1次印刷
规　格：710毫米×1000毫米　1/16　18.5印张
字　数：265千字

定　价：52.00元
书　号：ISBN 978-7-5171-2764-2

引 子

镇子边上的这条大河,是家乡人祖祖辈辈赖以生存的河流。老人们常说,以前济南趵突泉的泉水,常年奔流不息顺河东流。

远远看去,河就像一条蜿蜒的青龙盘卧在镇北这片肥沃的平原上,任凭世尘、风霜、雪雨的弹拨。

雨季,河水涨得很高,往返帆船在河面上穿梭而过,船尾溅起一条白色的浪花。

在河岸边,三五成群拉套子的船工,喊唱着响亮的号子,拖动逆流而上的大漕船,沿河边前行……

镇北边的这条河,是济水遗留下来的古河道,经过历朝数次开挖拓宽,成为一条黄金水道,更是把依岸傍水的古镇推向繁华与辉煌。而河上的渡口为南来北往的行人,提供了得天独厚的交通条件。作为通往京城的官道渡口,繁忙的景象和商业氛围远胜过当时县城的西关大集。

自元朝始官府衙门便在此渡口设立巡检司、批验所。清时专管官盐运输的山东盐运使司在此渡口下设分司,并在渡口建立盐仓、斗捐局、船捐。光绪十八年(1892年)在此渡口设立厘金局,光绪二十三年(1897年)设盐厘局。

渡口岸边的古镇有九街、十六巷、三十二胡同、十庙、八大祠堂之说。这古镇地大,人口众多,姓氏也广,全镇居住着共二十二姓,分别是:

吴、邱、徐、王、万,

牛、缪、郭、薛、唐,

牟、李、田、刘、门，

陆、杨、董、韩、张，

陈、成坐地老街坊。

渡口的码头上不但有古式典雅的庙宇、祠堂，而且渡口两岸十分繁华，工业作坊、商业店铺、酒庄饭店，参差错落，依稀可辨，老字号流光溢彩，每个商铺的门前都飘动着一杆字号旌旗。热闹的酒店中，传出店小二不停的叫卖声，八仙桌上青花瓷壶里烫热的白酒，散发着地道的芝麻香味儿，客人们押指划拳，开怀畅饮。茶馆里，或有男女知己数人，抚琴轻歌，品茶抒怀，道不尽天下风花雪月。

白天的渡口上人声鼎沸，旱路上独轮木车的吱吱声，铁瓦车车把式的吆喝声，车水马龙，络绎不绝。码头上乘船的，送客的，人来人往，摩肩接踵，依依的道别声，重逢的问候声，心系着河畔人家浓浓的乡音和乡愁。拉人力车的，一边小跑，一边喊着"借光、借光，磕着了，磕着了"，穿梭在人流中。卖香烟的小贩儿，那"三五牌、老炮台香烟"的叫卖声，回荡耳边。成群结队的搬运工，光着膀子，肩挑背扛，粗声大嗓，挥汗如雨。渡口的船工，喊着响亮的号子，此起彼伏，汇成一片。

夜晚渡口码头上，热闹的钱庄门前，商贾云集，美女婉约，珠光宝气，婀娜多姿，引得南腔北调的商客和才子们出出进进，得意非常。春花院招揽生意的艳韵女子，在几盏胭脂小灯之下，摇曳如春柳，迷得公子哥们探头仰视，诱得富贵少爷和败家子们挥金如土。

渡口用方正的青石条垒成，共分七层，错落有致，既美观，又适应水位涨落的要求，方便渡船停靠，非常实用。岸边船船相衔，桅杆林立，密密麻麻，组成一片水上村落。在明月繁星照耀之下，船上灯火通明如昼，照亮着水面，照亮着船身桅杆。几只帆船从河面上划过，激起道道清波，在月下闪着片片粼光，河水细浪扑打着船头，泼墨出一幅朦胧的帆船渔火丹青。

河水，清澈见底，面鱼追逐，鹅鸭嬉戏。清晨，以船为家的妇女用河水洗菜，准备早饭，炊烟从船尾升起，撩拨着东方的晨曦，相伴着初升的阳光，柔曼的炊烟飘移在淡淡水雾中，涂抹出一幅蓝天清河初醒的画卷……

往事如烟似水，古渡千年的发展历程，有着沉淀、厚重、多姿多彩的历史文脉。人们延续着千年的古渡文化、农耕文化、渔耕文化、漕运文化、盐业文化、鲁商文化、民俗文化，日出而作，日落而息。一代代乡贤名士，为河岸边这个古渡口，注入了发展的生机和向上的活力，一件件动人的故事，一个个鲜活的英雄面容，一幕幕怒水惊浪的画面，又为这个古老的渡口增添了挥之不去的乡愁。

渡口见证沧海与桑田的邂逅，写就历史与现实的相逢。这里就是济水古道小清河下游，承唐风宋韵，融齐鲁之风的古镇水旱码头——水云渡。

故事就从河畔的这个名镇和这古老的水云渡慢慢说起吧！

中国军民经过十四年浴血奋战，抗日战争已经接近尾声，清河特战营解放水云镇的最后一战即将打响。

一九四五年初秋的一天，八路军清河特战营的一次军事会议上，特战营指导员张世勋对攻打水云镇敌伪做了详细的分工，并通知王方召带领水云镇民兵，配合这次战斗。

研究决定，特务连迂回到敌后见机行事，张世勋带领一连从东面侧击渡口敌人，王方召带领水云镇民兵从西侧攻击炮楼外围的敌人，配合八路军特战营从正面对水云镇码头和炮楼发起的全面攻击。战斗于明天傍晚打响。

到了第二天傍晚，太阳刚刚西落，特战营长任中立带领八路军二连、三连，对水云镇渡口展开了进攻。同时，张世勋带领华自修一个连的兵力，利用门板组成的筏子，加上小溜子，从水上渡河攻击南岸守敌。

二连在任中立的指挥下，强攻水云镇渡口浮桥。战斗打响后，任中立让二连对桥头守敌做了一次佯攻，等敌人的机枪火力点完全暴露后，任中立从勤务兵张长山手中接过缴获的日本狙击步枪，对准敌人机枪手来了一轮点射，只听"叭叭叭"，对面桥头上敌人的三个重机枪手全被干掉，这百发百中的射技，一时间打得敌人蒙了头。趁着对方一片慌乱之际，任中立向二连下达了冲锋的命令，由三连火力掩护。

二连长蒋奇重抱起机枪说道："任营长，你就放心吧。"只见他以敏捷的战术动作跳出战壕。参加这次强攻任务的五名机枪手，也端着轻机枪紧跟着冲上浮桥，他们手中的机枪吐着火舌，扫向桥头鬼子阵地。蒋连长带领机枪组和全连战士，在喊杀中勇往直前，向浮桥南头鬼子阵地发起冲锋。

这时，小山一郎在指挥所看到八路军离桥头越来越近，赶忙命令炮兵，向我攻桥战士发射榴弹，一枚枚榴弹在浮桥上爆炸，火光闪闪，桥上燃起了大火。

蒋连长大腿连中两枪，但他一声不吭，坚持向桥头攻击。十多名夺桥战士先后壮烈牺牲，鲜血染红了小清河的水。浮桥的争夺战进入白热化。

王方召带领水云镇的民兵，在战斗打响前已顺利通过高粱地埋伏在敌人阵地的西侧，他看到蒋连长他们端着机枪向渡口南头冲来，快到桥头时遭到敌人榴弹的猛烈轰炸，马上对来喜说："喜子，在我们正前方，是敌人的榴弹发射阵地，我刚才数了下，一共是十八个鬼子加九个榴弹发射器，你现在选二十个人，带上我们所有的手榴弹，迂回过去，给我炸了它。"

刚才来喜也在观察渡口的战况，看到攻桥战士面对敌人的榴弹前进困难，心想要在这关键的时候助他们一臂之力，当听到队长命令时，随声答道："好，放心吧，队长，我们一定完成任务！"说完，来喜带领春来、石头等人，趁着天色已黑和前方弥漫而来的滚滚硝烟，快速迂回到鬼子榴弹阵地后面，来喜向民兵们做了一个准备的手势，说道："现在我们一齐把手榴弹扔出去，炸死这些狗日的，为攻桥牺牲的战士报仇。"

春来接道："他娘的，这次跟他们好好玩玩！"

民兵们把手榴弹齐一起扔了出去，一颗颗手榴弹拖着烟和光飞向鬼子阵地，"轰隆、轰隆……"在鬼子炮群里炸开了花，火光中，弹片飞舞，鬼子的榴弹阵地被炸得四分五裂，一片狼藉。

任中立见敌人榴弹发射阵地一片火光，榴弹炮哑了火，赶紧抓住这一时机，他站起来高声喊着："同志们，给我狠狠地打，为牺牲的战友报仇！攻下水云镇渡口，收复古镇！"战士们一起高喊着"报仇、报仇"，向渡口守敌发起总攻，枪声和撼天震地的杀声在渡口上空响成一片。战斗打得异常惨烈，整个水云镇河口完全被枪炮声所笼罩，守渡口的鬼子拼死抵抗，渡口上空弥漫着火药和尸体的混合臭味。

小山一郎赶忙命令勤务兵接通清河县城鬼子军部电话，要求派兵增援，可摇了半天没有声音，勤务兵报告说："队长，电话线全部被割断，无法联系军部。"小山一郎下令："命令隐蔽在河边碉堡中的队伍，用机枪火力支援桥头阵地，务必把八路挡在浮桥北。"鬼子利用碉堡优势，集中火力，发疯似的射击浮桥上正在攻击的特战队员，鬼子的机枪从碉堡枪眼里喷着红火，像眼镜蛇吐出的毒信子一样，子弹嗖嗖地往浮桥上乱飞，发出西北风似的尖叫声。

面对敌人的疯狂扫射，一连长张雨成把六个手榴弹捆在一起，潜水游向碉堡，上岸后爬到碉堡跟前，顺着碉堡的枪眼，将手榴弹塞了进去，"轰隆隆"一声巨响，碉堡被炸成一片废墟。

一连在张世勋的指挥下，从浮桥东边的河面向南岸展开攻击，小溜子和木门板组成的水筏子到河心时，受到了伪匪许长举和周炳文的阻击，但是伪匪们的火力并不是很猛。

原来攻击战刚开始，任中立用狙击步枪点杀桥头鬼子机枪手，让周炳文感觉到大事不好，他靠到许长举身边说道："哥，今天一战，这水云镇渡口非丢不可。"

许长举道："胡说，我们武器精良，对付这帮土八路和几个民兵不成问题。"

周炳文说："我的队长，我的亲哥，是清北根据地的主力部队打回来了。"

许长举愕然道："皇军刚刚打掉清河特战营这才几天啊，八路主力就回来了？有那么快？"

周炳文说："刚才桥头八路攻击前的狙击步枪点射声你听到了吗？"

许长举点点头："听到了，'叭叭叭'，这他娘的枪声好脆，桥头上皇军的机枪立刻哑了火。"

周炳文继续对许长举说道："这个打点射的人叫任中立，以前在清北八路的根据地，我和他打过交道，这小子不但枪法百步穿杨，而且作战有勇有谋，听说此人现在是清北八路的特战营长。刚才我一听这狙击步枪点射的声音，就知是他来了，并在指挥攻桥战斗。哥，你想，这人可是在小清河边上长大的，没有足够的把握，他能带兵来打吗？咱一会儿看战况进展如何，如果形势不好，哥，咱们得赶紧跑，晚了就是想跑，腿也让他给咱打没了。"

许长举道："跑，往哪儿跑？跑回县城去？这皇军还没有撤退呢，咱先回去了，他娘的还不让大队长毙了咱俩？跑回去也是送死。"

周炳文贴近许长举的耳朵，低声说道："哥，咱不回县城，回了县城，就是不被枪毙，也会让八路给包饺子了，想跑咱也出不来，只能死在里边，咱去一个地方，那里明堡暗道齐全，有吃有喝，咱先住在那儿，等过去这阵子，他娘的以后还干咱的老本行。"

许长举思索了一会儿，问道："那咱往哪儿去？"周炳文压低了声音向许长举说了什么，许长举不住地点头，心里想：这周兄弟真他妈的比我还惯匪，心眼儿比老子多。许长举定了定神，举起枪对着匪徒们喊道："兄弟们，给我听好了，等八路渡到河中心再打，尽量给我节省子弹，没有老子的命令，开枪者格杀勿论。"

当张世勋带领特战队员到达河中心时，许长举命令周炳文带领匪徒们开枪射击。我渡河战士，马上进行了还击，十几挺轻机枪一起朝南岸的敌人开火，条条火光在河面上形成一道道长长的烟雾，立刻压制了伪匪们的火力。

另外，当周炳文率领匪徒们刚刚开火时，我埋伏在芦苇塘里的特务连，在连长王国泰的指挥下，从后边向岸上的周匪发起攻击，一排子弹射过来，匪徒们死伤二十多人，王国泰命令司号员吹响冲锋号，喊杀声、枪声响成一片。

周炳文一看受到两面夹击，深知大事不好，对许长举说："哥，跑吧。"

王国泰带队在背后的突然出现，打得许长举转了向，起身就往河滩跑，被周炳文一把拉住，大声叫道："回来哥，跑反了。"

这时许长举脖子一伸，还未回过神来，转眼看到身边的匪徒又被撂倒了十多个，自己的大腿也被子弹擦破了皮，吓得连滚带爬，带着剩下的匪徒，沿着大堤下的芦苇子沟，向东关村西边的围子壕方向逃窜。

二连、三连发起的猛烈攻击，把鬼子打得落花流水，被打蒙了的鬼子开始放弃浮桥头阵地四处逃窜。

小山一郎得知许长举、周炳文临阵逃跑，看到我军从东、西、北三面向他的指挥部压了过来，桥头阵地失守，浮桥被炸毁，知道大势已去，翻译官在一边劝说道："队长，我们撤退吧，留得青山在，不怕没柴烧，先撤到镇中大涯头防线，看看再说。"

小山一郎听后，急忙带领残余鬼子和伪军退至水云镇大涯头处，清点了一下人数，还剩不到六十个人，小山一郎心想，在没有外援的情况下，就凭现在的力量和大涯头这半米高的沙包阵地，很难抵挡八路军，要是被包围在镇子里，那只能是死路一条。他在大涯头稍作停留，便带领残兵败将逃回了清河县县城。

水云镇这座兼具水、旱码头的千年古镇，回到了人民的手中。

黎明时分，张世勋、任中立和乡亲们打着招呼，带领战士们进入水云镇。

打走了鬼子，全镇上下欢声雷动，人们早早地起来，儿童们站在大街旁，拿着用苇子秆和彩纸做成的标语欢迎八路军，妇女们送茶送水慰问亲人，热情欢迎八路军进入水云镇。

在中国共产党的领导下，小清河畔军民通过多年艰苦抗战，水云镇和清河县城相继回到人民手中，老百姓载歌载舞，欢庆胜利。根据党的工作需要，组织安排门日升留在小清河畔，担任清河县委书记。

接上级指示，张世勋、任中立带领特战营从小清河畔返回清北根据地，正式加入中国人民解放军序列。清河特战营改编为师部独立团，张世勋任团政委，任中立任团长。王国泰、张雨成、蒋奇重分别任一营、二营、三营营长，成勇任侦察排长。

抗日战争刚刚胜利，人民还沉浸在胜利的喜悦中，国民党顽固派就迫不及待地破坏统一战线。国民党军队有美帝国主义大量军事和经济援助，加上接收了日本投降的大部分武器装备，在经济和军事上暂时占有极大优势。中国人民解放军为了保存实力，歼灭国民党反动派的有生力量，主动从清河根据地实行战略转移，配合主力部队南下作战。

部队临行的前一天，张世勋、任中立正在团部对三位营长布置各自的任务，这时，清河县委书记门日升的警卫员李成骑马来到独立团团部。

小李和警卫员打过招呼后进得门来，对张世勋敬礼后说："报告张政委，县委门书记让你马上过去一下。"

张世勋放下手中的地图与铅笔，和团长任中立交代了一下工作安排，骑上马跟随小李向县委所在地而去。来到门日升办公室，进得屋来，世勋报告说："门书记，世勋奉命前来。"

门日升说："世勋，来，坐下说。"

张世勋坐下后，门日升提起暖瓶，倒了一杯水放到张世勋面前继续说道："世勋同志，昨天的县委会议上，经县委研究后决定，让你放弃随军南下，继续留在小清河畔工作。"

说到这里，门日升顿了顿，点燃一支烟，望了一眼窗外的天空，回头继续说道："世勋同志，这一来嘛，小清河畔刚刚解放，敌伪残余势力尚未肃清，他们活动十分猖獗，不时对我刚刚建立的人民政权进行破坏，境内匪患严重。他们结伙抢劫，破坏社会秩序，甚至图谋暴乱，颠覆新生的人民政权。保卫好人民奋斗的胜利果实，保护好小清河畔的这一军事战略要地，我党非常需要一名对敌斗争经验丰富的同志留守。二是国民党军队正在密谋从济南和羊口，通过小清河这一水路从水云镇码头登陆，对小清河下游平原解放区进行反攻。组织上考虑到你在小清河畔战斗多年，对敌斗争经验丰富，对水云镇及周边地形非常熟悉，更有应对各种复杂情况的能力，所以决定把你留下来，担任五区指导员兼水云镇镇长。五区的区长嘛，由刘书杰同志担任。现争取一下你的意见。"

"报告门书记，世勋听从组织安排，服从党的决定。"

张世勋说完后，向门日升敬了一个军礼。

"世勋同志，为巩固新生的人民政权，保障水云镇码头及各种物资和人民生命财产安全，根据上级的指示精神，清北军区抽调一个排的兵力驻防水云镇码头，并由你亲自指挥，排长由你的老部下成勇担任。"

"请门书记放心，五区在县委的正确领导下，会积极做好当前的工作。"

世勋受命后，当即返回水云镇，迅速召开了区委常委会议，会上世勋根据当前的实际情况，做了发言，他说："中国人民通过多年的浴血奋战，日本鬼子已经投降，但由于多年的战乱，农村经济千疮百孔，百废待兴。小清河畔的对敌斗争形势依然十分复杂，国民党顽固派大肆抢夺我解放区，有的地区仍被伪顽所盘踞且活动猖狂，这些伪顽残余和国民党沆瀣一气，为非作歹，经常窜到我小清河畔的解放区，袭击我地方党政机关，杀害我村干部和积极分子。我们五区根据当前工作的需要，一面发动群众，在清河县委的领导下，组织骨干民兵出伕支前，同时彻底废除旧的制度，进行土地改革。我们要一手拿枪，积极维持地方秩序，应对国民党反动派的进攻，打击敌人；一手恢复生产，安定民心，重建家园。"

会后各项工作迅速展开。

一天傍晚，小清河水云镇码头，一个人弯腰解开一条木帆船的缆绳，然后站起身。只见此人身高一米七八，肩膀宽阔，身板结实，乌黑茂密的头发，国字脸，一双大眼，浓密的眉毛向上扬起，鼻梁高挺，端正秀气。他上身穿解放军军装，下身穿一件洗得褪了色的军裤，整齐的武装带上面，挎有一支驳壳枪，英姿飒爽。

这解开木船缆绳的不是别人，正是五区指导员兼水云镇镇长张世勋。

张世勋解开缆绳后，船慢慢地离岸。此时，只见从帆船舱中跃出一个女子，高挑的身上穿着军装，腰间扎一条牛皮皮带。这女子二十多岁，肌肤微黄，一张鸭蛋脸上有一对小酒窝，周身透着一股青春活泼的气息，她就是水云镇妇救会长秋玲。

"秋玲，路上注意安全。你们到达目的地后会有人在水上接应，整个交接过程，暗号和口令要环环相扣，缜密从事。"张世勋对船上的女子说道。

秋玲赤着脚，笑吟吟地站在船头向岸上喊道："世勋哥，方召哥，你们回去吧，放心好了，我们会把这些物资安全送到目的地。"

民兵来喜、石头、春来等人也向岸上的人挥手再见。

"张政委、成排长，放心吧！我保证把这批军火运到指定地点，完成护送任务的！"驻防水云镇码头的解放军机枪班长徐大章、机枪手洪复强站在船上，向张世勋等人挥手说道。

张世勋等人目送这艘满载战略物资的木帆船缓缓驶出码头。船老大站在船头，大声高呼："开——船——了！"这时船上的舵手，双手握紧舵把，把稳方向，撑篙工用肩头顶住篙，弓步伸开，统一步伐。在船老大的带领下，合喊稳健有力的小清河号子：

小清河源宝子泉（趵突泉）

村边流了近千年

祖宗挑水做饭吃

煮米酿酒味香甜

河里面鱼无刺骨

油煎面滚打鸡蛋

出锅加上绿菠菜

吃得肚儿米溜圆

虾子河边乱蹦跶

七月螃蟹爬上岸

狗杠河边草里藏

梭鱼贴着水面窜

蛤蜊带着一包屎

炒上韭菜吃出汗

……

在响亮的号子声中，帆船顺水向羊口方向驶去。

三

这天早上，水云镇仓门口前的一处场院里，一男一女正在铡草。只见男的站直身子，"噗"的一声往手心里吐口唾沫，紧接着弯腰双手握紧铡刀把，双臂用力，手起刀落，女人随着刀的起落往里续草，一男一女配合得十分爽落，不一会儿，身边的空地上铡出像小山似的一大堆碎草。

场院边那棵歪脖子枣树上，拴着一头土改中分得的老黄牛，吃撑肚子的老黄牛仰起脑袋，冲铡草的俩人"哞哞"地叫唤着。

"得实叔，忙着呢？"

听到有人喊，铡草的朱得实赶忙停下手中的活计，直起腰来冲来人回道："是世勋啊，这一大早的，你这是上哪里啊？"

"得实叔，去县城开几天会，汇报一下区上土地改革的事情。"

"哦哦，我说世勋啊，这胜利果实来得不容易啊，俺这分到了牲口、又分到地，这感情是好啊，今儿早上我还和你婶子说呢，这土改好啊，咱老百姓有了自己的土地，这以后日子啊，再也不会挨饿了。往后啊，这政府说啥咱干啥，镇子上的老少爷们跟着共产党走定了。"朱得实眉开眼笑地说道。

"世勋大侄子，自打分了这牲口和地，咱镇子上的人，个个是从心眼里欢喜，有句话说得好啊，叫什么来着？"这朱得实媳妇话到嘴边，一高兴竟忘了词儿了。

"叫'芝麻开花节节高'。都和你说三遍了，咋还记不住呢？"朱得实不耐烦地对媳妇说道。

"对对对，叫'芝麻开花节节高'。看我这记性，话到嘴边咋也想不起来了。"得实媳妇有点不好意思地说道。

她用眼瞅了一下自己的男人，然后用双手拍了一下粘在身上的碎草，对世勋微笑了一下，转身向场院边上的屋子走去。

"我说世勋大侄子，多年来，为了打跑那小鬼子，你丢了在大城市当先生那营生，从济南府回到咱老家水云镇，组织抗日队伍，这十来年下来，风风雨雨的可不容易啊，你可是咱水云镇的功臣啊！"朱得实满怀感激地说道。

"叔，咱们水云镇人能够当家做主、过上好日子，是中国共产党为咱们老百姓谋幸福哩。再说了，打跑日本鬼子，和咱乡亲们的支持分不开啊。"张世勋感慨地说道。

"我说世勋大侄子，看你爷儿俩这高兴的，光拉了，快坐下歇会儿，喝碗锅茶（大锅开水）吧。"朱得实的媳妇刘春兰端着两碗开水走过来笑着招呼道。

"婶子，不了，你们先忙吧，有空再聊。"张世勋说完，便向区委大院而去。

警卫员李洪早已把马准备好，在门口等候，看到张世勋，迎上前说道："张指导员，马都准备好了，咱们何时走？"

"现在就走。"说完张世勋从警卫员李洪手中接过马缰绳，飞身上马。刹那间骏马"风云红"一声仰天长啸，长鬃飞扬，之后四蹄生风，飞奔在通往清河县城的大道上……

且说许长举、周炳文这伙日伪残匪，从小清河战斗中败逃后，顺水云镇芦苇荡东边的壕沟，一直向南穿过西周地，再进东关西围子沟，然后爬上南坡涯头，窜入了东关的郑家坟地。

许长举让残匪们停下休息，他坐下后气喘吁吁地对周炳文说道："兄弟，今天多亏你料事如神，哥他娘的又活了一次。"

周炳文回道："这是大哥的福气，命中注定，日后必有大福，你在此休息片刻，我去去就来。"

许长举赶紧说道："兄弟，又让你辛苦了，路上多加小心。"

周匪带上副官及十几个匪徒，奔东南而去，消失在夜幕之中。

半个时辰的工夫，周匪来到一座城堡前，只见周炳文掏出手枪，向四周望了望，确定没人跟踪后，走到城堡东北角的枪楼之下，向楼上站岗的家丁有节奏地吹了三声口哨。

岗楼上的家丁急忙向下喊道："周爷来了，稍等一会儿，我马上下去告诉老爷。"

周炳文今晚来的这个地方叫大庙子村，距水云镇不到十里地，别看村子不大，但在村北有一座城堡式庄院，这座庄院始建于清末，是由现在庄主孙光业的父亲孙广才花费白银六万两，请北京的专家设计，召聚水云镇能工巧匠李志祥、陈振东带人修建而成，前后用时六年。这座城堡内城和外城相套，内城三进院落，供主人及家人居住。外城供家佣及护院等人使用。整个城堡设计巧妙，布局合理，施工精细，前后对称，浑然一体，四角是瞭望楼，并留有射击孔，明堡对外严于防患，暗道院内外相互连通，为藏身和逃生之用，是小清河下游罕见的城堡建筑。

站岗的家丁小跑来到院中，告诉管家说："赵管家，周爷到了，现在城堡的东北角。"

管家吩咐家丁："你先回去告诉周爷，说我们老爷马上到，快去。"说完管家进了内城大院。

这孙光业五十多岁的年纪，身体矮胖，挺着个高而尖的大肚子，一脸的肥肉中，长着一双黑豆大小的眼睛。脸上短而粗的鼻子活像一个肉球，鼻孔微微向上掀着。这人五官最突出的地方，也就是两只蒲扇般的招风耳了。

此人城府极深，做起事当面一套，背地里又是一套，面对贪官、匪首时像狗一样低头哈腰，看待乡下穷人百姓却凶狠残暴，见了财货不惜一切也要弄到手，真可谓心狠手辣之徒。

孙光业从傍晚听到水云镇渡口的枪炮声，就没入睡，一直坐在八仙桌前等着水云镇的消息，他琢磨着枪声一停不管凶吉，信就快到了，看到管家进来，他起身问道："水云镇情况怎样？"

管家说："周爷来了，就在城堡外面。"

这孙光业忙站起来说道："走，快把他接进来。"两人慌忙朝大门走去。

这孙光业和周炳文又是什么关系？原来他俩是同乡，当年周炳文拉起土匪队伍时，只有不到二十几个人，土匪们用的家伙什儿还是大刀片和几支老湖北条子，后来得到孙光业的资助，才得以发展壮大。

日本鬼子来了以后，周炳文被收编，成了伪保安队长，最初周炳文驻扎在小清河南的东关村，离这大庙子村也就是六七里地，所以，这周炳文是孙光业家的常客，在各方面都给孙光业提供了很大的方便。还有另一个原因，就是周炳文把自己一个相好的放在这里，让孙光业给自己供养着，以方便自己寻欢作乐。

家丁跑回岗楼，向城堡外的周炳文说道："周爷，我家老爷让你快进来，走东门。"

周炳文道："知道了，他娘的等了这么长时间。"他回头对副官冯原说："快回郑家坟地，告诉许队长，来城堡会合。"冯原答应后拔腿而去。

家丁打开东门，周炳文一伙进得城堡，此时孙光业连忙迎了过来招呼道："周兄，快，快点里边请。"

周炳文说道："庄主，先给弟兄们弄点吃的，他娘的饿死老子了。"

管家让人带众匪徒去了外城的偏院，周炳文跟随孙光业来到正房客厅。

孙光业赶忙吩咐管家："老赵，快去，赶紧给周兄上茶。"

"是是。"管家赵由高连忙答应去办。

两人刚刚坐下，周炳文问道："小燕红呢，咋没来接我？"

孙光业回道："这深更半夜的，怕你有什么事，没敢告诉她。"

周炳文听后猛地站起来，瞪大眼珠子说道："老子能有什么事？这么多年驰骋战场，不他妈都闯过来了吗？！"

孙光业连忙答道："周兄叱咤风云，文韬武略，经天纬地，绝对不是一般人物，这年头，也就是你，换成别人，早死几回了。来来，先吃几块芝麻糕垫垫，酒菜马上就好。"孙光业把早已准备好的芝麻糕推到周炳文的面前。

周炳文早已饿坏了，便狼吞虎咽地吃了起来。

这周炳文做起事来反复无常，是一个兵痞老油条。他身高一米六多点儿，长长的脖子上顶着一颗葫芦型的脑袋，尖嘴猴腮，看起来真有点像老猴子。又短又粗的眉毛下边，双眼里透着狡猾、狰狞的凶光。他笑的时候，皮笑肉不笑。一看他这张刁滑奸诈的脸，就知道此人十分狠毒。

他从客厅出来，来到小燕红住的房前，用手边拍门边喊道："小心肝，快开门，是我。"

屋里没有动静，隔了一会儿，才听到小燕红回音："来了，来了来了，这半夜三更的，可吓死个人了，谁呀？"小燕红把门打开。

周炳文闪身进屋，猛地将她抱起说道："小心肝，你怎么才开门啊，可把我想死了。"

"是周爷呵，还心肝呢？这么长时间了你都不来，是心肺（废）了吧？"小燕红不高兴地回道。

周炳文也不答话，抱着小燕红，三步并作两步来到床前，将她放倒床上，然后野兽般扑了上去……

　　繁星照耀下的小清河水面上，一条自上而下的小木船，停在了范家漏口处，从船上下来十多个人，全一色的美式装备。

　　为首的一人大高个儿，长头发分两半，贼溜溜的大眼四处打量着。

　　此时，一个身穿黑衣的人，早在岸边等候，见到小船靠岸，此人便迎上前去对为首的说道："孙团长，不，特派员，你们可来了，接到你的指示，我已在此等候你们多时了。"

　　"长话短说，现在水云镇的情况怎么样？"孙特派员问道。

　　"共军方面，只有一个排的兵力留守，伪保安队已在日本人投降前藏匿在大庙子城堡。"黑衣人说道。

　　孙特派员让一名士兵取过一个小箱子，递给黑衣人说道："这是最新型的定时炸弹，必要时使用。"

　　"是，特派员。"黑衣人接过后说道。

　　"要加强水云镇交通站的建设，密切监视小清河上和水云镇共党的一切活动，随时向我报告。"

　　"是，特派员。"黑衣人回道。

　　"为配合我军对小清河平原的军事行动，你要加快搜集共产党地方干部的活动信息，以便将其铲除，破坏共党的政府机关和当前的土改运动。"孙特派员说。

　　"接到你的指示，我们已开始行动。"黑衣人回道。

　　"随时保持联系，我们先去大庙子城堡。"孙特派员说。

他们在黑暗中分手，孙特派员带队朝大庙子城堡而去，黑影人消失在夜幕之中。

许长举带领残匪离开郑家坟地，跟着副官冯原一路进了城堡，残匪们被家佣带去偏房吃饭。管家头前带路，许长举走在中间，冯原随后，三人来到客厅。

孙光业早已在客厅准备了一桌酒菜，让许长举坐了上座，而后对他说道："大队长辛苦了，老朽特备酒菜，为你压压惊。"孙光业边说边递给许长举一支香烟。

许长举接过香烟问道："周队长，上哪儿去了？"

孙光业回道："瞧我这老糊涂，把这事给忘记了，周兄去了后院，找小燕红风流去了，咱先吃，不管他。"

许长举点上一支香烟，刚想对孙光业说什么，管家赵由高急急忙忙地跑进屋来说道："老爷，老爷，大少爷回来了。"

孙光业起身向门外一看，大儿子孙立带领十几个身穿国民党军服、背着美式冲锋枪的士兵走了进来。

许长举站起来，用眼一瞄，这孙立身穿国民党军服，佩戴上校军衔，身后跟随十几个全副武装荷枪实弹的卫兵。他自知这几年干的都是汉奸勾当，看到孙立进门，吓得赶忙求饶："大少爷，我们不是伪军，是抗日救国的啊，是，是'身在曹营心在汉'，是救国的，不信，你问一下孙老爷子。"许长举转身看了下孙光业。

"许队长，你先坐，对于小清河畔的这些事，我们军统掌握得非常清楚，这个我知道。"孙立边说边坐了下来。

"怎么没有看到你们周队长啊？"孙立问道。

"周队长有点私事，我马上派人去叫。"许长举说完，对站在身后的冯原说："快去，叫周队长马上过来。"

"是，大队长。"冯原出房奔后院而去。

冯原来到后院，告知周炳文客厅的情况后，周炳文眼珠子一转说："冯原，走，快去偏院集合弟兄们，让他们抄家伙，跟我去客厅。"

周炳文话音刚落，只听院子里有人说道："周队长，孙特派员让你快点过去，别磨蹭，你的弟兄们都休息了，我们替你看着呢，就先别打扰他们了。"孙立的四个卫兵已经站在后院的门口，挡住了冯原和周炳文的去路。

看到眼前的情况，周炳文也只好乖乖地服从。

周炳文进得前院客厅，许长举赶忙拉着他来到孙立的面前说道："周兄弟，来来来，我介绍下，这位是国军的孙团长，也是孙庄主的大少爷。"

周炳文看了一下孙立，赶忙低头哈腰地冲孙立说道："大少爷、孙团长，来晚了，失礼、失礼。"

孙立站起身来说："周队长，既然来了，我们就是一家人，一家人不说两家话，坐下说。"孙立给周炳文指了一下位子。

周炳文连忙冲着孙立低头哈腰地说道："谢谢大少爷，谢谢孙团长。"

众匪坐齐，孙立端起酒杯说道："今晚能在我家和诸位见面，孙某深感荣幸。我现在告诉大家，盟军已在广岛、长崎投放了原子弹，日本人全部投降了，我提议大家共同干了这第一杯酒。"

众匪跟着起哄，叫好。孙立端起第二杯酒，继续说道："我奉上峰委派，率先来到小清河畔，就是要与各位一起，积极配合国军收复小清河畔的失地，完成党国大业。"孙立看了一下许长举和周炳文继续说道："同时，也给两位带来了党国的委任状。"孙立说完，将手中的酒一饮而尽。

五

孙立这次回到小清河畔，是受国民党保密局华东站派遣，负责联络小清河水云镇交通站，设立新的电台，为军事进攻小清河平原做好接应工作，并执行联络旧党，寻觅日伪国民党残部，破坏土地改革、绑架、暗杀，开展所谓的"敌后"游击活动。

孙立来到大庙子城堡的第二天，刚吃过早饭不久，报务员何超手拿一份电报进得屋来说道："报告特派员，水影密电。"

孙立接过电报看了一遍说道："好，我知道了。"然后说道，"给水影发报，坚决执行'烟火'计划。"

"是，特派员。"报务员何超受命后转身离去。

孙立把水影的密电又看了一遍，眼睛里闪烁着凶光，嘴角浮出恶毒的狞笑。他把电文撕碎后用火烧掉，然后对勤务兵喊道："通知许队长和周队长过来一下。"

"是，特派员。"勤务兵范舟应声而去。

伪匪许长举、周炳文在孙立的扶持下，摇身一变成了清河县反共自卫救国军第十二大队的正副队长（少校军衔）。此时两人正在城堡的临时队部与五六个小头目抽烟打牌，房中乌烟瘴气，混乱不堪。匪徒们一个个输红了眼，都像饿狼似的，恨不得你吃了我，我吃了你。

"哈哈哈哈，又和了，又和了。"周炳文叫道。

"报告许大队长，特派员让你和周队长过去一下。"勤务兵范舟进得门来说道。

"我操，刚打出点名堂来，早没事晚没事，这节骨眼上来事了。"周炳文不耐烦地说道。

"不打了，不打了，我说兄弟啊，赶紧的，执行命令。"许长举把手中的牌往桌子上一扔说道。

"好了、好了，知道了。"周炳文伸出双手赶紧把桌子上的钱装进口袋，而后跟随许长举来到孙立的住处。

"报告特派员，反共自卫救国军大队长许长举奉命前来。"许长举向孙立敬礼后说道。

"许队长，你来得正好，刚刚接到上峰的命令，要我们积极配合这次在小清河畔共区的'烟火'行动。"

"是，听从特派员吩咐。"许长举说。

"根据可靠情报，五区共党分子正在忙于土地改革后的复查工作，他们人员分散在各村，指导员张世勋正在县城开会。现在水云镇共党五区所在地兵力空虚，这正是动手的好时机，我们要出其不意，一举捣毁共党五区区委。"

"好，干他一票，这也正是弟兄们这几天想的。说干就干，要兵贵神速，越快越好。"周炳文阴险狡诈地说道。

"许队长，周队长，这次行动上峰做了明确的指示，我们只按命令行事。在这次行动中，对有功人员是有奖励的，每杀一名区干部奖两根金条，杀一名村干部奖一根金条，杀一名积极分子奖励现大洋二十块。"孙立对陈、周两个匪首一连串地说道。

"孙特派员，这个你放心好了，干这活是咱兄弟们的老本行，错不了事。"听说有金条奖励，许长举奸笑着回道。

"特派员，小清河这一带的地形我们非常熟悉，便于弟兄们夜间行动，我已将弟兄们分成两个行动小队，只等特派员的命令了。"周炳文说。

"好，明天晚上按计划对目标采取统一行动。"孙立说。

"是。"许长举、周炳文答应着。

"这次行动，我们不但有物质上的奖励，而且还给各位配备了先进的美式武器，以提高对付共军的战斗力。"孙立说完对范舟做了一个手势。

"是，特派员。"范舟应声后，让人把事先藏匿在城堡中的武器抬了出来。

孙立指着摆放在面前的机枪、冲锋枪等美式武器说道："我就等着两位队长的好消息了。"

孙立下达"烟火"命令后，许长举、周炳文回去准备。

这天，正是逢五排十的水云镇大集，到了下午渐渐沥沥地下起了小雨，傍晚夜幕降临时小雨停止。暗藏在大庙子村城堡中的匪徒持枪荷弹，站成两排，有的腰间插着一把牛耳尖刀，有的身后背着大砍刀。

"弟兄们，今晚都给我放开手干，我们现在兵强马壮，还怕它区区一二十个人的解放军队伍不成？只要我们打进水云镇把共军给灭了，镇子上的金银、女人随你们自己去拿，好不好？"

听到钱财、女人，土匪们个个红了眼。这群在城堡里憋了许久的地痞、流氓、混混们组成的乌合之众立刻欢喜雀跃起来，恨不得立刻像疯狗一样长出四只爪子，狂奔到水云镇。

看到土匪们都被鼓动起来，周炳文继续说道：

"这是我们加入国军序列的第一次行动，只许成功，不许失败。我们要配合国军打回去，重新夺回水云镇，到时候兄弟们还是吃香的、喝辣的，今天晚上都给我精神点儿，我们要在特派员面前露露脸儿，也多他娘的挣点赏钱。"许长举对匪徒们扯开嗓子喊道。

训话完毕，许长举、周炳文各带一队匪徒，从城堡中鱼贯而出，分别向两个不同的方向而去。

六

众匪徒走出城堡，周炳文带一队向正北方向而来，直奔五区区委所在地水云镇。周炳文带的这些土匪，都是挑选出来的惯匪，不但枪法很准，而且极为凶残。

"报告大队长，马上就到水云镇村西的土围子了。"走在前边的冯原告诉周炳文。

"知道了，来时孙特派员指示过，围子墙豁口子处有人接应我们，他会告诉我们镇中的情况，带我们进镇。"周炳文说道。

说起水云镇这围子墙，想当年在这小清河下游平原上，那是无人不知，无人不晓。

清朝嘉庆年间，水云镇出了一名带有传奇色彩的人物——张元。这张元虽然出身贫寒，读书寥寥，但聪明伶俐，十二岁就离开水云镇，去京城学挑担卖香油的生意。

一天傍晚，张元收摊回家，无意中捡到一个黑色的包袱，他打开一看，里边包着几件雕刻好看的旧"石头"，就顺手放到盛油桶的箩筐里。张元挑起油担刚向前走出几步，失主便匆匆忙忙地找了回来。

"小兄弟，你看到了一个黑色包袱吗？"失主跑得满头大汗，焦急地问道。

"你看，是不是这个啊？"张元放下担子，从箩筐里拿出包袱递给来人。

失主打开包袱一看，万分感激地说道："正是，正是，小兄弟啊，你可真是帮了我大忙了。太谢谢你了。"

"谢啥呢，这包袱本来就是你的。"张元说完，挑起担子就走。

"小兄弟，你住哪儿啊？在哪家油坊发财啊？"失主问道。

"嘿嘿，嘿嘿嘿，还发财呢，我只是油坊的小伙计。就那儿，前边不远的'福来聚'香油坊就是。"张元用手往前指了一下。

"好，好，知道了小兄弟，那我先走了啊。"失主转身离去。

过了两天，这失主突然找到福来聚香油坊，向东家说明来意，便把张元领走了。

后来张元才知道，这包袱里装的可不是一般的石头，那是失主从河南洛阳买回来的珍贵老玉器，每一件都是价值连城啊！

这失主名叫郑爽，在京城那也不是一般的主，不但有多处经营珠宝古玩的大铺子，而且还做茶叶、布料等生意。

张元被郑爽领走后，多年来一直被当亲生儿子看待，不但教授生意经，给他操办了婚事，而且还把自己最大的丝绸店"荣得和"交给张元管理经营。

张元成亲后带着媳妇一块儿回到老家水云镇探亲，并收购了六大马车当地的土布（白布），拉到了京城。令人意想不到的是，"荣得和"的白布不但全部脱销发了财，而且字号也跟着闻名京城。再下来，张元在京城连开六家分号，全都买卖兴隆，财源滚滚。

张元挣了钱，便回到水云镇建了七八套三进四合院，并且置办了几百亩地，购买骡马一百多匹，大木轮车八十多辆，长工、家佣一大群。

光绪初年，张元离京还乡，在水云镇做起了白布收购批发生意。他秉性耿直，经营在行，管理有度，睦乡里，息争讼，为一乡之所依，一邑之所仰。

之后他被推为镇商会之首。为避西湖匪乱，张元出资，修建了环绕整个镇子的三合土（黏土、沙子、石灰）围子墙，历时两年竣工，耗银二十万两。围子墙高四米，上口宽两米，墙外壕沟环绕，沟深两米，水深一米多，围子墙分别有南门、北门、东门，另外在西边建了一个便门，称作小西门。三座大门均有人把守，白天有乡勇持土枪、土炮站岗。晚上，值班的乡勇把大门一关，更夫整夜巡逻，通宵更声时传。夜，鸡鸣犬吠，晨，人欢马嘶，昼，耕读熙攘，全镇尽显太平景象。如此规模，如此坚硬的围子，在整个小清河流域那是极为罕见的。

历经百余年风雨侵蚀，土围子历尽沧桑，前几年被日本鬼子的飞机轰炸的很多地方已经垮塌，而今的围子墙更是残垣断壁。

说到这儿，书归正传：离土围子十多步开外，周炳文用手示意众匪停下脚步，然后对冯原说道："你带两个人过去，按特派员的吩咐和'鱼眼'接头。"

"是，大队长。"冯原带人猫着腰向豁口子处而去。

"初一、十五，河水潮涨潮落。"冯原带人刚到土围子处，就传来一句暗号。

听到声音，冯原三人赶紧趴在地上，停了片刻，冯原回道："淡水、咸水，面鱼不过木桥。"

"我是鱼眼。"对方说。

"我是水草。"冯原说。

"让后边的人赶紧过来。"鱼眼对冯原说道。

冯原学着猫头鹰的叫声，向周炳文发出暗号，众匪闻讯赶了过来。

"周爷。"鱼眼来到周炳文面前，凑到他的耳朵边低声说了什么。

"共军呢？在哪儿？"周炳文问道。

"解放军一个排驻防在河口码头，不在镇子里，这里一旦打响，码头上就会有人引爆炸弹，配合我们这边的行动。"鱼眼说。

周炳文听后对匪徒们说道："弟兄们，现在正是时候，我们进镇。"

"先解决掉区委的武工队。他们每天下村工作，一天下来个个累得够呛，并且回来得很晚，这个点都睡过去了，正是时候。"周炳文得意地说道。

"走，弟兄们，共匪武工队的干活！"当了多年日伪汉奸的冯原，此时还学着他往日主子的东洋话叫唤着。

鱼眼又在周炳文的耳朵边低声说了几句。

"好，就这么着。"周炳文说完转身对冯原命令道，"你们三个人过去，先把站岗的给我办了。"

冯原带人摸掉豁口子处的哨兵后，鱼眼带领周炳文一队悍匪翻过土围子进了水云镇。

土匪们悄悄摸到了五区驻地大院，周炳文让冯原翻墙跳进院里，把正在打盹的哨兵用刀刺死，然后敞开大门放众匪冲进院中。

进得门来，众匪四散冲向四合院的各个房间。

周炳文带人来到北房，他从窗子往里偷看了一下，发现武工队队长刘庆祥、卫生员倪文书、通讯员赵向福、文书王学礼等二十多个队员正熟睡在靠北墙的大通铺上。

周炳文狞笑着操起手中的美式冲锋枪，把枪管从窗口伸了进去，然后扣动扳机从床铺的东头扫射到西头，把一梭子弹全部射了出去……

在长满高粱棵的村间土路上，一支三十多个人组成的队伍正急急忙忙地奔走着。其中一人身背美式冲锋枪，腰间插着匕首。此人正是匪首许长举，此时，他正带队前去袭击五区土改模范村——岔河。

今晚，岔河村公所的大院里，区妇救会长刘会英正准备主持召开村干部和积极分子会议。

根据通知，村长程九万、村指导员史茂芳、农会会长王承和、村妇救会长江俊兰提前来到村公所，正围坐在一起研究今晚会议的事项和接下来的工作。

此时，传来轻轻的敲门声。

"谁呀？"村长程九万起身向门外问道。

"村长，村里好像有情况，你赶紧去看看吧。"门外的人说道。

听到有情况，不等程九万回话，农会会长王承和急忙把门打开。

门刚开了一半，突然闪进八九个彪形大汉，王承和一愣神的工夫，冲在前边的土匪，已将枪口顶在了他的胸前。

"都他娘的别动，谁动先打死谁。"匪首许长举进屋后号叫着。

村长程九万一看情况不对，刚想拿枪，但已经来不及了，其他匪徒的枪口早已对准了他。

"你们要干什么？这是村公所。"面对眼前的突发情况，区妇救会长刘会英从容镇静地说道。

"少他娘的废话，还干什么？干死你们这些共军。死到临头了，还嘴硬，都给我绑了！"手提冲锋枪，满脸横肉的许长举气势汹汹地说道。

两个土匪放下手中的枪，从腰间掏出绳子，向村指导员史茂芳扑来。

"去你娘的！"史茂芳飞起一脚向其中一个土匪踢去。

"哎哟。"土匪惨叫一声倒在地上，来了个四脚朝天。史茂芳趁机一个箭步出得屋来。

"想跑，没门。"早就埋伏在门口的两个土匪，抽出腰间的牛耳尖刀向他刺来。

史茂芳反手抓住匪徒的手腕，就在夺刀之时，另一个拿绳子的匪徒，从后边跑过来双手拦腰将其死死抱住。

"捆起来！叫你再跑，叫你不老实。"许长举说着，用手中的冲锋枪狠狠地在史茂芳身上砸了数下。

因事发突然，匪众势大，史茂芳四人都被匪徒们捆绑了起来。

"许长举，你这个日本鬼子的汉奸，背叛祖先、认贼作父……"程九万怒斥道。

"给他把嘴堵上，憋死他。"许长举凶神恶煞地说道。

"快，快快，用破布条子把嘴给他堵上。"土匪小头目任三喊着。

程万九瞪着两只发红的眼睛，怒视着眼前的这伙匪徒。

"日本鬼子都向我们投降了，国民党顽固派却挑起内战，令老百姓痛恨。你们这伙匪徒死心塌地与人民为敌，是秋后的蚂蚱蹦跶不了几天了！"区妇救会长刘会英愤怒地说道。

"都他娘的把嘴给我堵上，先关到里屋去，等会儿一块儿收拾他们。"许长举说道。

今晚是岔河村干部和积极分子学习议事日，晚饭后村民兵队长许之培和农会积极分子张学俊两人和往常一样，来村公所参加会议。

"学俊哥，等我一下。"走在后边的许之培冲张学俊道。

"之培啊，今天你咋还来到哥后头了呢？"张学俊停下脚步，转身对许之培说道。

"这几天忙，吃了饭去给俺娘挑了两担水，这不晚点儿了。"许之培说。

"走，可能村长他们早到了。"张学俊说。

俩人边聊边走，进得村公所大门，在毫无思想准备的情况下，被早已埋伏在门口两边的土匪按倒后绑了起来。

土匪们用同样的手法，将前来开会的村积极分子韩云涛、许福林、周文宝等十几个人全部绑了。

"用长绳子把这些共军连起来，押到小清河边上去。"许长举说。

"是，队长。"匪徒们应声道。

夜已深，大街上群狗的狂叫，把睡梦中的村民惊醒。有胆大的村民起来透着门缝往外看，发现街道上有三十多个手持大刀，背着长枪的土匪用大麻绳拴着被捕的干部群众，朝村边的小清河走去。

许长举走到村十字路口，向漆黑的夜空开了一枪，高声喊道："看到的人都给我听好了，爷我今晚来这岔河村，就为一件事，找共党分子算算账，与旁人无关，看到的，都他娘的麻利点儿滚回炕上睡觉去，谁要敢对外咋呼，别他娘的说我许长举翻脸不认人。"

众匪徒押着刘会英、史茂芳、王承和、江俊兰、许之培、张学俊、韩云涛等人来到小清河边。

"把这些共党分子赶到河里去，快点。"许长举号叫着。

众匪把捆绑着的人用枪托赶入滚滚东流的河水中。

"许长举你这个恶棍，抗日战争中你是出卖祖国、出卖民族的败类，现在你又死心塌地地充当国民党顽固派的走狗，丧心病狂，破坏革命，残害人民，你终将会受到人民的审判。"刘会英愤怒地说道。

"弟兄们，给我打！"许长举号叫着，命令众匪朝河中的人们开枪射击。

夜，酷热难耐，一阵阵顺河风吹来，空气中飘荡着血腥的味道……

小清河码头上游不远处，漂来一条小溜子。船上两人慢慢地将船往码头边上靠近，当听到镇子上传来的枪声时，立刻从船上跳到水中，用手推动木船前行。

"我说金条，镇子上的枪响了，八成是周爷他们得手了，咱得麻利点儿。"特务唐刀对同伙金条说道。

"水影指示，一旦镇内枪声响起，我们必须马上引爆，配合周爷的行动。"金条说。

"我看船在这儿就行了，再往前靠咱就不好撤离了。"唐刀说道。

"好，就是这儿了，咱走。"金条说完，两人便潜水向北岸游去。

快到岸边时，他们将装在小木船上的炸药用遥控炸弹引爆。

"轰隆轰隆……"伴随着惊天动地的巨响，河水掀起一股炽热的波浪，滚滚浓烟伴随着条条水柱，腾空而起，天女散花般在河的上空飞溅。片刻，如同流星雨般纷纷坠落，毫不留情地砸向了码头货台上储存的物资，瞬间便燃烧起熊熊大火。

正在小清河码头上站岗值班的解放军二班长李少峰，听到镇内的枪声，马上和战士章元彪说道："元彪，你守好这里，我回去报告。"

"班长，你赶快去，听枪声，镇上的事小不了。"章元彪说。

李少峰跑步往部队驻地赶去。进门时，排长成勇已起身来到院子中。

"排长，枪声是从镇子上传出来的，连发，像是冲锋枪。"李少峰跑到成勇面前气喘吁吁地说道。

"可能是区委那边出事了，通知全排集合。司号员，司号员！"成勇焦急地喊着。

"到，排长。"司号员牟昌平跑过来站在成勇面前敬礼道。

"赶快，紧急集合！"成勇命令道。

正在水云镇东门查岗的民兵队长王方召，听到传来的枪声和爆炸声，对站岗的民兵说道："区委大院那边响枪了，咱们得赶过去看看啥情况。"

"队长，这是冲锋枪还是机关枪啊？响声好猛。"民兵陈大林说道。

这几个民兵虽然平时胆子大，但都是新手，从没有参加过与敌正面战斗，听到枪声和码头的爆炸声，现在也有些脊背发凉。

"这要是来喜、春来、石头哥和秋玲姐他们在就好了。"民兵刘士武说。

"不用怕，区委那边传出的是冲锋枪声音，肯定是土匪们干的，现在来不及请求部队支援，我们先过去，咱解放军就驻防在码头上，听到枪声，很快就会赶过来，到时就能消灭他们，不用怕。"民兵队长王方召鼓励队员们。

经王方召这么一说，民兵们鼓足了勇气。

"队长，那咱赶紧过去吧，早一步好。"民兵牟昌伟说。

江平、曹世昌、刘士武抬起架在东门上的土炮说道："队长，咱走。"

"为了防止暴露目标，从现在起，把手电筒关了，我们摸黑靠过去。"王方召吩咐道。

他们五个人顺街边向区委大院走去。接近大院时，王方召说道："从墙头爬上去，再到大院东边的屋顶上，埋伏好后，昌伟、江平先把土炮架起来。"

他们到了屋顶，把土炮架在屋脊上。王方召把自己的湖北条子压上子弹后开始观察大院里边的情况。

成勇转身往码头爆炸的方向看了一眼，对跑过来的三位班长命令道："二班坚守码头，协助灭火。一班、三班跟我进镇。"

"是。"二班长李少峰、一班长梁庚辰、三班长汪杰应道。

"把机枪都给我带上，突突了这些该死的家伙。"

成勇带队直奔水云镇而来。

"周队长，都找遍了，西房没人。"袁门对周炳文说道。

"周队长，东房、南房也没有人。"马青山跑到周炳文的面前说道。

"知道了，都他娘的钻地里去了？"

这时北门方向传来密集的枪炮声。

"报、报告周队长，解放军攻打北门，我们人少，怕是顶不住，冯原让你马上支援。"跑得上气不接下气的徐召，站在周炳文面前报告。

"弟兄们！走，到北门去。"

周炳文带队刚要出区委大门，趴在房顶上的民兵牟昌伟就想扣动土炮的扳机。

"昌伟，先别打。"王方召说。

牟昌伟看了一眼王方召说道："队长，现在正是时候，再不打，土匪们就跑了。"

"等他们走了再说，这是命令。"王方召严肃地说道。

土匪们跑出区大院奔北门而去。

"收拾好土炮，咱们下去，从小街子转到张家胡同去。"王方召对民兵们说道。

成勇带领解放军战士跑步来到水云镇北门，可是大门紧闭。北门楼上有一些背枪的人在走动。

"赶快打开大门。"一班长梁庚辰主动喊话，但连续喊了几声不见回答。

于是梁庚辰继续喊道："你们是哪部分的？我们是驻防码头的解放军。"

这时对面答话了："你们是解放军，老子是国军。"

话音未落，一排枪子打了过来，战士们赶紧卧倒，成勇喊道："一班听好了，把手榴弹准备好，听我的命令，给我往大门楼子上扔。汪杰，把机枪全架起来，别给我省子弹，狠狠地打。"

"是，排长。"汪杰答道。

"手榴弹过后，发起冲锋。"成勇瞪着两个大眼珠子，向战士们发出指令。

片刻，成勇一声令下，队员们将手榴弹一起向大门楼子扔了过去。紧接着，爆炸声震天，机枪齐鸣，子弹嗖嗖地飞向北门楼。

北门楼上的土匪在冯原的带领下，开枪还击。

"同志们，冲啊！"在四挺轻机枪的掩护下，成勇带领战士们向北门展开了攻击。

这时，北门楼上的土匪，好几个中弹倒地。剩下的匪徒，被机枪声和战士们的喊杀声震破了胆，顿时乱了阵脚，纷纷从北门鬼哭狼嚎地往镇中猛窜。

"跑什么跑！再跑打断你的腿，就几个民兵把你们吓成这个熊样。"

逃跑中的冯原碰上迎面而来的周炳文。

"周队长，机、机关枪，不是民兵，是解放军，太多了，火力太猛。"冯原上气不接下气地说道。

"弟兄们，给我打回北门去，解放军就几个人，成不了气候。"周炳文举着手中的冲锋枪号叫。

两股土匪合在一起，一边打枪一边向北门反攻。

离北门还有五十多步，周炳文冲土匪们喊道："都给我停下，分散到大街两边的涯头上，等共军近了再打。"

成勇带领战士们夺取了北门后向镇中开进。埋伏在大街两边的周炳文突然下令开火，拼死顽抗，双方展开了激烈的交火。

这时王方召已带领民兵快速迂回到张家胡同，迅速架好土炮。

"给我轰这些狗日的。"王方召道。

"砰、砰……"随着声声巨响，民兵在周炳文的背后开了火，大小不一的铁片子，呈伞状喷射而出，打在土匪群中。

"俺的娘哎！"冯原后肩中了两弹，疼得嗷嗷乱叫。

周炳文听到身后传来枪声，眨眼间手下多人中弹身亡，他深知腹背受敌对自己不利，便冲土匪们喊道："赶快撤退，快点儿、快点儿。"

匪徒们立即扭头朝镇南方向溃逃。

成勇带领战士们边打边追，各种武器一起开火。随着密集的子弹向前射去，周匪被打得落花流水，狼狈逃窜，跑在后头的匪徒纷纷中弹倒地。

"弟兄们，赶紧散开，往南沟里跑。"周炳文朝匪徒们喊道。

"轰轰……"五六颗手榴弹从匪徒们头顶上飞过，在水云镇南门爆炸。

伴随着爆炸的声音，一颗绿色的信号弹腾空而起。

八

"弟兄们，特派员来接应我们了，别他娘的吓得和兔子一样。"跑得气喘吁吁的周炳文，看到信号弹和飞过头顶的手榴弹立刻停下脚步瘫坐在地上，众匪也跟着停了下来。

"周队长，这是咋回事啊？"冯原忍着疼痛凑到周炳文的面前问道。

"信号弹，是特派员，特派员来了，赶快拉我起来。"周炳文对冯原说道。

"周队长，辛苦了，走，回城堡再说。"孙立来到周炳文的面前说道。

在孙立的接应下，周炳文一干人等逃回大庙子城堡。

成勇带领战士们追到水云镇南门，看到信号弹后向南门扔出多颗手榴弹，便对战士们说道："前方敌情不明，停止追击。"然后又对三班长汪杰说："你班留在南门布防，严密监视敌人的动向。"

"是。"汪杰回道。

"一班，跟我回区委大院。"

"是，队长。"梁庚辰应声后带队返回镇中。

下到各村开会布置土改工作的五区区长刘书杰、武装部长万学金、区委委员张光汉等人听到水云镇传来的枪声、爆炸声，各自中断了会议，并组织各会点的民兵向水云镇赶来。

因区委领导去的都是本区土改起步较晚的偏僻村，赶回区委时土匪们已经逃离。

清河县委会议室内，各区干部正在分组讨论县委书记门日升做的深入土改工作的报告。这时警卫员李洪进得会议室，在张世勋的耳边轻轻地说了什么。

"好，我知道了。"张世勋听后站起来回道。

张世勋走出会议室，快步来到门日升的办公室前，报告后进到屋里。

"世勋，五区昨晚受到土匪的袭击，多名干部群众牺牲，你现在马上回去，在做好善后工作的同时，尽快消灭这股土匪。"

"是，门书记，我马上回去。"世勋道。

"还有，现在各地急缺干部，刘书杰同志、万学金同志有新的任务，要调离五区，他们走后的工作，要由你一人代理。"

"世勋坚决服从命令。"

"世勋，这个你带上，保重！"门日升把自己的手枪递给张世勋。

"门书记——"

"好了，收下吧，五区就交给你了！"

张世勋走出县委大院和警卫员李洪骑马返回水云镇。

清河县五区人民政府驻地设在水云镇中心大街十字路口东边的一座大院内。此前，这里是伪保安队的营地。水云镇迎来解放，清河县第五区人民政府正式成立，人民接收了这座四合院，将其转变为保卫人民安全和捍卫革命胜利果实的坚强堡垒。

"报告张指导员，刘区长他们在等你。"站在大门口负责警戒的警卫员王国泰敬礼后说道。

"好，知道了。"张世勋回应后快步来到正房。

进屋后，张世勋看到区长刘书杰、武装部部长万学金等人早已在此等候。

张世勋和同志们打过招呼，众人入座，区长刘书杰介绍了昨晚多名干部和村积极分子被匪特暗杀的情况，最后他说道："刘会英同志自加入中国共产党担任五区妇救会主任以来，工作中任劳任怨，特别是在这次土改中，她善于到基层做群众工作，受到当地老百姓的一致好评。可惜的是，昨晚她在岔河村被国民党匪徒杀害。刘会英和其他一些同志为国捐躯，人民会记住他们！我们一定要为他们报仇！"

"清河平原，小清河畔，人民英雄，永垂不朽！现在全体与会人员起立，向英勇牺牲的烈士们默哀！"张世勋沉痛地说道。

与会人员肃立默哀，落座后张世勋继续说道："自五区基层妇救会建立以来，刘会英同志亲自领导各村的妇女学习文化知识，提高政治觉悟，她还领导妇女们积极宣传土改政策，做鞋袜，支援前线，她的工作得到了上级的肯定与表扬。刘会英同志是我党的忠诚战士，她被国民党特务暗杀，死在了全国解放的黎明前。我党失去了一名优秀的战士，确实令人扼腕叹息。"

"国民党顽固派勾结伪军残余与土匪，杀害我干部和革命同志，我们必须给予严厉回击，确保我党土地改革政策的顺利实施。"武装部长万学金怀着对敌人的无比仇恨说道。

"国民党为配合其军事进攻，派遣大批特务到我小清河畔解放区，勾结伪军残匪进行破坏、暗杀、捣乱，近期活动一度猖獗，为了打击敌特的嚣张气焰，为牺牲的同志们报仇，接下来，我们要在小清河畔进行一次大的反奸、反特、剿匪行动，对他们展开坚决的军事镇压。"张世勋说。

"世勋说得极是，现在全国解放战争处于关键阶段，而我们小清河畔解放区的土地改革应得到安全保障和快速巩固，这样不仅会提高农民投身解放战争的积极性，也是党中央毛主席领导农民革命的初衷。"区长刘书杰说。

"根据县委指示，组建武装反奸除特工作组，发动群众维护社会治安。制定除奸反特方案，将伪匪残余势力和国民党特务尽快铲除。"张世勋说。

"各村要召开农民代表大会，在大张旗鼓地宣传除奸反特、党的政策基础上，发动和依靠全区人民群众揭发检举，并通过公安人员的内查外调，对我区内的土匪、特务、恶霸进行严厉的打击。"区武装部长万学金说。

"在打击敌特的同时，区支前领导小组要积极发动群众，开展支前工作。"区长刘书杰说。

会议决定由张世勋担任除奸反特领导小组组长。

张世勋说道："根据这次土匪暴动的情况，工作组要采取边侦、边审、边捕的方法。工作中要运用先追匪迹、追线索、再追作案，最后算清历史罪恶的策略，进一步控制匪特来往藏身站脚地点，依靠群众和各方面的力量，运用排查、摸查、跟踪追迹、定点守候、使用特情等方法，并在各村干部、积极分子协助下展开行动，将这些残余匪徒、特务彻底消灭。"

　　会后，张世勋和刘书杰俩人对五区下一步的工作进行了部署。

这天正是逢五排十的水云镇大集，呈南北走向的主集市场，人山人海。水云镇大集在长达几百年中，一直是当地和周边县市商贸交易的集散地。

三里多长的集市上，商品应有尽有，叫卖声、笑语声夹杂在一起，很是热闹。

大集周边的场院里，有练武功的、变魔术的场子，被人群一圈圈围得水泄不通。魔术师神奇的表演，令全场鸦雀无声，每当表演进入高潮时，便爆发出一阵雷鸣般的掌声与叫好声。

水云镇的驴戏，每逢大集这天都有传统剧目演出专场，戏台上，演员的表演，动作滑稽，唱腔圆润，逗得台下观众开怀大笑，给刚刚获得解放的民众带来了无限的欢乐。

自编现代驴戏《三世仇》让人看后深感新生活来之不易，反映了共产党与老百姓荣辱与共、风雨同舟的鱼水深情。看戏的人跟随剧情的发展眼眶湿润……

踩高跷表演是水云镇祖祖辈辈留下来的一项独特绝技。其表演技巧丰富，乡土气息浓厚，形式奇特别致，是大集上又一大传统文化亮点。

表演者全是传统戏装打扮，模仿着某个历史人物。由打头的拿棍开路引导，随后是古代各种人物的艺术形象扮演者。踩高跷的主要演员不时在场子上表演着特技，小旋风、金鸡独立、鲤鱼打挺、大劈叉等高难度动作，诙谐有趣、引人发笑。

演杂技的、耍猴子的，敲锣声伴随着灵性精彩的猴戏。只见小猴子模仿着人的动作，表演得惟妙惟肖，引得围观者哈哈大笑。表演结束后，小猴子拿着翻过来的铜锣，像端盘子一样，走到围观者的面前，这时有人会拿出钱放到锣中。

画糖画的、吹糖人的在大集上各显技能。吹糖人是大集上让孩子们着迷的一项传统手工艺。糖人师傅把麦秸秆一头含在口中，一头挑着一块熬好的深褐色糖稀，一边吹，一边用手捏出小鸡、小猫、小鸟和小狗等。毫不起眼的一块糖稀，被师傅吹成了各种可爱的小动物。

这时孩子们都会缠着大人给买，馋猫似的孩子，往往糖人到手后一会儿，离开摊位十几步，就已吃下肚了。

捏面人的摊前，吸引着大量的围观者，人群中不时有人大声称赞："捏得太漂亮、太逼真了。"面人师傅手指尖上的艺术作品活灵活现，生动可爱，不但孩子们喜欢，就连大人也想要。

还有买泥塑的，泥塑种类繁多，色彩艳丽，有五彩的小鸟，憨态可掬的小猪，机灵活泼的小兔子，张牙舞爪的老虎等。如此种种彰显了小清河畔平原地区的历史文化底蕴。

"邱叔，这么早菜就卖完了，这生意真是好啊。"张世勋向挑着空筐迎面走来的吴春鲁说道。

"世勋啊，可不是嘛，菜铺的白老板全包圆了，这段时间我一直给他送着呢。"

"这个好，有个稳定的买家，你就轻松多了。"张世勋道。

"是啊，是啊，世勋哪，有空到我菜园里坐坐，喝杯水，拉呱拉呱。"吴春鲁说道。

"好的吴叔，改天一定去。"张世勋和吴春鲁招呼着。

"世勋啊，你咋有空赶集呢？"张永裕背着孙子，手提着猪肉和张世勋打招呼。

"四叔，你赶集来了，我去南门转转。"张世勋回道。

"我爷爷割的肉，回去给我包包子吃，很香。"伏在爷爷背上的孙子，小手紧紧地搂着爷爷的脖子，冲张世勋说道。

"星儿，你得叫三叔，以后见了大人得懂事才行，别没大没小的，让人笑话。"

"知道了，爷爷。"

"这孩子聪明，长大了肯定有出息。"张世勋道。

"三叔好，你上我家吃包子吧。"

"好的，三叔一定去。"

"世勋，你先去忙吧，回头到家来啊。"

打完招呼，张永裕边走边教孙子唱儿歌：

小巴狗，挂铃铛

叮当，叮当到集上

要吃桃，桃有毛

想吃杏，杏很酸

要吃果子面蛋蛋

要吃小枣甘口甜

听着儿歌，小孙子不知不觉在爷爷的肩膀上入了睡……

张世勋穿过集市来到南门。

"世勋哥，早啊。"站岗的民兵曹世昌和张世勋打着招呼。

"世昌，昨晚没有可疑的情况吧？"张世勋问道。

"没有，世勋哥，放心吧。"

"要认真检查出入的人员，确保镇子上人员和财产的安全。"

张世勋说完刚想返回区委，这时牟昌伟从岗楼里出来冲张世勋说道："世勋哥，我和你说个事。"

牟昌伟环顾四周，见没人，低声向张世勋汇报了一个情况。

"好，昌伟，你做得很好，必须耐心细致地观察，才能从中发现可疑的目标。"张世勋拍了一下牟昌伟的肩膀赞扬道。

到了晚上九点左右，警卫员李洪跑步来到张世勋面前说道："报告指导员，在北门被成排长他们俘虏的那个家伙醒过来了。"

"走，看看去。"张世勋说完便同李洪一起向区卫生所走去……

水云镇十字路口北边，有一叫"全方园"的肉菜铺，掌柜的叫白奇安。大集这天早上，他收下吴春鲁送来的菠菜和大蒜后正忙活着收拾，突然听到有人喊自己。

"我说小安子，叔先把自行车放这里，买把菜刀去。"解放军独立排的炊事班长白九霄对侄子白奇安说道。

"知道了叔，放门前就行，回来喝水啊！"白奇安说。

"好的，好的。"白九霄答应后便向镰刀市而去。

白九霄走后，白奇安走出店门，站在自行车前看了会儿，用手摸了一下自行车的前把，然后恋恋不舍地回到店铺中。

张士勋、李洪来到区卫生所，公安员崔立杰迎出来说道："报告张指导员，前天晚上被打伤的匪徒醒过来了。"

"好，马上进行审问。"张士勋说。

三人进得病房，来到匪徒床前。

张世勋仔细打量着受伤的匪徒，只见这家伙三十多岁，头发稀少，头顶是秃的，几根细黄的头发乱七八糟地耷拉在脸上，左脸上长有一块月牙形的胎记。

张世勋看后转身对李洪说了句什么。

"是，指导员。"李洪转身离去。

"张指导员，这家伙是个顽固派，不老实、不配合，一副死猪不怕开水烫的样子。"公安员崔立杰说。

"叫什么名字？"张世勋对着受伤的土匪问道。

土匪睁了一下眼睛，然后又闭上，一声不吭。

沉默了片刻，张世勋突然对着土匪叫了一个人的名字："王大有。"

　　土匪睁开眼睛看了一下站在面前的张世勋，然后说道："你们把我哥怎么了？如果他有个三长两短，我就是变成鬼也和你们没完。"

　　"王大成，你个不争气的兔崽子，死到临头了还他娘的嘴硬。"门外闯进一人，对着床上的匪徒大声怒呵道。

　　躺在病床上的王大成听到骂自己的声音，赶紧把闭着的眼睛睁开，冲来人叫道："哥。"

　　"你还有脸叫我哥，哥没有你这个兄弟！现在你只有老老实实地交代，争取政府的宽大处理。"王大有说。

　　"大成啊，以前你哥对我说过，当初你去给日本人喂马，也是被逼无奈，只是为了混口饭吃。只要不是真心实意与人民为敌，就是我们可以争取的对象。"张世勋说。

　　"指导员已经说得很清楚了，你怎么就跟着土匪跑了呢？把你知道的都说出来，这是你立功表现的一次机会。"王大有说。

　　"哥，我要是说了，他们不杀我？"王大成望着哥哥犹豫地说道。

　　"你已经回到哥哥的身边，投靠在人民的中间，对投降者我军一律宽大处理。你哥哥现在是我区农会的一名干部，你以前的事，他也向我汇报过，这也是我今天能认出你来的原因。"张世勋说。

　　"好，那你问吧，只要我知道的，我都说。"王大成说。

　　"你们偷袭水云镇那晚，镇内是否有人接应你们？"张世勋问道。

　　"有，我们是从西南边豁口子进的镇，之前早已有人等在那儿，进镇后他直接带我们去的区大院，然后他又带人去了北门。因为我留在区大院这边，后来这人去了哪里，我就不知道了。"

　　"这个人长什么样，他说话是哪里口音？"

　　"这人中等个儿，因为天黑，他又用黑布包着头，所以看不清他的脸。不过，不过，我听他和周炳文说话时，口音还是当地话，只不过这人说话时偶尔带点结巴。"

　　"他们俩说的什么话？讲的什么事？"

王大成伸了伸脖子说道："周炳文说，我说鱼眼，别整天弄些烂菠菜，把弟兄们的肠子都吃绿了，弄点硬菜，国军有的是钱，还怕亏待了你？"王大成说完，吧嗒了一下嘴，咽了两口唾沫。

"那鱼眼说啥了？"王大有迫不及待地问道。

"鱼眼说，现在不是时候，很多菜都下不来，过几天就行了。"王大成说。

"周炳文让他把菜送到哪里？你是怎么跟土匪跑的？他们现在还有多少人？"张世勋问道。

王大成翻了下身，刚想回答，就听从屋脊上的一个小洞里传来两声枪响，躺在床上的王大成被子弹击中胸部。他痛得尖叫了一声，随后便失去了意识。

张世勋拔枪朝屋顶射击，只听房上"啊"了一声。众人追出门外，但此人已在同伙的帮助下，消失在夜幕之中。

处理好王大成的事情，已是深夜。张世勋回到区委办公室，躺在床上久久不能入睡，他把这几天发生的事情仔仔细细地想了一遍，然后起身来到桌子前，拿起笔在本子上写着什么。

"指导员，天不早了，休息吧。"警卫员李洪进屋说道。

"李洪，今天晚上你去办一件事情。"张世勋低声向李洪交代着。

"是，指导员。"李洪转身而去。

大庙子城堡内，国民党特派员孙立在客厅设宴，为许长举、周炳文匪徒在这次"烟火"行动中取得的战绩表示庆贺。

孙立端起酒杯说道："许队长、周队长率队身先士卒，捣毁共党区委、除掉共党干部，打出了自己的威风，扬了反共救国大队的名，此战劳苦功高，为这次'烟火'行动的圆满完成，我敬二位一杯！"

"谢谢特派员！谢谢特派员！"许长举、周炳文受到孙立的夸赞后很激动，站起身来，端起酒一饮而尽。

孙立的老爷子孙光业站起来敬酒后说道："周大队长啊，这些年来对我孙家是关怀备至，在这艰难时日，亲自拿枪与共军拼杀血战一夜，最后突围，可谓悲壮至极啊。"

　　"请特派员和老爷子放心，有我们兄弟们在，我们会坚决地守好这座城堡，夺回水云镇，夺回小清河码头，与水云镇这个水陆交通战略要地共存亡。"许长举、周炳文说道。

　　"好，好，范舟，把金条端上来。"孙立转身对副官命令道。

　　"是特派员。"副官范舟把早已准备好的金条和银圆端了上来。

十

李洪接受任务后走出区委大院，直奔水云镇南门而来，距离南门五步开外，突然从大街两边胡同口传出询问声。

"什么人？口令。"

"拿土炮，打兔子的。"李洪回道。

对方听出了李洪的声音，从胡同口提枪走了出来。

"昌伟，你过来一下。"李洪说道。

"是。"牟昌伟走到李洪身边，然后低声将昨天张世勋嘱咐盯紧的事详细和李洪说了一遍。

"好，昌伟，继续盯紧点。"李洪说完转身离去。

李洪回到区委张世勋的办公室，把牟昌伟看到的情况向张世勋做了汇报。

"李洪，你先休息吧。"张世勋说。

"是，指导员。你也休息会儿。"李洪和张世勋打完招呼后进到里屋上床休息。

李洪进里屋休息后，张世勋并没有睡觉，而是伏在桌子的油灯下，认真地研究制订这次剿匪计划。

天渐渐破晓，大地朦朦胧胧的，如同笼罩着银灰色的轻纱。东方逐渐露出了鱼肚白，出现了微弱的曙光，那颜色慢慢地由橘黄色变成淡红色。

又是一夜未睡。张世勋站起身来，舒展了一下四肢，然后用冷水洗了把脸。接下来他又坐在桌前，把自己的计划前前后后想了一遍，直到脸上露出满意的笑容。

吃过早饭，张世勋对李洪说道："小李，通知民兵队长王方召到码头成排长那儿去，我先去那儿等他。"

"是，指导员。"李洪应道。

张世勋来到小清河水云镇码头解放军驻地，正在操场上和战友们训练的排长成勇赶忙迎上前来说道："张指导员你这一来，又有任务了吧？这几天同志们正在抓紧刻苦训练，要为牺牲的战友们报仇哩。"

"张指导员好！张指导员好！"战士列队整齐，鼓掌欢迎张世勋的到来。

张世勋和战士们打着招呼，走到他们面前说道："同志们辛苦了！"

"指导员好！不辛苦！"队员们异口同声地回道。

"好！我们这支队伍诞生于小清河畔的烽火年代，历经六十多次战斗洗礼。在抗日战争和解放战争中，攻坚克难，不怕牺牲，被渤海军区授予'钢铁特战营'荣誉称号。

"虽然我们的青春面孔在一茬又一茬地不断更换，但是我们这支队伍无论战斗在哪里，始终是人民放心的忠诚战士。为了保卫来之不易的胜利果实，让人民过上幸福生活，我们要训练好！要勇敢地向前冲锋！"

"消灭土匪，为战友报仇！打倒蒋介石，解放全中国！"战士们齐声振臂高呼……

张世勋来到成勇办公室，和他聊了一下当前的剿匪情况并向他布置了一个特殊的任务。

"是，指导员，我会按照你的指示配合好这次行动。"成勇站起来敬礼后说道。

此时，民兵队长王方召急急忙忙地走进屋来："世勋啊，你喊我来，我心里想啊，这抓特务准有点子了，我说的没错吧？"

"方召来了，快进屋，快进屋，看你这满头大汗的。"张世勋对王方召说道。

"王队长，坐下说，先喝杯水。"成勇把盛满开水的搪瓷缸子递给王方召。

王方召端起水缸，一口气喝了个底朝天，用手一抹嘴说道："世勋，有什么任务，说来听听。"

"是这样——"张世勋把这次任务的实施方案向王方召进行了说明。

"没问题，这个我会让民兵们做好。"随后，王方召将镇上有关这次行动的地形事宜做了详细的介绍。

"好，方召说得很全面，为这次行动提供了有价值的情况。"张世勋说。

三人又商量了一下相互配合的细节。之后，张世勋和王方召便准备从码头返回镇中。

俩人出得门后，就听从河边传来一个女孩儿的呼喊声："世勋哥，方召哥，我们回来了。"

张世勋和王方召回头见到此人，很是高兴，赶忙迎了过去。

十一

　　为配合解放军胶东作战，秋玲带水云镇民兵运送军用物资，此时安全返回码头。

　　"秋玲，回来了！同志们辛苦了！"张世勋和队员们打着招呼。

　　"不辛苦，张政委好！"队员们回道。

　　"方召哥。"秋玲来到王方召的面前低声说道。

　　"秋玲，回来了。"王方召说完后仔细地瞅着秋玲。

　　"咋啦，方召哥？"秋玲下意识地用手摸了一下自己的脸，这脸上也没啥呀？

　　"你们还没有吃早饭吧？走，咱们回家。"王方召说。

　　这时，石头跑过来凑到两人面前，学着王方召刚才的话调皮地说道："走，咱们回家。"

　　"好你个石头蛋子，还敢学你哥，看拳。"王方召举起拳头在石头的面前一晃，石头低头弯腰像猴子一样蹿了出去，回头朝两人做了一个鬼脸，口中说道："耶、耶耶耶。"然后撒丫子就跑。石头一连串滑稽的动作，逗得众人连连大笑。

　　张世勋和队员们边走边聊向镇上走去……

　　临近中午时分，区中队的炊事班长白九霄骑着自行车满头大汗地来到镇上全方园菜铺，他把自行车往门口一支，朝铺子里边喊道："小安子，小安子。"

　　听到叔叔的喊声，白奇安出得门来，望着白九霄说道："叔，啥事这么急

·49

啊？看把你急的。"

"快，快点先割上十斤猪肉，弄上五斤豆腐，再称上二十斤粉皮子，队伍那边等着用。"白九霄急忙忙地说。

"好，好，马上就来。"白奇安答应道。

一会儿的工夫，白奇安把所要的货用一个柳编筐子装好，搬了出来。

"叔，你的腿这是咋整的啊？怎么还在流血？"白奇安望着叔叔问道。

坐在门口石头上休息的白九霄说道："还咋整的？这不，越忙越出乱，队伍饭后要开拔，我急着来这儿买点硬菜，走到镇北边石桥子上，自行车的前轱辘轧砖块上了，一下子把我摔倒了，这个疼啊。"

白奇安放下手中的柳筐，赶忙跑回铺子里，拿了一块白布条给白九霄包扎。"叔，看这伤口大的，这伤得不轻啊。"白奇安说道。

"这队伍就要上战场了，我琢磨着呀，这人从这儿一走还不知好歹，临走也得吃上顿好菜不是。"白九霄说。

"叔，解放军要调离呀？"白奇安问道。

"哪儿是调离，来时，我听成排长对战士们说啊，是配合寿光那边的解放军参加什么战役。"白九霄回道。

"哦，原来是这样啊！"白奇安说。

"哎哟！我说小安子啊，你轻点，弄疼我了。"白九霄对心不在焉的侄子说道。

"我轻点，轻点，马上就、就包好了。"

白奇安给叔叔包扎好伤口，并帮他把盛菜的柳条筐用绳子牢牢地捆在自行车的后座上。

"小安子，我走了，伙房等着用菜呢。"白九霄推车刚想迈步，腿疼得险些摔倒。

看到眼前的情景，白奇安赶忙上前一步，将白九霄扶稳。

"叔，看你的伤，怕是骑不了这自行车了，刚才给你包扎的时候，我估、估摸着，八成是伤着骨头了。这样吧，你先在这休息会儿，我帮你把菜送、送回去。"白奇安对叔叔说道。

白九霄犹豫了一会儿问道："你会骑自行车吗？"

"叔，我不会骑，还不会推着走吗？叔啊，你就别再犹豫了，再晚点儿就更耽误事儿了。"白奇安说。

"好吧，你可慢点啊，别撞着人闹出乱子来。"

"叔啊，你就瞧好吧。"说完，白奇安推起自行车往码头解放军驻地走去。

正是中午时分，白奇安推着自行车热得满头大汗，走到仓门口十字路，向北正是一个下坡，他向四周看了一下，大街上基本没有行人，于是双手紧握车把，用一个非常老练的骗腿儿动作，稳稳地骑到自行车上，然后双脚交替用力地蹬着踏板，快速向北门楼而去。

白奇安骑车出北门后，看大路上没有行人，似乎有点忘乎所以，把自行车骑得快不说，还双手撒把，把手放到衣袋里，嘴里哼着小调："夜上海，夜上海，你是个不夜城……"

白奇安一连串的车技表演，被站在北门楼子上的张世勋、王方召、崔立杰看得一清二楚，明明白白。

"哎哟，白奇安这小子还会骑车子。"站在北门楼上的王方召惊讶地对张世勋说道。

"方召，今天我们就是来看一看白奇安的车技，你看他骑得还行吧？"张世勋风趣地说。

"这小子藏得够深的呀，自行车在咱们镇上是稀罕物，就是鬼子在的时候，汉奸行动队里数量也不多，农村哪有这玩意儿啊，更不要说会骑车的农村人了。"王方召回道。

"这白奇安不仅会骑，还骑得这么溜，说明这小子以前骑过，而且还是长期骑自行车的人。指导员，现在抓他吗？"公安员崔立杰说。

"不急，还不是收网的时候。"张世勋说。

"我明白了，世勋哥，今天中午我们哪儿是来看什么车技啊，分明是来认鬼来了。"王方召说。

"方召，白奇安不是和你说他是从东北农村回来的吗，我看不对，从他的车技来看，一定是在某个城市待过。抽个时间你让他讲几句东北话听听，看怎么样，但千万不要打草惊蛇。"张世勋说。

"中，这个事我会办。世勋哥，你就瞧好吧。"王方召回道。

白奇安骑车来到码头解放军驻地，下车刚想进大门，被卫兵拦下。

卫兵说道："请出示你的证件。"

"我是来送菜的，我叔叫白九霄，他受伤走不动了，让我送过、过来。"白奇安说。

"这里是军事重地，没有证件任何人不得入内。"卫兵严肃地说道。

就在此时，司务长邵秉忠匆匆忙忙地走了过来，对白奇安说道："这不是白老板吗，你叔呢？咋没有回来？"

"邵长官，我叔受伤了，走不动了，这不让我替他来了，这门卫不让进。"白奇安说。

"噢，这是纪律，我和他说明一下。"邵秉忠说道。

邵秉忠向卫兵说明情况后便带白奇安走进大院。

"白掌柜，你先把菜送到伙房去，我找人去把白班长接回来，送卫生所去。"

说完，邵秉忠急急忙忙出了大门。

此时的解放军一副正在集结的样子，战士们利索地整理着装。

白奇安边走边偷偷地看，心想：看样子是准备出发打仗了，每个士兵都在整理自己的单兵装备呢。

排长成勇来到战士宣文昌面前说道："把小米袋子扎紧了，把步枪擦好油再细心地装起来。"

"是，排长。"宣文昌回道。

成勇说完又来到另一名战士姚哲的面前，看了片刻说道："对，这样装很好，围在腰间，取子弹很方便。"

"排长，俺都等不及了，咱啥时候出发？"正在摆弄子弹袋的姚哲问道。

"看把你猴急的，吃了饭就开拔。"成勇说道。

一班长梁庚辰正在端详擦好的枪，看到成勇走来，敬礼道："报告排长，一切准备完毕，随时准备出发。"

成勇向梁庚辰伸了一下大拇指，然后来到三班长汪杰的身边。

看到成勇走来，汪杰拿起刚用扁担绑好的炸药包说道："排长，你看这个，攻个城墙炸个碉堡什么的方便多了。"

"创意不错嘛，干什么事呀，谁也压不了你这个机灵鬼。"成勇边说边把绑在扁担上的炸药包拿在手中看了一下。

解放军这边的集合准备情况和战士们的对话，被白奇安看得、听得是一清二楚。他到伙房放下车子和菜，便急急忙忙返回全方园菜铺。

白奇安回到家，收拾了一筐子菠菜、一筐子大蒜苗，并把一扇猪肉藏在菠菜的下面，吃过晚饭后又等了一个时辰，就推着木轮车出门了。刚出门，他就碰上了迎面走来的民兵队长王方召。

"奇安兄弟，又去县城送菜啊，可真是辛苦你了，干点啥也不容易啊。"王方召说。

"是啊，方召兄弟，你这是去哪儿啊？"白奇安问。

"正想找你哩，这不，我知道你在东北待过，懂得东北话，正好，今天晚上有东北的野战部队要过河南下作战，上级让我们镇公所负责战士们过河时的安全工作，我怕咱镇上的民兵听不懂东北话，再产生什么误会，想让你去帮帮忙。"王方召说。

白奇安一听让自己去干这事，心想，自己说在东北农村长大，纯粹是谎言。自己从没去过东北，也不懂得东北话呀。他两个眼珠子一转，赶忙说道："方召兄弟啊，今晚怕是不行，县城那边客户等着要菜，已经和人家说好、好了，不能耽误啊！"

"哦、哦哦，是啊，是啊，看这事儿弄的，咋还不巧了呢。"王方召赶忙回道。

"奇安兄弟，那你教我几句常用的，我听听，到时候别出了岔子。"王方召说。

"方召兄弟，我这都回来两年了，那点东北话，也随着干粮稀粥下去了，说不了了，说不了了。"白奇安回道。

"噢，奇安兄弟，那就不麻烦你了，路上小心点啊。"王方召说完便转身离去。

白奇安望着王方召走远，自言自语地摇了摇头，然后推着木轮车往南门走去。

"白掌柜，又去县城啊，这黑灯瞎火的，也够辛苦的。"站岗的民兵曹世昌和白奇安打着招呼。

"小本生意，不受累哪儿行啊。"白奇安回道。

"白掌柜，路上小心啊，注意安全。"民兵牟昌伟说道。

"托共产党的福，对了，还有你们这些保护老百姓的民兵，没事的，放心吧。"白奇安说完便推车出了南门，顺着老官道奔县城方向而去。

当白奇安的身影即将消失在夜幕中时，从南门的岗楼里走出两个人，快速跟了上去……

就在这天夜里，水云镇多家发生了怪事，这事不仅怪，而且还十分恐怖。

天刚放亮，就陆陆续续有人将在土改中分到的农具、牲口，纷纷扔到了水云镇老母庙前的空地上。

"他叔，昨晚可吓死人了，那牛头、马面鬼都来了，扒在俺家窗户上说，要不把分的东西送回去，就把我们一家子全拎到阴曹地府去！这不，一大早我就让五月他爹把这耕地的犁放到老母庙的场院上了，爱谁要谁要吧，反正俺是不敢要了。"五月他娘对牵着牛出来的朱得实说。

"三嫂啊，可不是嘛，昨晚上牛头、马面鬼也去了我家，临走还瞪着两个大眼珠子往窗户里看了一下，那两眼射出的光啊，就和天上打雷、打闪一样亮啊，吓得你兄弟媳妇一头就钻到被窝里了。这不，分的这牛啊，俺也不敢要了，拴到这老母庙的旗杆上吧，不要了，不要了，连鬼都惊动了，这还了得！"老实巴交的庄稼人朱得实，把分到的牛往旗杆上一拴，然后掏出烟袋，点上一锅子烟，一边抽烟，一边恋恋不舍地看着牛。一锅子的烟抽完后，他把烟袋杆往腰里一插，扭头就往家走。

此时，老母庙空地上聚集了一大堆人，对镇上闹鬼的事议论纷纷。

"我说大伙，哎哟，她二大娘也在啊，你们听说了吗？昨晚咱镇子上闹鬼，把好几家子吓得一宿都不敢睡觉。"一个胖女人凑过来冲大伙说道。

这说话的声音古怪刺耳，好像是喉咙里塞了蒺藜。此人身穿一身黑色衣服，矮墩墩的身材，圆圆的大脸，两条弯弯的眉毛，两只细长犀利的眼睛，高高的鼻梁，樱桃小嘴，嘴角的右边有一颗豆大的黑痣分外显眼。

"胖仙啊，这镇上闹鬼的事你也听说了？"被称作二大娘的老人回道。

"哪儿是听说！昨晚这牛头、马面提前来告诉我了，嘱咐我啊，不让我多管闲事。"这说话的不是别人，正是水云镇远近八方闻名的巫婆杏花仙。

杏花仙话音未落，就见镇上生豆芽菜的刘顺挑着两个空桶匆匆忙忙地走了过来。

"顺子，这是跑啥呢？去打水咋还挑着个空桶回来了呢？"二大娘冲刘顺喊着。

"我说二大娘，不好了，我提桶打上来一看，井里的水都变黑了，没法用了。"

"是吗？这是咋啦，这怪事咋还连起来了呢？这一出、一出的。咱镇子上有人惹着老天爷了吧？"镇子上开茶水店的杨淑芬说道。

"走，咱到井边看看去。"王大树家的快嘴媳妇雪妮说道。

众人来到邱家小门的甜水井边，有许多人正围着井台议论，只听开马车店的邱连生说道："这是什么怪事，自从我记事起，镇上的人都吃这口井里的水，从未变过味，变过色，这，这这这，会不会要有什么天灾发生啊？"

一起过来凑热闹的巫婆杏花仙赶忙插嘴道："不是什么老天爷的事，我告诉你们吧，是咱镇子上分了地，改了地界，得罪了龙王爷；分了牲口，改了门户，得罪了阎王爷啦！"

"咳，咳咳。"随着几声咳嗽，经常打鱼的王光重道，"我本来不想说，怕人家说我胡说八道，趁着现在这井中的怪事，我也说一个怪事。"

"啥怪事啊？你人高马大的，要是你都感觉到怪，换了别人不得吓个半死呀？"杏花仙说。

"王大个子，卖什么关子啊，赶快说吧，真是的。"快嘴雪妮冲王光重大声嚷嚷着。

"前天晚上我去小清河里打鱼回来时已到半夜，走到村西头，我远远听到坟场那边传来人大哭的声音。当时我还认为是谁家遇到什么难事了，来这祖坟上诉诉苦，我就走过去想劝劝他快点回家，你猜怎么着？"王光重说到这里停了下来。

"说呀，卖什么关子，我想啊，准是碰到鬼了。"杏花仙说道。

"你还别说，我刚进坟地，亲眼看到有一个黑影在你家牟老三的寿坟（旧时生前准备的墓穴）边上一晃就不见了。"王光重说。

"你还王大胆呢，你咋不追上去看看呢？"雪妮说。

"当时我并不害怕，以为是贼，就追上去了。可是那个黑影子飘飘悠悠跑了一会儿，突然转身向我走来，离我五尺开外，我看清了，你猜怎么着？"王光重说到这里，又停顿了一下。

"这还用说，你活见鬼了呗。"杏花仙道。

"可不是！只见他身穿白衣，牛头、马面，舌头吐在嘴外，足有一尺多长，两个大眼珠子闪着白光，左手拿着锁魂绳，右手提着哭丧棒，一蹦一蹦地朝我而来，俺的娘啊，可吓死个人了。"王光重面带恐惧地说道。

"刚才我说啥来着，就是有鬼，这不，王大个子都亲眼看见了。"巫婆杏花仙冲众人得意地说道。

"虽然是鬼的貌相，不过那鬼的形态和架势，我感觉像是一个人。"王光重说。

"像谁呀？活人，还是死人？"杏花仙道。

王光重此时的嗓子里像堵上东西一样，两眼发直，竟然张着口说不出话来了。

看到王光重的表情，二大娘吓得浑身发软，只见她一个劲地往人群后边倒退。

"真的吧？应了刚才我说的，就是'鬼'真的来了。"杏花仙道。

"那身影悄无声息地离我越来越近，我这才想起要跑，因为转身急了点，腿没有别过来，竟自己绊了一下跌倒在地。"王光重说。

"那你快点爬起来啊，还大男人呢。"雪妮说。

"我不爬行吗我？我爬起来后就没命地往家里跑，进得门后赶紧把门关上，又找了根木头把门顶严，吓得我一夜没合眼，今天头还昏沉沉的呢。"王光重说。

"你看清是谁了吗？是哪个死鬼？"雪妮问道。

王光重扫视一圈众人，最后瞟了杏花仙一眼，便背着渔网匆匆离开。

"我说大伙，把分的地和物件赶紧退回去，免得让鬼找上门。"这时，巫婆杏花仙挥舞着两只手阴阳怪气地高声大叫着。

人们你一言，我一语，越说越害怕，越说胆越颤。

牛头、马面鬼在镇上这么一闹，整个水云镇是谣言四起，人心惶惶，都说这财主家的东西动不得，动了会招来杀身之祸，好多分到财产的户，生怕牛头、马面鬼上门，纷纷砍来朝西南方向的桃树枝，挂在大门之上辟邪……

王光重提到的这个牟老三，名叫牟得好，水云镇人，从小不务正业，快三十岁的人了，也没有成家，却和比自己大七八岁的巫婆杏花仙勾搭在一起，两人合伙过日子。这日本人占领水云镇后，他乘兵荒马乱之际，拉起了一支十几个人的土匪队伍，并且购买了七八条湖北条子，专门在小清河上拦劫过往的小商船，向民船勒索过路费，根据每船的载货不同，索要银圆三至五块不等。日伪时期，清河县国民党军政当局只配合日本人对八路军作战，无暇顾及剿匪事宜，对牟得好这样的小股土匪，更是听之任之。这几年下来，牟得好用抢来的钱财，不但在水云镇买了地，还置办了一座四合院老宅。

可这水云镇一解放，牟得好的宅院和地便全部充公并分给了贫农，所以这牟得好对土地改革运动是十分地怀恨在心。

这天，水云镇民兵队部里正在开会，代理镇长张世勋到场讲话，最后说道："现在我们民兵队伍壮大了，人也多了，就是缺少武器。前几天我和来喜去了牟老三家，让他把枪交出来，可他说咱镇子解放后，他便把枪全扔到小清河里了。"

不等张世勋说完，民兵石头抢着插嘴说道："牟老三净胡说八道，我和来喜哥他们去河里摸了，什么也没有。"

"我说石头，你们去河里摸的地方是不是不对啊，咋还没有呢？"民兵春来说道。

来喜站起来说："咋不对？就是牟老三亲口说的那范家漏河段。我和石头、牟昌伟、陈大林、曹世昌在那个河段潜水摸了一中午，把河底翻了个底朝天，别说是十几条枪，连个枪栓也没有，这牟老三根本就是在说谎。"

"牟老三鬼心眼子多得很，我看就是这个家伙暗中把枪藏起来了，说扔河里了，骗谁呢？"石头说。

"今天忙完各自的工作，明天我们再去找他，让他把枪交出来。"张世勋说。

"对，让他把枪交出来。"众人应声道。

"这都解放了，还想留着枪当土匪不成？对这样不老实、对抗土改的坏蛋，就得给他点颜色看看。"来喜说。

"来喜、石头、春来，明天你们去把牟老三带到队部来，继续审讯。"张世勋说。

"是，镇长。"三人应声各自离去。

第二天，来喜、石头、春来刚来到牟得好家胡同口，就听到牟老三的家中传出呼天抢地的哭叫声。

"老天爷啊，你咋这么狠心哪，你一撒手走了啊，留下我寡妇老婆可怎么过哟！"

来喜三人快步走进院子一看，只见正房中间放了一口棺材，牟得好直挺挺地躺在里面，脖子上有一道深深的紫青色印子，杏花仙跪在边上号啕大哭。

"牟得好死了。"来喜道。

眼下的情况，三人也不好再问什么，只好从牟得好家离开。

牟得好吊死后，冤无头、债无主，这民兵追枪的事，也就暂时放了下来。

三人出得牟得好家门，顺大街向南走出不远，迎面碰上孤寡老人牟永恒拉着自己的哑巴儿子平生，背着铺盖卷走了过来。

"三大爷，发生什么事了？你这是背着铺盖去哪里啊？"来喜上前冲牟永恒问道。

牟永恒望着来喜，硬是半天结结巴巴地没有说出话来。

可他的哑巴儿子却从后边推开牟永恒走到前边，双手比画着嘴里还叽里哇啦地说些什么。

"平生，你说啥呢？"来喜问道。

平生看出来喜没听明白，急得用手在两个眼睛上来回地晃动。

"永恒叔，你就快说吧，看把平生哥急的。"春来说。

"喜子啊，不瞒你说，分的宅院里闹鬼，没法住了。"牟永恒说。

"三大爷，刚才平生用手在眼前比画是啥事啊？"来喜问。

"刚才平生是说，到了晚上一熄灯，就听到有鬼走动，并且牛头、马面那两个大眼珠子发出的光，就像是天上的闪电一样，贼亮贼亮的，能吓死个人。"

"三大爷，你和平生去哪儿啊？"春来问道。

"这不，我爷儿俩还是回那草棚子住吧，这穷人啊，怕是担不起那深宅大院啊。"牟永恒摇着头说道。

"三大爷，你可看清了，真是鬼？"来喜问道。

"一看到牛头、马面鬼那两个眼珠子放光，我就吓得用被子蒙上头了，谁还敢看呀？"牟永恒说。

"我就不信那个邪了，连看一眼都不敢，太没有胆子了吧。晚上我去住上一夜，看看鬼长什么样。"石头一脸不服气地说道。

"石头，晚上我和来喜一块儿去。"春来说。

石头一扬脖子，用手拍着胸脯子说道："我一人出马，一个顶俩，你们就等着瞧好吧。"

石头说完便回家准备晚上捉鬼的事，来喜和春来回队部汇报。

到了晚上，石头一人来到牟得好以前的宅院。他不信什么牛头马面作怪，他担心的是有人暗中捣鬼，所以他随身带了一把斧头。

石头坐在正房的桌子旁边一直等到半夜，感觉有点累，就上床躺下了。他把斧头握在手中，瞪着两个大眼，点着长明灯，一直等着鬼的出现。

此时，街上传来打更的声音："天干物燥，小心火烛呵；关紧大门，小心盗贼。"

石头手握斧头躺在床上，听到"当当当当当"五声铜锣点响过之后，便知已是五更天，他心想，这马上就要天明了，一晚上也没有鬼呀！打更的声音在，就说明这镇上很太平，他把头伸到灯前，用嘴将煤油灯吹灭，准备好好地睡上一觉。

石头刚迷糊了一会儿，就听到黑暗的屋中传来"吱吱吱"的动静，便立刻警觉起来。接着就听到"嘚嘚"的脚步声，由慢而快，由远而近。石头全身的神经一下子绷紧了，他手握斧头一跃而起，大喝一声："什么鬼东西？"

十三

　　话说这白奇安推着木轮车顺老官道一路向县城而来，走了七八里路，便来到了这东西流向的福乐河，他走过福乐河上了又窄又破的小木桥，在桥南头停了下来。

　　跟随在白奇安后面的不是别人，正是五区水上派出所所长崔立杰和水云镇民兵队队长王方召。两人见白奇安过桥后停了下来，便闪身埋伏在桥北头的河堤边上。

　　等了一会儿，王方召说："崔所长，这家伙停下了，好像是在撒尿。"

　　"可能不全是，撒尿也用不了这么长时间，我看他是在等什么人或是在反侦察，看是否有人跟踪。"崔立杰说。

　　"这家伙，心眼子不少，还有这能耐，真是个老油子。"王方召说。

　　"方召，我看这样。"崔立杰在王方召耳边低声说了几句。

　　"好，就这么着。崔所长，还是我过去吧，我比你熟悉地形，进退都方便。"王方召说。

　　"也好，过去后及时用暗号通知我。"崔立杰说。

　　"明白。"王方召说完，便渡河来到南岸，向崔立杰发出顺利的暗号后，悄悄向桥南头靠近，以便观察白奇安的行动。

　　崔立杰得到王方召的信号知他安全渡河，便起身走上木桥向桥南而去。

　　白奇安看到有人过桥，起身推车就走。崔立杰正想加快脚步追赶，"嗖嗖嗖"的子弹突然向崔立杰射来。

　　"干什么的？"枪响之后，桥南头有人喊道。

"哦、哦哦哦，我是去西关赶集的。"崔立杰回道。

"黑灯瞎火的赶什么集？快滚回去，要不老子打死你。"

土匪的突然出现，也在崔立杰刚才的判断之内，于是他假装害怕地喊道："知道了，知道了。"说完赶紧转身原路返回。

白奇安离开桥头，继续往南走了三里多地，来到大庙子村南边的一片坟地处停下，看四周无人，便一转身推车进入坟地。

王方召跟随在后，心里默念道：这鬼小子进坟地干啥呢？正想跟过去看看，这时前边不远处一束手电的强光射来，王方召赶紧趴在路边隐蔽起来。

手电光时不时地照来。王方召为了不打草惊蛇，只有趴在那儿等待时机，过了大约半个时辰，白奇安推车拐出坟地，继续向县城走去……

五区张世勋的办公室内，水上派出所所长崔立杰、水云镇民兵队队长王方召正在汇报跟踪白奇安的情况。

王方召说："我一路跟踪白奇安到县城后，见他进店放下菜就返回了水云镇，并没有什么可疑之处。"王方召说。

"根据福乐河桥上的枪声，他在大庙子坟地半个时辰的失踪，以及突然出现的手电强光，我认为土匪是有计划地接应白奇安，或是配合白奇安的行动。"水上派出所所长崔立杰说。

张世勋听完两人的汇报，思索了片刻说道："立杰同志分析得很有道理，无论昨晚他去了哪里，有一条是肯定的，解放军调动这一情报，他一定暗中传给了土匪，因为这是他立功得奖的一次好机会。"

"张指导员，我们下一步怎么办？"崔立杰说。

"接下来我们应这样做——"

张世勋话音未落，民兵来喜和春来急匆匆进得屋来，把牟得好吊死和镇上多家农户院中闹鬼的事，向张世勋一五一十地做了汇报。

"从水云镇当下的情况来看，敌人是有计划、有分工地在向我们发出挑战。"张世勋说。

"对，当遇到这种特殊情况，我们决不能头发蒙、心发慌、手发麻、腿发软。"崔立杰说。

"我们干部和民兵，要有充分的思想准备和战斗准备，必须要做到战之能胜。"张世勋说。

"指导员，我们水云镇民兵，在战斗中决不做胆小鬼，也不会当逃兵，我们要敢于出击，敢战、能胜。"王方召说。

"在当下复杂的斗争情况下，我们的敌人为了达到目的，会不择手段地破坏人民的新生政权，面对敌人的各种阴谋和花招，我们要敢于迎难而上，勇于亮剑。而退一步，敌人就会得寸进尺。"崔立杰说道。

"立杰、方召，我仔细琢磨了一下，我们不但要剿匪，而且还要打鬼，接下来咱们这么办……"张世勋低声向两人分配了各自的任务。

然后他转身对警卫员李洪说道："警卫员，通知成排长，按预定方案展开行动。"

"是，指导员。"李洪说罢转身而去。

十四

大庙子城堡内，许长举、周炳文两人正在对鱼眼送到的情报进行分析和查实。

"如果鱼眼被共军俘虏传递假的情报，就派人去偷偷弄死他，装进麻袋扔小清河里。"周炳文说。

"我看不会吧，我已将鱼眼的情报告知特派员，正在核实中。"许长举说。

"特殊情况下我们必须小心，万一弄不好，小命就丢了。"

"听说特派员在水云镇码头上有'底子'（特务），误不了事。"

"等一切准备好了，我们才能开始行动。还是按我们道上的老规矩，初五到二十三不能行动。咱祖师爷说得好，初五、二十三，张果老骑驴不炼丹，不能做犯忌讳的事。二十三以后，天上见不着明月亮，遇上事也他娘的方便跑不是。"

"我们现在是国军序列，得听从指挥，不像以前了，咱上面还有特派员呢。"

许长举话音刚落，冯原进得屋来说道："报告大队长，鱼眼情报准确，特派员让我们现在准备，随时听令。"

"告诉特派员，知道了。"许长举说。

"好的。"冯原转身离开。

许长举和周炳文随后来到城堡西侧的大厢房，向驻在这儿的土匪布置了再次偷袭水云镇的行动。

王方召从区委回到民兵队部，并让来喜通知妇救会会长秋玲、石头等人来队部开会，对这几天镇上闹鬼的事进行布控和抓捕。

不一会儿众人到齐。王方召点燃一支烟后对大家说道："我们小清河边上有句老话叫'狗死留张皮，人死成河泥'，我说兄弟们，你们相信世上有鬼吗？"

"我不信有什么鬼怪，一定是坏人造谣。"来喜说。

"不信，我们不信，哪有什么鬼，肯定是土匪特务们在作怪。"民兵们回道。

众人话音未落，石头抢先说道："那天我在牟得好的老宅里等鬼来。等到五更天就迷迷糊糊地睡着了，不一会儿就听到屋里有'踢踏、踢踏……'的皮鞋走动声，我马上就被惊醒了。于是就躺在炕上，连大气都不敢喘，竖起耳朵细心听了听还真是皮鞋声不假。"

"我说石头，啥叫皮鞋啊，光脚丫子露着皮？"民兵牟昌伟道。

"什么光脚丫子？你是没有见过，以前码头鬼子炮楼里，常跟着翻译官的那个女人，每次来咱镇上赶个集、上个店的，穿的就是皮鞋，就像是她走路的声音。"石头一边说，一边扭动着身子，迈着碎步，摇着屁股，学着那酸女人的走路姿态，引得众人捂着嘴偷笑。

"俺一愣神，首先想到的就是女鬼，可把俺吓得不轻，俺一个鲤鱼打挺站起身来，举起手中的斧头说道：'哪来的女鬼？'接着俺就蹑手蹑脚地下了床，高举着斧头，借着外面照进来的星光，向刚才发出皮鞋声的方桌子底下看了一眼。"

"是不是看到七仙女了啊，如果这样，你可真是艳福不浅。"民兵郑建宁说道。

"哪里是什么七仙女，我看到一团黄乎乎的东西在那方桌下面上下乱动，也不知道那是什么玩意儿，所以心是扑腾扑腾地乱跳，冷汗流了一身。我当时也顾不了那么多了，看准了目标，大喊一声，一斧头向用那团黄东西砸过去。只听嗷的一声惨叫，那家伙就不动了。"

"石头哥，你真行，好样的。"秋玲伸出大拇指夸赞道。

"俺朝着方桌底下看了一眼，这一看，总算是把心放下了，原来是一对交配在一起的黄鼠狼呀。"

"我还以为是什么东西呢！这黄鼠狼去那桌子底下干吗呀？你没有看看吗？"来喜说。

"我把这对黄鼠狼从桌子底下拖出来一看，可笑死我了，这黄鼠狼的两个爪子上，分别踏着一个空鸭蛋壳。我说走起路来那声音，咋像日本娘儿们的小皮鞋呢！"石头诙谐幽默地说。

"那一准是偷吃鸭子蛋，把鸭蛋皮粘到爪子上了。"秋玲道。

王方召把手中的烟头往地上一扔说道："这段时间，土匪们秘密潜往我地，积极网罗伪军残余，建立特务武装组织，利用封建迷信造谣传谣，蛊惑群众，煽动暴乱，且活动非常猖獗，企图扼杀和颠覆我人民民主政权。所以，反奸剿匪斗争已经不单纯是维持社会治安的问题。"

秋玲听后站起来说道："镇上出现这闹鬼的事，我感觉是有人暗中捣鬼，根据村民反映的情况，我去走访察看了几户，凡出现过鬼的院子，都留下了杂乱的脚印。一定是有人假装鬼来吓人的。"

王方召听后和队员们说道："秋玲分析得很对，世上从来就没有什么鬼、什么邪的。"

"队长，我有一个重要情况报告。"打鱼人王光重的儿子王门栓站起来说道。

"门栓，好样的，有话就说。"秋玲鼓励道。

"队长、秋玲姐，昨天晚上吃饭时，我听我爹说啊，他那天晚上在西洼坟地遇到的鬼，像是咱镇上的牟得好。"

"我说门栓，牟得好已经吊死了，我和来喜、春来亲眼看到的。再说了，这牟得好没死前咱镇上就已经闹鬼了。"石头急吼吼地说道。

"那，那我就不明白了，反正我爹是这样说的，他还说，这牟得好走起路来左肩膀高，他一眼就认出来了。我爹怕招惹事儿，不让往外说。"门栓道。

"放心吧门栓，不怕，有我们呢，咱们很快就会逮住这些鬼的，让他在老少爷们儿面前露出原形。"

"秋玲，你回去放出风声，说解放军从码头上撤走后，咱镇上的民兵要去守护码头，村干部要去县城开会，给敌人造成一种镇上防守空虚的假象。"王方召说。

"好，方召哥，放心吧。"秋玲回道。

王方召向民兵们介绍了捉鬼安排，并做了详细的分工，最后他说道："今晚咱们就这样干。"

十五

中午时分，趁着镇上行人稀少，王方召带领春来、石头、刘士武悄悄进入牟得好的老宅。

进到院子后，他们各自持枪，将院中每个房间仔细观察了一遍，然后回到院中。

王方召说道："石头，天黑后你和士武埋伏在大门口的夹道里，见机行事。"

"队长，放心吧，只要他敢来，今晚就让他出不去这个门。"石头说。

"春来，你上东房顶，居高临下控制整个院落，一旦我们打起来，你就点着火把，给它把院子照亮了。"

"方召哥，你就瞧好吧，这火把一放光，鬼就像是老鼠见了猫，小命难逃。"春来道。

"我去北房守候，等鬼到来，以我枪声为号。我倒要看看这牛头、马面鬼是何方妖怪。"王方召说。

到了傍晚，老人牟永恒领着哑巴儿子平生，在妇救会会长秋玲的陪同下，重新回到分配的这座老宅之中。

秋玲安排他们来到东偏房住下，并低声和老人说了几句，老人点头应允。安排好牟永恒和平生，秋玲便来到院中，整理了一下衣服，用手拢了一下头发，向王方召发出顺利的暗号，之后出门返回家中。

入夜，水云镇死气沉沉，家家户户都把门窗关得严严实实，大街上更是不见人影。午夜时分，仿佛有无边的浓墨重重地涂抹在天际，连星星的微光也看不见。

突然，夜风飕飕地刮了起来，风吹树叶的沙沙声传来，让人的脊梁骨发凉。

一个黑影来到西洼坟地，在牟得好的坟墓前停下，他环顾了一下四周，然后用脚狠狠地在他的墓碑上踹了三下。

这时从坟后闪出三个黑影，为首的一人说道："你怎么才来？我们都等好长时间了。"

"现在是特殊时期，我在镇上转了好几条胡同，还是小心点好。"

"镇内情况咋样？"

"你们怎么搞的？连个老头子都吓唬不了，牟永恒和他的哑巴儿子又搬回去了。"

"还吓不了这些穷棒子子！如果他们不怕鬼怪，我们就用刀和枪，弄死他几个，看他们害怕不？"

"也行，今晚民兵们都守卫码头去了，镇上防守空虚，抓紧点，好好干。我估摸着国军这两天就有行动了。特派员说了，等拿下水云镇，你就是镇长。"

"你回去转告特派员，我们会积极配合。"

"这几天干得不错，特派员专门给你的奖励，硬货。你要持续行动才是，将来特派员亏待不了你。"说完这人把十根金条递给对方。

对方接过金条，在手中掂量了一下，笑吟吟地回道："谢谢鱼眼，弟兄们会赴汤蹈火，为党国效力。"

"我先走了，等你们好消息。"鱼眼说完转身离去。

鱼眼走后，手捧金条的人道："我说兄弟，你俩先走，我放好这小黄鱼马上就到。今晚上非把这老家伙办了不行，还他娘的敢再搬回来，找死。"

"是大哥。"俩黑影说完，离开坟地，向水云镇牟得好的老宅而去。

王方召在方桌边坐到半夜，不停地抽烟，心中默念道：今晚风大天黑，正是敌人装神弄鬼的好时机，这鬼不可能不出现。他站起来在屋里转了一圈儿，然后又重新坐下，把子弹上膛，顶上火后把匣子枪放在桌上。

午夜时分，外面的风又起大了。王方召静静地听着门外的动静。

不一会儿，一个牛头鬼出现在院中，一个马面鬼紧随其后。

趴在房顶上的春来看到院中的情景，心里默念道：鬼来了，鬼真的来了。

只见两鬼一前一后，一蹦一跳的。牛头鬼手里挥舞着哭丧棒，夜风一吹，棒上缠绕的白纸条哗啦哗啦地响。

马面鬼用左手将锁魂绳高高举起，在头顶上使劲地抡，锁魂绳旋转起来，似龙卷风一般，其动作令人毛骨悚然。

埋伏在夹道中的石头、刘士成，看到牛头、马面鬼的恐怖动作，浑身直起鸡皮疙瘩。

王方召提枪悄悄地来到窗口，把匣子枪的保险打开，枪口瞄准院中的牛头、马面鬼。

牛头、马面鬼见屋内没动静，愈发猖狂，在院中连蹦带跳闹腾得更欢了。

这牛头鬼直接跑到窗户前，两眼发出强光，朝房中照射，同时伸出两只宽大的手掌抓住窗棂，从嘴里伸出一条紫红的长舌头，贴到窗户纸上，使足劲儿地用舌头舔，还发出嗷嗷的怪叫声。

这时，牟得好老宅院墙外拐角处闪出一个黑影，细高个儿，穿一身黑色的夜行衣。腰间皮带上别着一把匣子枪，绑腿上插着一把牛耳尖刀。这个黑影在原地站了片刻，只见他往后退了十步，然后躬身弯腰一个助跑，跃身攀上墙头，跳进牟得好老宅院内，这一连串的动作，可见其身手不凡。

黑影来到院中，问道："这老家伙有什么动静？"

"大哥，这闹了一阵子了，屋里很静，没人吱声。"马面回道。

这被称作大哥的人愣了一会儿，连忙说道："不好，赶紧走。"

王方召一见，大声喊道："你个恶鬼还想走，见鬼去吧你。"他扣动匣枪扳机，冲着牛头鬼身子中间连开三枪，只听外面嗷的一声惨叫，扑通一声，牛头鬼倒地，手中的哭丧棒也松了手。

十六

趴在房顶的春来听到枪声，立刻把火把点亮，照得院中一片通明。

"哪里跑！今晚你钟馗爷爷在此，拿命来！"埋伏在夹道中的石头大喊一声，闪身蹿出，直奔马面鬼。刘士武紧随其后。

王方召提枪在手，从房上跑到院内窗下一看，牛头鬼早已趴在地上一动不动，身下流出一摊血。

王方召上前用手扯下此人头上戴的牛头面具，立刻露出一个人脸。

此时，民兵春来手举火把来到跟前，弯腰一看说道："什么牛头鬼？这不是跟随牟得好在小清河上抢劫商船的土匪吕二皮吗？这下可清楚了，原来是你们这些狗东西在装神弄鬼呀！"

王方召扒拉开他的上衣，原来，牛头鬼所谓的闪光眼，竟是一块电池连接着牛头面具上的两个灯泡。

这边，石头右手持着斧头，向马面鬼猛扑而来。马面鬼看到牛头鬼中枪身亡，很是害怕，他两手扯下头上戴的假面具，转身想跑，刘士武快步绕到他的身后，对马面鬼来了个前后夹击。

石头上前一步，冲摘下面具的人说道："嘿嘿，我当是哪个龟孙子呢，原来是你啊！"

这假扮马面鬼的不是别人，正是牟得好手下的土匪万能。这万能和石头一般大，也是水云镇人，小时候，家庭条件并不好，六岁那年，父亲去世，母亲改嫁本村，而他只好过继给同族的二大爷。因为二大爷的生活也不富裕，没钱供万能上学读书，所以他就整天满镇上东窜西跑，养成了偷鸡摸狗的坏毛病，而且不务正业，经常外出打架闹事。十六岁时，已成为十里八乡有名的混混。前两年，他被牟老三看中，劝其入伙，此后，他就跟随牟老三在小清河里干起了抢劫商船的勾当。因万能心眼多，做起事来干净利索，深受牟得好的器重。

此时的万能一看被人前后夹击，心想，跑是跑不了了，心里就犯上了嘀咕：半年前，牟老三逼着自己打死一个船主，早已断了自己的后路，这要是被抓了，岂不是死路一条。想到这里他便冲着石头哭天抹泪地说道："石头哥，咱俩从小就在一起玩耍，虽然不是亲兄弟，但咱胜似亲兄弟啊！我为了混口饭吃，才跟了牟老三，今天你饶了我吧，千万别扔斧头，我知道，你这斧头一出手，我这小命就没了，我家里还有老娘呢，这日后养老送终还指望我呢。石头哥，我再也不敢了，再也不当土匪了。"万能一个劲儿地求饶，但俩眼珠子却在不停地乱转。

"万能，今天想让石头哥放你走是不可能的。只要你老老实实地伏法，跟我们回区上，向人民交代自己的罪行，政府会对你宽大处理的。"刘士武说。

刘士武话音未落，万能已从腰间掏出手枪，准备向他射击。

此时，只听"嗖"的一声，石头手中的斧头飞出，直奔万能的腹部而去。

"我的娘啊。"万能惨叫一声仰面倒地，匣子枪也从手中飞了出去。

石头快步向前，正想捡回自己的斧头，不料万能却一个鲤鱼打挺翻身站了起来。石头先是一愣，心中默念道：我这一斧头扔过去，就是不死，起码肚子也开了花了，这还能站起来，难道真是见鬼了？

石头正在纳闷之时，万能一个飞腿向他的心窝子踢来，他被踢得向后噌噌地倒退了数步。

刘士武一看，抬手举起长枪瞄准万能就要扣动扳机，万能见状一个后翻身来到刘士武左侧，左手顺势抓住枪管往上一举，只听"啪"的一声，子弹射向空中。

万能右手随即拔出绑腿里的牛耳尖刀，朝刘士武眼睛刺去，刘士武一歪头，被扎中左臂。万能再次举刀时，只听"咔嚓"一声，石头扔出的斧头砍在了他的手腕上。

"哎呀，娘啊！"万能疼得一个趔趄仆倒在地。

"这回灵了，刚才咋砍不了你呢？"石头说着跑过来一看，原来刚才那一斧子，砍在了万能宽腰带前面的铜片上。

刘士武忍着伤痛，掏出早已准备好的绳子，把万能捆了个结实。

最后跳入院中的黑衣人，正是在坟地里收下鱼眼金条的那位。

当他跳入院中听马面说一切很静时，为匪多年的他立刻警觉起来。

"不好！快跑！"黑衣人话音未落，就听到从北房里传出"叭叭叭"的枪声，牛头鬼随即中弹身亡。

黑衣人急忙转身，紧跑几步，纵身一跃，跳上院墙就想逃跑。

"看你往哪儿跑！"民兵春来手中的火枪响了，"嘭"的一声火枪喷出的锅铁片子，四散着冲墙头上的黑衣人飞去。

"哎呀！"跳上墙头的黑影被锅铁片子击中，疼得发出一声惨叫。

黑影跌落墙下，不顾伤痛，拼命奔逃，消失在夜色中。

十七

"抓鬼啊！别让鬼跑了啊！"石头、春来、刘士武三人边喊边朝黑影逃跑的方向追了出去。

在偏房中的牟永恒和儿子平生看到院子里的情景，吓得手脚酥软，张着大嘴不敢喘气。他们这些老实巴交的庄稼人，哪儿见过这个阵势？

"永恒叔，没有吓着你吧？"待院中平静后，王方召推门进得屋来。

站在窗户边的爷儿俩，看到王方召安然无恙地来到屋中，松了一口气。

"方召啊，没有伤着你吧？"牟永恒问道。

"永恒叔，放心吧，没事。他们这些妖魔鬼怪呀，道行还浅着呢，伤不了我。"王方召幽默地说道。

"这就好，这就好。方召啊，今晚我算是看清了，这哪是什么鬼啊，分明就是土匪来镇子上吓唬人。"牟永恒气愤地说道。

"永恒叔，以后你就安心住在这儿，没事的，放心好了。"王方召说完出了屋。

这时，秋玲带领民兵郑通政、曹世昌进得院中，对刚出屋门的王方召说道："方召哥，听到你这儿有枪响，我们就赶过来了。"

"秋玲，你来得正好，牛头、马面鬼落网了，一个死了，一个在那儿。"王方召指着捆在墙角的万能说道。

秋玲走到墙角一看，原来是当了土匪的万能。"好你个鬼东西，你就等着老少爷们儿处置吧。"秋玲说完，狠狠地踢了万能一脚。

"通政、世昌，你俩把窗户下面那个死鬼弄出去埋了吧。"

两人答应后将吕二皮抬了出去。

来喜、陈大林按王方召的指示，早已埋伏在牟得好假坟墓附近，紧盯着坟墓的情况。

镇上枪声响过不久，两人猛地发现有个黑影慌慌张张地朝牟得好的坟墓而来。来喜睁大眼睛一看愣住了，发现来者不是别人，正是前几天吊死的土匪头子牟老三。

来喜心中默念道：方召哥估摸得不错呀，原来你个牟老三在装死，这镇上闹鬼，还真是你干的。

牟得好从镇上逃出来之后，直奔西洼坟地而来，他来到自己的坟墓前转了一圈儿，发现没人盯梢，便弯腰推开墓碑下的一块石板，钻进墓穴之中。

"来喜哥，牟得好不见了。"陈大林说道。

"走，快过去看看。"来喜和陈大林起身来到坟墓前，两人掀起墓碑底下的石板一看，原来是一个黑不溜秋的洞口。

就在此时，又有三个黑影冲坟墓而来。

"谁？口令。"陈大林发现三个黑影由远而近，赶忙发出口令。

"捉鬼。"对方回应。

"石头哥，我是大林。"陈大林赶忙回道。

"来喜哥，大林兄弟，我们追赶的黑影人窜到了这里，你们看到了吗？"石头急呼呼地问道。

来喜指了一下墓碑后边露出的洞口说："进里边了，是装死的牟老三。"

石头看了一眼黑乎乎的洞口，就要下去。

"石头，先别下去，这小子为匪多年，鬼得很，大林、春来、士武你们伝这样做。"来喜低声和三人说了些什么。

"是。"三人应声而去。

他们走后，来喜向石头使了一个眼色。石头端着枪冲洞口里边喊道："牟老三，你这个孬种，赶紧的，出来缴枪投降吧，你已经被包围了。"

石头连续喊了三遍，洞内一点动静都没有。

"再不出来，就往里扔手榴弹了啊。"来喜喊道。

这时，石头从腰间掏出一颗手榴弹，打开把上的盖子，对着洞口喊道："你这个缩头乌龟，老子非把你炸出来不可。"

石头话音未落，洞内的牟得好冲上边喊着："别扔手榴弹，我马上出来，我投降。"

"赶快出来，别磨磨蹭蹭的！"石头道。

可等了一会儿，这牟得好不但没有出来，连声音也没有了。

石头一看，心想又被这死鬼骗了一次，火暴脾气促使他一拉弦，把手榴弹扔进了洞内，只听"轰隆"一声，洞口的土被炸得塌了方，厚厚的泥土把洞口堵了个严严实实。

"完了，完了，这下牟老三准被憋死在洞里了，这让他交枪的事又完了。"石头额头上的青筋凸起，表情无奈地说道。

"石头，这洞口堵死正好，跟我来。"来喜带石头向古河道走去。

大林、春来、士武按来喜的吩咐，快步来到坟地北边不远处的一古河道附近，三人选好地形埋伏了下来。

这条东西走向的古河道里长满了芦苇，边上有一排房子，这个院子是牟得好的场院，院子的排水道就和这长满芦苇的河床相通。

这时，天已经接近黎明，一位身背粪筐子、手拿粪叉子当拐杖的拾粪老人，一瘸一拐地从芦苇荡走了出来。

待老人走近后，发现他的左腿受了伤，伤处用一块布缠着，上面有一片血迹。

"老大爷，你起得这么早啊，怎么没在这镇上见过你？你是博兴西营村那边的吗？"大林迎上拾粪老人关切地问道。

"我没有受伤，只是磕了一下子，不要紧。"拾粪老回道。

"老大爷，你还是在这里休息会儿吧，等我们抓住逃跑的土匪，就带你去镇上的药铺看看。"士武说道。

拾粪老人听刘士武这么一说，不但脚步未停，反而慌里慌张地加快了离开的脚步。

"牟老三，你给我站住，再走我就开枪了。"春来突然对拾粪老人喊道。

听到春来的喊声，这老头子扔掉肩头上的粪筐，头也不回，撒丫子就跑。

"叭。"春来朝牟老三开了一枪。

"站住！站住！"春来、大林、士武三个人边喊边追。

逃跑的牟老三把伪装的白发头套往下一拉扔在地上，迅速从腰间抽出匣子枪，返身瞄准跑在前边的陈大林开了枪，"叭叭"，一颗子弹从陈大林的左肩擦边而过，另一颗子弹擦破了他的左耳朵。

"你个死鬼，枪法还很邪乎。"陈大林用手摸了一下耳朵说道。

三人面对牟得好的枪击，是既不害怕，也不停步，一直猛追。

牟得好又返身打了两枪，慌忙逃进古河道的芦苇之中。

钻进芦苇荡后，牟得好只顾得仓皇逃命，脸和手均被杂乱的芦苇划破，但恐慌和惊吓已让他顾不得疼痛，甚至连"哎哟"一声都不敢发出。跑着跑着，他突然感到前脚被绳子一绊，扑通一声趴在地上，手中的匣枪被甩出老远。

"哎哟，娘啊！"芦苇荡中传出牟老三的惨叫声。

"跑啊！你不是来无影去无踪的鬼吗？"埋伏在此的石头，一只脚狠狠踩在牟得好的脑袋上说道。

春来、大林、士武三人追进芦苇荡一看，来喜和石头已将其擒获。

陈大林走上前来，拾起牟得好甩在地上的匣子枪，指着趴在地上的牟老三说道："你不是跑吗，这次看你往哪里跑！"

"把他捆起来，押队部去。"来喜说。

"是。"石头、春来用绳子将牟得好捆起来，众人押着牟老三向镇中走去。

"来喜哥，了不起！你咋知道这小子还有暗道呢？"石头一边走，一边好奇地问道。

来喜朝石头笑了笑说道："埋伏前我察看了周边的地形，发现这家伙以前的场院屋子排水口特别大，我想啊，就那么一个不大的场院，还用得着如此大的排水口吗？"

"咱来喜哥干事，那叫哑巴吃饺子——肚里有数。"春来说道。

"牟老三这家伙狡兔三窟，我猜，说不定啊，这就是一个暗道出口。"来喜道。

"来喜哥，你真是料事如神呀。"陈大林道。

"我说春来哥，这牟老三扮成个老头子，咋还叫你认出来了呢？"刘士武冲春来一伸大拇指说道。

"你看，你看，这家伙走路有个毛病，左肩膀往上蹿，和门栓他爹说的一样。"走在后边的春来指着牟老三走路的背影说道。

众人押着牟得好说说笑笑地向镇中走去。

鱼眼在坟地和牟得好会面后便返回家中，关上门上床睡了，他躺在床上翻来覆去地睡不着，右眼皮是不住地乱跳，他感觉要有什么事发生似的。

躺了一会儿，鱼眼起身从床底的箱子中拿出一把手枪放在枕头底下，刚想入睡，就听从西洼坟地方向传来爆炸声，他慌忙提枪从房中走出，往西北方向看了一下，然后再次进屋，不一会儿，背着一个包袱走出屋来。

鱼眼来到大门口，把耳朵贴近门板听了听，没发现什么动静。刚想开门，手又缩了回来，他虚张声势地冲着门外说道："都站门口老半天了，快进来歇歇吧！"

埋伏在门外的民兵王门栓以为已被鱼眼发现，刚想起身破门而入，却被崔立杰按住。他用手势告诉王门栓：别动。

鱼眼从门缝往外边瞅了瞅，确认门外没有埋伏，才迈出大门，就在他返身锁门的刹那，三支枪顶在了他的身上。

"举起手来！鱼眼你被捕了。"崔立杰厉声说道。

鱼眼刚想掏枪反抗，王门栓眼疾手快，用枪口狠狠地顶在他的右肋条上，并大喊道："我叫你闹腾，老实点。"

王门栓下手太重，只听鱼眼惨叫一声："哎哟！我的肋条骨断了。"手中的枪啪嚓一声掉在了地上。

"再不老实，剔了你的排骨。刚才差点儿上了你的当，真他娘的老奸巨猾。"王门栓枪口顶住鱼眼的肋条骨愤怒地说道。

"带走，回区委。"崔立杰说。

鱼眼被带到区委，张世勖当天晚上对他进行了审讯。

"白奇安，知道为什么今晚带你到这儿来吗？"

"知道，知道，张镇长，我就是上了土匪牟老三的当，为他通个风、报个信什么的，但话又说回来了，我不干不行啊，如果我不干，他会杀了我的，我也是被逼无奈呀。"

"你和牟得好干的事，这一点我们清楚，我们想知道的，是你和土匪许长举、周炳文勾结的问题。"张世勖道。

"交代一下你怎么和土匪许长举、周炳文联系，他们现在窝藏在什么地方？河口码头上的爆炸是何人所为？"崔立杰问道。

"我只是一个被逼着干点小事的人，这么大的土匪，我真的不知道，也不认识。"白奇安狡猾地说道。

看到白奇安在隐瞒真相，善于察言观色的张世勖说道："我们党的政策是坦白从宽，抗拒从严，这一点你应该清楚，对土匪特务，我们是首恶必办，胁从不问，你和许长举、周炳文比起来只是一个小人物，根据我党胁从不问的政策，即使你做过坏事、坑害过人、犯过罪，只要老老实实地交代，也能得到宽大处理。如果你知情不报，抗拒到底，那你是在自寻死路。我再给你提个醒，那晚你推车去县城送菜，半路却进了大庙子坟地，干了什么，你自己最清楚。我再给你二十分钟的考虑时间，何去何从，由你自己决定。"张世勖说完，看了一下手表，和崔立杰走出审讯室。

走到门口，崔立杰转身说道："你的自行车骑得不错，是从哪里学的？别认为我们什么也不知道。"

"张镇长，别走，我、我、我说。"在张世勖、崔立杰一番话的攻势下，白奇安自知所做所为已被全面掌握，终于动摇了，他吞吞吐吐地说道："能给我一支烟吗?"

"门栓,给他解开绳子。"张世勋说道。

"是,指导员。"王门栓给白奇安解开捆绑住手腕的绳子,并顺手递给他一支香烟。

白奇安吐出一口烟雾,深深地吸了一口气,然后用舌头舔了一下嘴唇说道:"我都说。什么人组织实施了码头上的爆炸,我确实不知道,但我知道许长举和周炳文藏在哪儿,他们现在大庙子城堡内······"

"他们现在有多少人?"张世勋话音未落,就听到外面响起"轰隆隆"的爆炸声,"嗒嗒嗒"的机枪扫射声。"冲啊!杀呀!"喊杀声从大街上传来。

"看来是土匪进镇子了。"崔立杰对张世勋道。

"门栓,你守在这儿,看好俘虏。立杰,咱们走!"张世勋说完从枪套中掏出匣子枪,冲出门外。

天将拂晓时，一队黑影由南向北手持各种枪械，猫着腰渐渐靠近水云镇南门。

"冯原，你带几个人过去，先把围子墙边上的草垛给我点了，趁村民们救火，我们再进镇。"说话的不是别人，正是土匪头子许长举。

"是大队长。"冯原应声而去，片刻，草垛起火燃烧，火焰蹿起一竿子高，还不断发出噼里啪啦的声响，冒出的烟雾随风飘向夜空。

"失火了，失火了，救火啊！快来救火啊！"冯原站在燃烧的草垛边，假扮村民喊叫着，试探镇内的虚实。

等了一会儿，冯原走近许长举。"大队长，鱼眼的情报很准，村里的人都让鬼吓住了，一个都不敢出来。"

发现原本热闹的镇子竟然空无一人，许长举暗自高兴，便向土匪们喊道："弟兄们，共军都被我们吓跑了，现随我进镇，攻占共党区委，该抢的抢，能拿的拿，临走再弄上几个娘儿们啊！"

"装袋子啰！"土匪们号叫着冲进镇中，发现镇内确无一人看守，许长举十分高兴。

"你，你，还有你，去告知沿街的商户，让他们把金银财宝用布包好扔到街上来，谁敢不从，全家杀光，房子当柴火垛一样烧了。"许长举向身边的土匪们喊道。

"是，大队长。"

众匪一边放枪，一边举着火把沿街喊叫："做买卖的，都给我们听好啦，把金银财宝用布包好后扔到大街上。否则，烧光、杀光你们一家。"

求财心切的土匪，刚想砸门而入，突然有东西嗖嗖地从院子里扔了出来。

"这些做买卖的，真是地瓜蛋抠梆子——不禁敲打，他娘的真听话。"看到有东西扔出来，土匪们是得意扬扬。可扔出来的东西一落地，就发出"轰隆轰隆"的爆炸声，十多个土匪应声倒地。

几乎同一时刻，房顶上埋伏的解放军战士们，手中的机枪、步枪一起朝土匪们开了火。

突如其来的枪声，把土匪打得是四处躲避，有两个掉转屁股就想往南门方向逃跑。

"叭叭"两枪，许长举将逃跑的土匪击杀。

"都给我稳住，就几个民兵，跑什么跑！谁敢临阵脱逃，这就是下场。"许长举话音未落，一颗子弹飞来，身边的一个土匪应声倒地。他刚想组织土匪们反击，又飞来一颗子弹。许长举感觉耳朵一阵灼热的刺痛，下意识地用手擦了一把，满手鲜血。

"弟兄们，给我——"许长举话音未落，又一颗子弹击中他身边朱九的脑袋，朱九没出一声，就直挺挺地躺在了地上。

许长举一看中了埋伏，向土匪们号叫道："弟兄们，赶快撤，赶快撤！"

排长成勇向战士们高声喊道："同志们，今天是关门打狗，别让这些家伙跑了，跟我上。"

伴随着冲锋的命令，战士们纷纷出击，向土匪们边打边追。土匪顿时乱了营，纷纷鬼哭狼嚎地拼命顺着大街一溜烟儿的往南门猛窜，率先跑到南门的土匪，又被一排的枪打了回来。

水云镇的民兵完成捉鬼任务后，在王方召的带领下，早已埋伏在南门，堵住了土匪的退路。等土匪一来，各种武器一起开火。随着密集的枪声，跑在前头的土匪纷纷倒地，剩下的十几个土匪看到南门被堵，后边又有追兵，便化整为零顺着大街两边的胡同各自逃窜。

枪声渐渐稀了下来。

张世勋、崔立杰出得区委大院，刚进入小街子，就隐隐约约地看到有两个土匪顺街边拐进了万家胡同。

"立杰，这是条死胡同（另一头用墙堵住了），墙头和西围子墙是平行的，你从那边绕到西头，顺着围子墙上去后，守在围子墙头上，如果他俩爬墙——"张世勋两手做了一个包抄的动作。

崔立杰点头，快步而去。

两个土匪顺着胡同往前跑，到了跟前一看，一堵墙横在自己面前。

"真他妈的倒霉，死胡同。"高个子说。

"蒋哥，我们搭人梯先送我上去，然后我再拉你上去。"小个子说。

"也他娘的只能这样了，你上了墙可别跑了啊！"大个子土匪不放心地说道。

"蒋哥，这都啥时候了，你还这么小心眼，放心吧，兄弟我说到做到。"小个子土匪一拍胸脯回道。

大个子蹲下后，小个子两脚踩在他的肩上。

"哎呀，你个子不大，还他娘的挺沉。"高个子说。

"再坚持会儿，马上就行了。"小个子两手搭着墙头，冲底下的高个子道。

"很沉是吧？我让你们轻快轻快！"等在墙头上的崔立杰把手中的砖头高高举起，狠狠砸在小个子的头顶上。

只听"咚"的一声，小个子被砸得脑浆迸裂，从大个子的肩上掉落在地，然后蹬了蹬腿，直挺挺地躺在地上再也不动了。

大个子低头看了一眼小个子摔死后的恐怖相，吓得"嗷"的一声，转身撒腿就跑。

张世勋守在胡同口，看到大个子拼命地跑了回来，便顺手抓住面前的一棵小柳树，把树身拉成了弓形，对准气喘吁吁的大个子，猛地一松手，树梢不偏不倚扫中大个子的脸。

"哎哟！俺娘哎！我的脸啊！"大个子双手捂脸的一瞬间，张世勋箭步跃过去，一个扫堂腿，大个子"扑通"一声摔倒在地。

"我们是人民解放军，赶快投降，趴着别动。"张世勋说。

大个子刚才是连惊带吓，再加上张世勋那一腿，直接被摔晕了，以为有人在捉弄自己，便迷迷糊糊大骂："少和老子来这一套，我是许大队长的人，小心我杀你全家，别、别他娘的开玩笑。"

"谁和你开玩笑，睁开你的狗眼看看，我们是解放军，你被俘虏了。"张世勋说完一把将他提将起来。

"指导员，那个小个子被我送西天了。"赶过来的崔立杰说。

"好，你先把这个押回区委，我去那边看看。"张世勋说。

"是，指导员。"崔立杰回道。

区委内看押白奇安的民兵王门栓听到大街上传来枪声，时不时地走到门口向外张望。白奇安看到王门栓心情急躁的模样，假装咳嗽了一声说道："长官，我要解手。"

"你给我老实点儿，别耍花招。"王门栓说。

"长官，你刚才也看到了，听到了，咱镇长说了，只要我交代了，就从宽处理，我刚才可是什么都说了。哎哟，哎哟喂，肚子疼，拉裤裆里了啊！"白奇安弯腰双手捂着肚子大声喊着。

看到白奇安的狼狈相，王门栓便起了怜悯之心："走，到院中粪坑那边。"

受过特务专门训练的白奇安，走到门口后迅速转身猫腰，一头撞向前脚刚刚迈出门口的王门栓。王门栓在毫无防备的情况下，"扑通"一声仰面摔倒在地。白奇安迅速从鞋子底下取出暗藏的尖刀，冲门栓胸口连捅数刀后仓皇逃离。

水云镇南门，王方召大声号令道："来喜，你带小队守在这里，发现想逃跑的土匪，直接枪毙，别和他们瞎费工夫。"

"春来，带兄弟们跟我进镇，搜捕残余的土匪。"王方召说。

"是，队长。"民兵们答应着。

王方召带领民兵过了几条胡同，便来到方子门处，突然发现一个黑影闪进杏花仙家。

"队长，有人进了杏花仙家。"陈大林说。

"队长，我也看到了。"春来说。

"春来，你带人继续追捕残余的土匪，大林、昌伟你俩随我来。"

王方召他们来到杏花仙家门口，推门而入。

"哎呀，哎哟喂，这让尿憋的，可憋死老娘了。"只见杏花仙从屋里出来后，解开裤腰带，蹲在地上便哗哗地开始尿尿。

三人一见这一情况，也不敢抬头看，便在门口停下了脚步。

待了一会儿，杏花仙提裤站起来。

"杏花仙，刚才进来的人呢？"陈大林说。

"谁呀？你问谁呀？就我寡妇老婆儿自己，你们进来想干啥？"杏花仙道。

"刚才明明有人进来，我们看得很清。"牟昌伟说。

"我一个寡妇老婆儿家，能有什么人来呀？"杏花仙说。

"走，到屋里看看。"王方召说。

三人进得屋来，可杏花仙却不顾一切地爬到炕上，一屁股坐在中间，拼命地哭喊着撒起泼来："我好命苦哦，孤苦伶仃的一个寡妇人家，还要受别人欺负，我的命真的好苦啊……"

看到眼前的一切，三人无奈地退出房门。

"队长，我们不能走。"牟昌伟说。

"队长，我俩都看见了，就是有人进了她家，咱们不能走。"陈大林说。

"看把你俩猴急的，我说走了吗？现在我们马上返回去，如果杏花仙还继续坐到炕上去，就说明她腚底下有问题，我说大林，到时候你把她拉下来。"王方召说。

"好的，队长。"陈大林应道。

"昌伟，你要迅速掀开炕上的席子，我估摸着她炕下面有藏身的地洞。"

"是，队长。"牟昌伟应道。

三人进屋后，这杏花仙又赶紧爬到炕上坐了下来，然后眯上双眼，口中还神神道道地念着咒语。

陈大林见状，一个箭步蹿到炕上，把装模作样的杏花仙拉了下来。与此同时，牟昌伟麻利地掀起炕席。

果然在杏花仙刚才坐的位置后边，出现了一个锅盖大的洞口，陈大林刚想低头往里看，被王方召一把拉了回来。

"叭叭叭"从洞口射出三颗子弹，匪首许长举趁机从炕洞里蹿了出来。

"把枪放下！"王方召喊话的同时，一枪击中许长举的腿部。

许长举感到腿部一阵剧痛，不自觉地跪倒在炕上，口中说道："八路爷爷，别杀我，我投降！"

"什么八路爷爷，你瞧好了，我们是水云镇的民兵，还认得不？"王方召说。

"认得，认得。"许长举回道。

"那就好，许长举你听好了，我没说让你投降，更没说要俘虏你，你这个家伙恶贯满盈，水云镇的人恨得你牙根痒痒，嚼碎了你都不解恨。"王方召说。

"是，是是。"许长举道。

"大林、昌伟，把这个家伙押回去，他应该接受人民的审判。"王方召说完，就和大林、昌伟押着杏花仙、许长举返回了区委大院。

十九

　　这次偷袭水云镇的土匪，除冯原化装成民兵趁机逃跑，几个受伤被俘虏，其余的全部被歼灭。

　　打扫完战场，成勇带队返回驻地的路上，二班长李少峰对成勇说："排长，当时你让我们白天走晚上回的，弄得我是米汤洗头——糊涂到顶了，这下终于明白了，你这声东击西的作战方法真是绝了。"

　　"可不是，之前我还真认为部队要调离水云镇呢。"三班长汪杰说道。

　　"这都是我们张政委布置得好，给土匪造成了调离的假象，引诱他们上钩，然后全部歼灭。"

　　"我说排长，张政委是给土匪们安排了一次敞篷里睡觉啊，想跑，没门。"走在队伍前边的机枪手刘国梁说道。

　　战士们打了胜仗，在说笑中，返回水云镇河口码头驻地。

　　"门栓、门栓！"区委大院内传来崔立杰的呼喊声。

　　回到区委的张世勋听到喊声，快步来到关押白奇安的房中。

　　"指导员，白奇安逃跑了。门栓，王门栓他牺牲了！"崔立杰说。

　　"我们还是大意了。"张世勋说完蹲下身子，看了看这年幼的孩子，用右手合拢了门栓那死不瞑目的一双大眼。

　　王门栓的追悼会上，崔立杰沉痛地说道："同志们肃立，向为争取民族独立解放，捍卫国家新生政权而英勇献身的王门栓遗体默哀。"场面动容，不少民兵哭了起来。

　　崔立杰继续说道："下面由水云镇镇长张世勋讲话。"

张世勋整理了一下军装，走上前来，人们立刻变得鸦雀无声。

"战友们，兄弟们，王门栓同志为革命牺牲，我们要永远记住他。"

"坚决消灭国民党特务，保卫人民政权！为王门栓同志报仇！"王方召带头高呼着口号。

"王门栓是为人民利益而死，他的死比泰山还重！"

"铲除土匪，活捉周炳文！"秋玲带头高呼口号。

"许长举、周炳文这伙土匪，在小清河畔犯下了累累罪行。今天我们击败了土匪们的偷袭，可王门栓同志却在这次剿匪中牺牲了，他用年轻的生命和鲜血激励我们活着的人，我们最终会赢得这场剿匪战斗的光荣胜利！王门栓烈士永垂不朽！"张世勋充满悲痛而又激情地说道。

"打倒蒋介石，解放全中国，伟大的中国共产党万岁！"战士们在张世勋的带领下，振臂高呼。

开完追悼会，张世勋对崔立杰和王方召说道："立杰、方召，眼下剿匪任务已是刻不容缓，马上对俘虏和杏花仙进行审讯，尽快摸清土匪的活动动向、兵力部署和准确的藏匿之处，力争将其全歼。"

"是，指导员。"崔立杰、王方召应声离去。

大约一个时辰的工夫，崔立杰回到张世勋的办公室，把审讯高个子蒋文旭的笔录递给张世勋。

张世勋接过后详细地看了一遍说道："从蒋文旭的口供看，土匪藏匿的地点、人数都已经很清楚了，接下来我们要制定严密的剿匪方案，将他们全部歼灭在城堡内。"

"蒋文旭交代，昨天晚上土匪们兵分两路，一路由许长举带领攻打我水云镇区委；另一路由周炳文带领偷袭我小清河口码头。因周炳文发现许长举被我军包围在镇中，狡猾的周炳文怕再中埋伏，放弃了昨天晚上的行动，带领土匪逃回了城堡。"崔立杰说。

"周炳文为匪多年，不但凶残，而且狡猾得很，对付他我们得多长几个心眼才是。"张世勋说。

"是的，指导员。"崔立杰道。

"许长举呢？他交代了吗？"张世勋问道。

"这家伙顽固得很，避重就轻，非常不老实。"崔立杰回道。

"因为他清楚得很，像他这样罪大恶极的土匪，只有死路一条。"

张世勋沉思了一会儿，继续说道："立杰同志，通知下去，明天召开公审大会，对土匪中罪大恶极者判处死刑，通过狠狠镇压小清河畔的反革命匪首，提高我党和政府在人民群众心目中的威信，保证各项工作的顺利进行。"

"是，指导员。"崔立杰道。

"世勋，好事，好事啊，这老妖婆都招了。"王方召急急忙忙地进得屋来。

"方召，先喝口水再说。"张世勋道。

王方召一看到水，才感觉嗓子是直冒烟，也顾不得坐下，端起桌上的白色搪瓷缸子就喝。

"方召，慢点喝。"张世勋道。

"这一天一夜忙的，光想着抓土匪哩，连水都忘记喝了。你们猜这牟得好把枪藏在哪儿了？"

"我说方召啊，你这直来直去的急性子人，今天咋学会卖关子了？"崔立杰道。

"嘿嘿嘿，一开始这老妖婆是变着花样的对抗，连哭带闹，极不老实。"王方召道。

"快说说，你是怎么降伏她的？"崔立杰道。

"杏花仙，你不说是吧？好。陈大林、石头把这个'神仙'送码头东边的河神庙去，说让她常年跪在门口，在那儿忏悔。"王方召双手叉腰眉飞色舞地说道。

"你还真给她找对地方了。"崔立杰道。

"这老妖婆一听，立刻不哭，也不闹了，坐那儿老老实实的，我问什么，她说什么，这不，成了。"王方召道。

"她没说假话？"崔立杰道。

"她说的，一开始我还真不全信，可我又审问了一遍假扮马面鬼的土匪万能，让他俩对质，这才放了心。原来井水变黑，是牟得好指示万能和吕二皮两人偷偷往井中倒的黑染料。万能还交代说，他们的行动是受白奇安指示的。"王方召道。

"牟得好把枪藏哪儿了？"张世勋问道。

"以前他用过的汉阳造藏在他老宅方桌底下的地洞中。牟得好的假坟墓中，藏有两挺机枪、十支冲锋枪、二十支步枪、十箱子弹和五箱手榴弹。这些武器都是白奇安用船从济南偷运过来的，准备组织暴动用的。"

"我说方召，收获不小啊！"张世勋道。

"世勋哥，我已经派来喜和石头分别带人去挖了，很快就会回来的。"

"好，这次我们不但打破了敌人对水云镇的偷袭，而且还用敌人的武器武装了自己。"张世勋说。

"世勋哥，何时审判这些土匪？"王方召问道。

"今晚我们就召开一个区委扩大会议，对抓到的土匪进行定罪，明天宣判。"张世勋道。

第二天，公审大会在水云镇十字路口举行，通过多名证人对许长举的控告，历数了他多年在小清河畔组建土匪队伍、打家劫舍、抢劫商船、欺男霸女、充当汉奸走狗、出卖民族、追随日寇、烧杀抢掠、勾结国民党军与人民为敌，反共反人民的件件罪行。许长举被人民政府判处死刑，押往刑场立即执行，得到其应有的惩罚。

其余的土匪根据不同情况进行处理，蒋文旭因交代彻底、举报有功，教育后释放回家。万能和杏花仙受到了人民的管制。

来喜、石头带领民兵，身背肩扛地把缴获的武器弹药送到区委大院。

"世勋哥，方召哥，我们回来了。"来喜和队员们高兴地喊着。

"大伙受累了啊！都放到这里，都放到这里啊。"王方召指着房檐台子说道。

"方召哥，你看我这湖北条子、大刀片子的，咱不多少留点吗？"石头调皮而又恳切地说道。

"我说你个石头蛋子，说啥呢？要听从区上分配才是。这世勋哥和咱从小一块长大，还能亏待了你？真是的。"说完后王方召又转身对张世勋道："世勋哥，你说对吧？"

"方召，想要枪了对吧？"张世勋问道。

王方召看了张世勋一眼，心中默念道：这又新又好的武器谁不想要啊？可他却立正回答："报告镇长，一切听从上级的安排。"

"好你个王方召啊，个子不高，心眼不少，现在喊镇长了，咋不叫指导员了呢？"公安员崔立杰好像从王方召表决心的话里听出点门道来。

"李洪，你和方召把缴获的武器弹药给区中队送去。留下两支冲锋枪、十支步枪、两箱手榴弹和两箱子弹给方召。"张世勋道。

"是，指导员。"李洪道。

"顺便通知成排长，让他派一个班的战士过来，帮助民兵进行军事训练，尽快熟悉枪械知识和作战要领，配合部队攻打大庙子城堡。"

"是。"两人答应后转身离去。

"立杰，等会儿我俩化一下装，去大庙子村侦察一下周边的环境，熟悉一下地形，回来制定作战方案。"张世勋道。

"是，指导员。"崔立杰立正敬礼回道。

大庙子城堡内，周炳文气喘吁吁地带队逃回。

"周队长，怎么就你自己？许队长呢？"特派员孙立迎上前来问道。

"你还问？你给的什么狗屁情报，全他娘的是假的，还问许队长？他带队进镇就被共军包围了。"

"为什么没有增援他？"孙立道。

"我听到枪声后想冲进镇去救出许队长，可共军的火力太猛了，我带人冲了三次都没有成功。"周炳文道。

"情报失误了？"孙立自言自语道，然后眼珠子一转，喊道，"何超。"

"到，特派员。"何超道。

"马上给水影发报，调查情报失误之责。"

"是，特派员。"

"周队长，辛苦你了，先下去休息吧，等水影回电后再议。"孙立道。

"队长，大哥，进镇的弟兄们全完了，被共军包了饺子了！大哥啊！大哥啊！"侥幸逃回来的冯原一把鼻涕一把泪地哭诉道。

"你是怎么逃回来的？"孙立严肃地问道。

"特派员，亏了这身衣服，多亏了这身衣服啊。"冯原用手扯了扯身上的布扣衣服说道。

"这事我知道，战前我和许大队长吩咐的，让他穿上这身民兵的衣服，如遇特殊情况，也好搞个侦察什么的。"

"特派员，特派员，我们在水云镇的地下组织，全被共军一锅端了。"白奇安逃跑后也来到大庙子城堡。

"你个龟孙子，你他娘的给的什么情报，让老子死了那么多人，我毙了你。"周炳文从腰中拔出匣子枪，顶在了白奇安的头上。

"特派员，特派员，我不能死，我是党国的忠臣啊，我——"白奇安吓得两眼发直，冲着孙立一个劲地喊着。

"特派员，水影回电。"何超拿着电文过来说道。

"念。"孙立看也不看地吩咐何超，因为出了事，都会推卸责任，这个他非常明白，水影也不例外，所以城府极深的孙立直接吩咐何超读给大家听听。

何超看了一下众人，双手捧起电文念道：共军回防一事，我们只是协查，水云镇情报具体由鱼眼行动组负责。我们的责任区是小清河和水云镇码头。水影。

"白组长，你也听到了，因你的疏忽大意，害死了这么多的兄弟，这个事我也很难向上峰交代。"孙立道。

"什么党国忠臣，我看你就是个共军探子，害死我们那么多弟兄，你该死。队长，枪毙了他，给大哥报仇。"冯原说道。

白奇安两眼一瞪，刚想发怒，心中默念道：看孙立对自己的态度，还是算了吧，现在没有一点资本，还有什么能力和这些土匪抗衡？但他也是见过世面受过训的特务，此时，他一扬头，软中带硬地说道："老子是行动组组长，少校军衔，军统的人。你动我一下试试！你们栽赃陷害，又能把我怎么样？别拿着破枪吓唬人，今天你要不打死我，你就是我孙子！"

"你个狗玩意儿，死到临头还嘴硬。"不等孙立回话，不按套路出牌的周炳文一怒之下，只听"叭叭"两声枪响，白奇安脑浆迸裂，见了阎王。

"周队长能在关键时刻果断出手，真乃英雄也，非常时期，给党国造成重大损失的人，理应得到这样的惩罚。"孙立的话一语双关，也是对周炳文的警告。眼前这种结果，也是孙立希望看到的，死一个没用的"光杆司令"也无所谓。

"周队长，当务之急，我们必须加强城堡的严密防守，增加流动岗哨，以备共军来犯。"

"是，特派员。"周炳文领命后，带领众匪前去布置。

张世勋、崔立杰两人化装后来到大庙子村北边，对城堡周边的地形做了缜密的侦察，然后两人返回区委，再根据俘虏的口供，共同商议起草了一份攻打城堡的初步作战方案。

"李洪，通知成排长和班以上干部到区委开会。"

"是，指导员。"李洪应声而去。

"立杰，你去通知一下方召和秋玲来参加会议，他们都在镇东的场院里训练。"张世勋说。

"好，我马上去。"崔立杰说完转身离去。

众人到齐后，崔立杰主持会议，他说道："攻打大庙子城堡，歼灭藏匿的土匪，是当前任务的重中之重。通过对城堡的侦察，我和世勋同志制定了一个攻打城堡的初步方案，下面由世勋同志向大家介绍。"

张世勋站起来说道："下面我把这个方案向同志们介绍一下，然后大家一起讨论。第一，采取政治攻势，向城堡内的土匪们喊话，宣传'首恶必办，胁从不问，立功受奖'的剿匪政策。同时，动员群众召回被骗入匪的亲人，分化瓦解敌人。第二，攻打和堵击相互配合，采用猛打、猛冲、猛追的战术，实行以毙俘匪首，消灭股匪为目标的歼灭战。第三，攻打之前，深入发动水云镇的人民群众，得到人民的支撑，使战时有充实的保障，让熟悉城堡情况的百姓主动为战士们带路，减少不必要的伤亡。第四，战时情况要设想周全，要有预案、多手准备，充分做好后勤保障。这四条只是初步计划，大家讨论时要畅所欲言，献计献策，讨论后逐个发言，由立杰同志做一下记录，以便充实作战方案。下面给大家半个小时的讨论时间。"

"指导员，县委门书记电话，有紧急情况。"警卫员李洪报告说。

"好，我马上到。"张世勋和同志们打过招呼后，快步回办公室接通县委书记门日升的电话。

"你好门书记，我是世勋，请指示。"

电话中传来门日升的声音："世勋同志，蒋介石公然撕毁'双十'协定，对我中原解放区发动疯狂进攻。全面内战已经爆发。"

"门书记，我们五区当前的任务是？"张世勋问道。

"眼下情况紧急，解放军及民兵要积极配合，尽快歼灭大庙子城堡的土匪，同时还要做好县城及西部各区村干部沿水云镇码头向北撤离的准备工作。"

"是，门书记，坚决完成任务！"世勋和门日升通完电话，抬头看了一下日历，然后快步回到会议室，向大家传达了县委书记门日升的指示，在听取了众人提出的建议后，留下成勇、崔立杰、王方召、秋玲五人，共同研究制定了攻打大庙子城堡的作战方案。

总攻时间设定在明日傍晚。

按照具体分工，各部要提前进入战斗地点，战斗在明日下午六时准时打响。

二十

孙光业的城堡位于大庙子村东北角，有北门、东门、南门，因西边是村庄，没有大门。城堡共有两道围墙，外围是土围子，三米多高，完全用土、生石灰加小米汤按比例混合拌匀后夯筑而成，俗称"三合土"，非常坚固，易守难攻。我军要想进入城堡，必须打过这第一道防线。

按照作战方案，首先由解放军机枪组攻击土围子北门的守敌，掩护梁庚辰、汪杰带一班、三班从北门发起冲锋；李少峰带二班从北门西侧的土围子发起突袭；来喜带领民兵骚扰东门守敌；王方召带领民兵攻南门后，佯装败退，然后埋伏在周边，等从南门败逃的土匪进入伏击圈时将其歼灭；秋玲负责战场上的伤员转送、子弹的补给及对土匪的政策喊话劝降事宜；石头负责组织群众，带上铁脚子在土围子上刨蹬脚，以便二小队战士们快速登上围子墙突袭敌人。

战斗按预订时间打响了。

城堡周边响起进攻的枪声、战士们和民兵的呐喊声、军号声。

北门守敌遭解放军突然攻击，土楼上的土匪冯原举枪说道："弟兄们，共军来了，火力全开，给我打。"

总攻发起后，石头带领水云镇六百多名群众开始在土围子上铲出一层层的蹬脚。

"老少爷们儿，枪声和冲锋号都响了，土匪们忙着守门，顾不上咱这儿，加把劲啊！"

不一会儿，人们在土围子的斜坡上铲出无数个蹬脚，直通土围子顶部。

"同志们上！"二班长李少峰向战士们高声呼喊道。

战士们顺着蹬脚迅速翻过围墙，并向指挥部张世勋发出两颗顺利的红色信号弹。

"李洪，发信号弹，命令所有参战人员向城堡发起攻击。"

"是，指导员。"李洪道。

东门、南门的土匪听到枪声，没做任何抵抗，直接吓得窜进内城。

"机枪对准土楼上和右侧碉堡的火力点，给我狠狠地打。同志们，压满子弹，听我的命令！"成勇看到信号弹后命令道。

经过第一次试探性进攻后，我军发现了土楼子上碉堡中的火力点，成勇直接命令机枪组火力压制。

冯原率领土匪固守外城。解放军机枪把土楼上的众匪打得嗷嗷乱叫，瞬间倒下数个，冯原回头一看只剩下七八个人了。

"冯副官，你的脸？"土匪窝窝头指着冯原的脸说道。

冯原用手摸了一把从耳朵上流下来的血，咬牙切齿地说道："不报此仇，我就他娘的不姓冯！"冯原话音未落，李少峰带领战士及三百多名群众呼喊着冲了过来。

冲锋号的响声、战士们的枪声和喊杀声响成一片。

冯原见势不妙，丢弃土城率残兵向内城而逃。

战士们很快突破土围子第一道城墙，边打边追逃跑的土匪。冯原在窝窝头和另一个土匪的搀扶下，逃回城堡的大门前，可城堡门楼上突然拉起了吊桥。

"快放下来，我是冯原，你他娘听到没有？"吊桥继续上升。

窝窝头指着城堡门楼大声吼道："我们是自己人，你们这些瞎眼的东西！"

只听"咣当"一声，城堡大铁门关闭。

"你们这些狗玩意儿，我死了变成厉鬼也饶不了你们！"

冯原指着城堡楼子还想骂，"嗒嗒嗒"，一排机枪扫射过来，外围仅剩的三名土匪全被击毙在城堡门前。

"张政委，第一道防线被我们突破了。"成勇向走过来的张世勋敬礼说道。

"好，接下来组织群众对城堡内喊话，注意老乡们的安全。"张世勋道。

"好的，明白。"成勇道。

成勇向早已准备好的秋玲喊道："范会长，带你的人过来喊话。"

范秋玲带领十多名镇上的积极分子，拿着喊话筒，向城堡大声吆喝着："城堡内的人听好了，你们被包围了。周炳文匪首是反革命分子，你们不要再跟着他上当受骗了。如果及早投降，人民政府会从宽处理。共产党才是广大人民群众的救星。我们对土匪是'首恶必办，坚决彻底消灭，胁从不究，立功受奖。'不彻底消灭土匪绝不收兵。"

"嗒嗒嗒"，机枪子弹从城堡上射了过来。

枪声过后，城堡门楼上传来周炳文的号叫声："底下的人给我听好了，如果再敢喊叫，打死你们。"

"把机枪架起来，瞄准喊话的人群，给我打。"孙立对卫兵范舟说道。

"秋玲，赶紧撤回来，小心土匪的暗枪。"成勇高喊道。

"咱们撤。"喊话的群众随秋玲快速撤回。

"嗒嗒嗒"，飞过来的子弹，打在秋玲等人喊话的地方。

"这些王八蛋，不听是吧。同志们，冲进城堡，端了这些土匪的老窝。"成勇牙齿咬得咯咯作响，面对土匪的顽固猖獗，心中升腾起一股无法遏制的怒火，好似一头被激怒的猛虎，他把手中的匣子枪举起，带领全排战士向城堡发起冲锋。

枪声由疏到密，手榴弹声震天动地，远远望去，整个城堡上空爆炸声、枪声如萤密织，火舌似流星陨壑落涧……

土匪们居高临下，凭借坚固的城堡，集中火力阻拦解放军前进，成勇带队强攻两次，多名战士英勇牺牲，但均没有成功。进展受阻。

"张政委，城堡的砖墙太高，攻击队搭人梯攀爬不上去，城门是用厚铁皮包的，用锤砸不动。"成勇对张世勋说道。

"看来只有爆破大门才行。"张世勋说。

"好，我立刻组织爆破，把城堡的大铁门给它炸开。"成勇道。

"再等会儿，等天黑方便行动。"张世勋说道。

天黑后，一班长梁庚辰带领战士傅雷、秦烈、王大庆三人组成爆破小组，四人凭借沟坎向城堡北门匍匐前进，他们除携带炸药包外，还腰别剪铁丝网的大钳子、小铁猫（抓钩）、麻绳备用。

四人越过壕沟，来到城门附近。梁庚辰观察了一下城门周边的情况，对王大庆说道："大庆，你靠过去，把铁丝网给它剪开。"

"是，班长。"王大庆爬行来到铁丝网前，从腰间掏出准备好的大钳子，伸手就要剪断面前的铁丝网，不料碰触到土匪们设在铁丝网上的机关。瞬间，城堡门楼上无数个铜铃铛叮当叮当地响了起来。

"不好了，有人偷袭，城楼下有共军啦！"在楼子上站岗的土匪大声喊叫。

"嗒嗒嗒。"暗堡中的土匪用机枪向大门两边扫射，城堡楼子上的土匪往外扔手榴弹。

"快，大庆，赶快回来！"听到铜铃铛的响声，梁庚辰高声大喊。

王大庆想转身离开，但已经来不及了，飞来的子弹打中他的胸部，当场牺牲。

借着爆炸的火光，成勇看到爆破组受阻，高声命令道："机枪组狠狠打，掩护梁队长他们撤回来。"

"大庆，大庆！"看到战友被枪击中倒下，傅雷、秦烈冲出掩体想抢回王大庆的尸体，梁庚辰一把拉住身边的傅雷，可秦烈已冲出掩体，向前刚跑两步，就被土匪的子弹打中头部，身子晃荡了几下，便倒在地上。

"现在不是逞英雄的时候，跟我撤回去。"梁庚辰话音未落，一颗手榴弹在他们身边爆炸。

"趴下。"梁庚辰高喊着双手按倒傅雷，并压在他的身上，飞溅的手榴弹片击中梁庚辰的腿部和肩膀。紧接着又一颗手榴弹，在两人的身边爆炸……

在解放军的火力压制下，成勇率人救回了梁庚辰和傅雷，但梁庚辰身体多处受伤，生命垂危。

"不能再强攻了！再想别的办法。"看到多名战士牺牲，张世勋心中非常难过。

枪声渐渐平息，在集结号声中，解放军及民兵全部撤回……

已是凌晨三点，五区大院张世勋办公室的灯还亮着。他坐在办公桌前双眉紧皱，一只手托着下巴，另一只手拿着钢笔，脸上露出一副严峻的神态。过了一会儿，只见他猛地站起身来，对外喊道："李洪，过来一下。"

"指导员。"李洪进得屋来。

"通知王方召和秋玲过来一下。"

"是。"李洪转身出门。

不一会儿，院中传来秋玲的声音："世勋哥，我爹爹来了。"

"十五叔，这么晚了，你咋来了呢？快进屋，快进屋。"张世勋把范铁匠让进办公室，给他倒了一杯开水端到面前。

范十五看上去五十岁左右的年纪，脸色黝黑，浓眉大眼，身材魁梧，因常年打铁为生，身体练得粗壮有力，胳膊肌肉凸显，青筋暴露，双手粗糙，掌中老茧很厚。

他端起水杯喝了一口，说道："听秋玲说你们今天晚上去攻打大庙子的城堡了。"

"是，但城堡坚固，城门用铁皮包得太厚，这次攻打并不顺利。"张世勋一边说一边提壶给范十五往杯中添水，"十五叔，回来后我想了一个办法，看能否在手推的独轮木车上做点文章，正想天明后去请教你哩。"

"嘿嘿，世勋哪，这事儿咱爷儿俩啊，可是想到一块儿了。"范十五站起来，高兴地说道。

"世勋哥，世勋哥，大铁窝子来了。"张世勋顺声音向屋外一看，王方召、来喜、石头、等人推着两个黑不溜秋的东西进得院来。

二十一

"世勋哪，你看，这就是咱爷儿俩想到一块儿的那个物件。"铁匠范十五指着门外那个黑不溜秋的东西说道。

两人来到院中，张世勋对着这两个黑不溜秋的铁家伙，上下左右看了一遍。

"十五叔，这才叫好物件。实战中再用湿漉漉的棉被把这层铁皮裹起来，别说机枪就是炮弹也打不透。这家伙，就是进攻城堡的土坦克。"张世勋高兴地说道。

是啥东西让范铁匠和张世勋这么高兴呢？这个事儿，还得从前几年大庙子城堡装修说起。当年这城堡装修，孙光业要求三个大门用厚铁皮包装加固，包装铁门的活道，就是出自范铁匠之手，所以他深知这三道门的坚硬程度。前两天见女儿秋玲发动群众，说要攻打大庙子城堡，消灭城堡中的土匪，范铁匠就开始琢磨这个事儿。他在心中默念道：这土匪倚仗门坚墙高，顽固抵抗，解放军战士们一定会受到损失。他想到这儿，静坐思考，心生一计，何不用铁皮给他们制造几个能移动的铁窝子呢？说干就干，范铁匠找来两辆手推的木轮顶棚轿车（旧时的交通载人工具），带领三个徒弟起早贪黑不停地忙活，把木轮车顶棚的苇席换成厚铁皮，这不，一天多的工夫，两个可移动的铁窝子做成了。

张世勋看后对范铁匠的杰作十分满意，对王方召说道："方召，你带人去东场院那里，把我玉敬叔收藏的那辆四轮战车'太平车'弄出来，让范叔一块改造一下，多造几个土坦克，攻城用。"

"好嘞！"王方召应声而去。

"世勋哪，我也去看看，这事儿咱趁早干，早点把这些害人的土匪给灭了！"范铁匠道。

"好，范叔，您老可要注意身体啊。"张世勋道。

"放心吧，大侄子，我这把老骨头硬朗着呢，走了啊。"

"秋玲，你也去吧，照顾好范叔。"

"嗯，世勋哥。"

张世勋目送众人走远……

很快，一切准备就绪，攻打大庙子城堡的战斗再次打响。

战斗从傍晚一直相持到天黑，站在城堡楼子上指挥土匪顽抗的孙立，突然间发现几个大小不一、黑不溜秋的东西正慢慢向北门靠近。

"周队长，你看，这是什么？"孙立指着下边慢慢向前移动的土坦克对身边的周炳文说道。

"特派员，这黑不溜秋的东西里边像是有人，对，是有人推着走，机枪手，朝那几个怪物狠狠地给我打！"周炳文看了一会儿说道。

土匪的机枪猛烈射击，打在土坦克外包铁皮和裹着的多层湿被子上，子弹竟然打不穿！土坦克继续向前移动。

"特派员，不好，子弹打不透。"周炳文对看得两眼发直的孙立说道。

听周炳文这么一说，孙立马上缓过神来，心中默念道：不好，这里边不但有人，说不定还有炸药包，等它们来到城楼下，把门给炸了，共军打进来，想走也走不了了。想到这里，他对身边的范舟说道："范连长，你赶快下去，率领守南门的弟兄们冲出去。"

"是，特派员。"范舟领命而去。

"周队长，你安排五个人留在北门，其余的人跟我出城绕到共军的后边去，打他个措手不及。"

"是，特派员。"周炳文应道。

周匪用眼扫了一下眼前的匪徒，然后指着后边的四个人对任三说道："你带他们几个留下，其他人跟我走。"

周炳文说完，跟随孙立走下城堡门楼。

望着孙立和周炳文下楼的背影，任三转身对四人说道："周队长让我负责这里，都他娘的听我指挥，坚持住、守好城堡。"

孙立、周炳文带人走后，只剩下任三等人死守，城堡上的抵抗火力大减，只是象征性地往下面打枪。而解放军借助土坦克的帮助，很快来到城堡门前。

孙立来到城堡院中，对周炳文说道："周队长，现在情况不乐观，你也看到了，那怪东西里边不但有人，而且可能还有炸药，城堡大门一旦炸开，你我走也来不及了。"

"特派员，你的意思是？"周炳文道。

"留得青山在，不怕没柴烧。三十六计，走为上。"

"城堡都被解放军围了，这黑灯瞎火的，我们往哪儿走啊？"

"北贾洼，芦苇荡。"孙立说。

"好吧。"周炳文说完对匪徒们喊道，"弟兄们，给我从东门冲出去！"

"回来！三个门早被共军堵死了，你想找死。"孙立道。

"那咋办？"

"跟我走。"

"是，特派员。"

孙立朝周炳文摆了摆手，让他靠近自己，然后在他耳边嘀咕了几句。

"是，特派员。"周炳文应后，率领众匪奔后院而去……

自解放军攻打城堡以来，这孙光业就预感到事情不妙，感觉末日已经来临。他坐在方桌前，心中打着自己的小九九。

"赵管家，你过来一下。"

"老爷，你有什么吩咐？"管家赵由高走过来问道。

"这几天家里不太平，我昨天叮嘱你让几房太太和女眷们都集中在庙堂里待着，她们都去了吗？"

"是的，老爷，现在全都去了。"

赵由高说完后转身想走，突然又被孙光业叫住："等一下，这几天家里发生的事，你也看到了、听到了，这个家以后可能就不存在了。"

"老爷，你说啥呢，有大少爷在，没有什么事，老爷放心好了。"管家道。

"管家啊，你在这个城堡待了多年了，也该走了。我没什么送你的，这个你拿着。"说完，孙光业起身递给赵由高一个布袋子。

赵由高接过一看，里边全是金条，赶忙说道："老爷，这个使不得，使不得。"

"让你拿，你就拿着，废什么话呢！管家啊，这日后逢年过节的，别忘了给我烧点纸钱就行。"孙光业道。

"老爷，老爷，你，你你……"赵由高用手抹了一下眼睛说道。

"等会儿你陪我到佛堂去，我进门后，你就把佛堂的门反锁了吧，让我在里边好好清静清静。"

"是，老爷。"管家回道。

"然后你跟大少爷一起走，别回头，知道吗？"孙光业道。

"老爷、老爷，我不走，我陪着老爷。"赵由高道。

"别像个孩子似的，咱们走吧。"孙光业道。

两人来到佛堂后，孙光业往里扫了一眼，几个姨太太和家中女眷全在，心中长长地舒了一口气，只见他整理了一下衣服，走进佛堂。

管家赵由高望着孙光业的背影，双手颤抖着将门"咔嚓"一声锁上。

孙光业走进佛堂后，对六位姨太太和女眷们说道："共军马上就要打进城堡啦，一会儿我带你们走，你们先到里屋去，我给列祖列宗上完香以后，咱们一块儿走。"

"哎哟喂，我说老爷呀，我攒的首饰还没带上呢！"三姨太娇滴滴地说道。

"都什么时候了，还想着你的金银首饰，到了那边有的是，先到里边去。"孙光业把几位姨太太赶进里屋，落锁。然后，他跪在神像面前，双手合十，口中说着什么……

自城堡建成孙家人入住以来，家中有个红白喜事什么的，都要到神像面前拜一拜。祭祀，祈雨，婚嫁，佛堂中的神像充当着各类角色。

"赵管家，我爹呢？共军打进来了，我们快走。"孙立气喘吁吁地跑过来说道。

"大少爷，大少爷，老爷他——"管家指着门被反锁的佛堂说道。

"爹，爹！开门！开开门！快出来！"

孙光业全然不听，他起身拿起香案上燃烧的蜡烛，将早已准备好的煤油点燃。片刻，佛堂内传来了噼里啪啦一连串物件燃烧的响声，中间还夹杂着女人们声嘶力竭的叫喊声。滚滚浓烟弥漫着整个佛堂，瞬间，城堡西侧腾起冲天大火，把周围照得通亮。

战士们利用土坦克做掩护，迎着土匪的射击，向城堡大门移动。

三班长汪杰、战士孙汝玉、民兵陈大林率先来到城门口，从土坦克中蹿了出来。

"快，把炸药包放城门边上。"汪杰说道。

三人迅速将炸药包分别放在大门正中和左右两边，同时引燃炸药包上的导火索，然后快步折回土坦克，撤离城堡大门。

不一会儿，三个炸药包同时爆炸，响声震天动地，强大的冲击波将整个北门夷为平地。

在北门楼上顽抗的任三等土匪随着爆炸声一起飞上了天。

范舟带领几个土匪出得南门，没有遇到任何阻击，心中暗自高兴。但他万万没有想到，孙立让他提前撤离，是为了吸引解放军的注意力，为自己争取更多的逃跑时间。

"弟兄们，到前面的土坡停下，等待特派员到来。"范舟严肃地向土匪喊道。

众匪刚刚走到离土坡十步开外，早已埋伏在此的王方召一声令下："炸死他们！"

趁其不备，石头等人猛地起身，朝众匪猛甩手榴弹，范舟等匪徒被炸得血肉开花，一个没剩全部见了阎王。

此时，大庙子城堡已被解放军彻底攻破。

"成排长，把战士们分成两组，一组抓紧时间救火，一组搜索残余的匪徒。"张世勋说道。

"是，政委。"成勇领命而去。

"世勋哥，南门逃跑的土匪全送死了。"

"好，方召，你带领部分民兵打扫战场，其余的人参加救火。"张世勋说道。

"来喜、石头，你们带几个人搜寻土匪，打扫战场，其余的人跟我救火。"王方召说完就领民兵奔火场而去。

周炳文受孙立的命令，带领残匪来到后院的水井旁。他转身对土匪说道："马青山，你赶快把水井上的辘轳搬开。袁门、徐召你们俩去后院门口守着，接一下特派员。"

"是，大队长。"两人应声而去。

不一会儿，孙立来到后院门前，他一挥手对袁门说道："赶紧把后门关了，到水井那边去。"

"特派员，都准备好了，你先下。"周炳文道。

孙立看了一眼站在水井周边的土匪，然后来到井口，在卫兵和周炳文等人的搀扶下，踩着井边早已准备好的梯子进了暗道，带领残余匪徒从井中地道而逃。

"报告张政委，火已经扑灭，可没有找到匪首孙立和周炳文。"成勇说道。

"报告指导员，孙光业和他的几个姨太太及全部女眷已在大火中烧死了，没有发现其他土匪。"

"知道了。方召，天明后找几口棺材，把孙光业和他的姨太太们埋了吧。"张世勋说道。

"世勋哥，世勋哥，后院有可疑的情况，土匪们可能从后院的井中逃跑了。来喜哥他们在那里看着呢。"石头急急忙忙地跑来报告。

"走，看看去。"张世勋回道。

众人快步来到后院井边，看到孙立等人逃跑时丢在井中的梯子，成勇说道："政委，我带人去追！"

"好，注意安全，防备敌人埋伏。"张世勋说道。

"是，政委。"说完，成勇带领二班战士从洞口追了过去。

"报告政委，打扫完战场，共击毙土匪三十余人，缴获轻机枪五挺，冲锋枪、长枪三十支，子弹五十箱，手榴弹三十箱。"汪杰向张世勋敬礼报告。

孙立率众匪逃入井中暗道，然后来到位于福乐河附近的出口，他们从一个衣冠冢里爬了出来。

周炳文抬头看了一下孙立，对众匪说道："天无绝人之路，我们从这大庙子城堡临时走了，那咱就到小清河边上去，河里有过往的商船，隔三岔五地弄他一票，咱兄弟们照样吃香的、喝辣的。"

"听大哥的。"土匪袁门说道。

"还是出来好，在城堡里可憋死我了。"土匪马青山道。

孙立瞅了瞅眼下的这些土匪，心想：真是一些没用的东西，可当下还得依靠他们，在被动的情况下，只能给他们打打气。便说道："诸位，我们在小清河坚持战斗乃党国之所需，精诚报国，将来自有好处。现在我们要进入范贾洼，那里芦苇茂密，交通极为不便，解放军的大部队想要找到我们，消灭我们，比登天还难。相反，我们可以充分利用地理条件展开行动，向北可进小清河，向南可顺福乐河进乌河，向西我们可以从陆地直到博兴。我们在这里暂且养精蓄锐，等待国军的反攻。"

"弟兄们，听特派员的。天快亮了，咱们快走。"周炳文说完领着残匪就想顺着福乐河边往西行。

"回来，这样走会被共军追踪。告诉弟兄们，先向西南方向走，然后再折回来顺河堤向西，渡过福乐河向北进入范家沟。"狡猾的特务孙立向周炳文吩咐道。

众匪按照孙立的指示，向范贾洼而逃，然后钻进一望无际的芦苇荡。

二十三

说起这范贾洼，在清咸丰年以前，还是一片秀丽的湖水，并有一个很好听的名字——西湖。在当年，这西湖比博兴湾头湖和寿光巨淀湖还要大。历史上，水云镇西湖曾风光显赫数千年。

西湖东西总长六十多里，南北宽三十多里，湖水清澈，倒影沉碧，宁静秀丽，水质纯净。

西湖水草丰富，春天湖上暖风吹拂，岸边柳枝轻摇，微波荡漾。夏天湖水涨满，鱼跃水面，绿苇摇摆，荷叶灿灿，荷花吐艳，荷浪迷人，葱绿片片，嫣红点点，一派北国江南水乡美景。秋天，芦花纷飞，鸭鹅成群，鸟语花香，生机盎然，形成一幅山水画般的天然画卷。冬天，银装素裹，分外妖娆，让人心驰神往。

水云镇的先民们，荡舟其间，可尽情地欣赏湖光之美，撒网捕鱼捞虾，采挖莲藕。湖中资源丰富，盛产鲤鱼、草鱼、黑鱼、鲫鱼、虾等。

可就在清咸丰五年（1855年）六月，黄河危情，波涛汹涌的黄河水，借一股强劲的南风，掀起排天巨浪，冲决了河南段北岸的瓦厢大堤。决堤之水奔腾咆哮，穿过张秋镇运河，经东平湖、夺大清河道由利津入海。

黄河决口后，大水浩瀚奔腾，冲毁房屋无数，小清河下游平原地区灾难深重，水云镇西湖被泥沙填埋。

也就是这次特大水患，造成了往日山东水系的彻底改变，黄水带来的大量泥沙，厚积达七十厘米，西湖被泥沙不同程度地填埋。

在数百万年的漫长岁月中，大自然的鬼斧神工，在水云镇这块古老的土地上，刻下了西湖这幅龙泽水乡的画卷，使水云镇人拥有了天然丰富的湖水资源。可就是这次滔滔黄水的泥沙沉积，把西湖变成了人们永久的纪念。

如今的范贾洼则是一个被黄沙填埋了的湖泊。洼内陆地高洼不平，小清河从北侧横穿而过。在这一大片滞洪区内，灌木、芦苇、杂草丛生。

夜已深，芦苇荡中漆黑一片，夜风吹起，芦苇摇颤，乱叶簌簌坠落。

"大哥，到什么地方住下，难走死了，踩得满脚都是泥。"土匪马青山问道。

"我也不知道，他娘的，这哪儿有路，真是个狗不拉屎的地方。"周炳文道。

"大哥，你看。"土匪袁门指着前方的一个土岗子说道。

在这无尽的夜幕下，土岗子上的一点烛火在摇曳，远远看上去随时会熄灭。

众匪渐渐接近，可以看清土岗子上有几个芦苇打成的草屋子，其中一个里边，点点柔和的灯光向外扩散，在这大荒洼中显得尤为神秘。

"弟兄们，看到前边的灯光了吗？我们马上就到了，向前边的土岗子快速前进。"特派员孙立命令道。

成勇带队追出洞口，环顾周边，漆黑一片，早已没了土匪的踪影。

"二班长！"成勇喊道。

"到。"李少峰应道。

"你带两个战士留下，天亮时看是否有土匪逃跑留下的痕迹，如果有线索，你在这儿守好，让人快速回去报告。"

"是，排长。"李少峰道。

成勇安排好后，便带其他战士返回水云镇区委。

"报告张政委。"成勇进得张世勋办公室。

"情况怎么样？"张世勋问道。

"没有发现土匪们的去向，但我已留下二班长继续侦察追踪。"

"好，你先回去休息，天一亮我让立杰同志马上过去。"

"是。"成勇应后转身离去。

"喔喔……哦……""喔喔……哦……"镇子上的公鸡一声接一声地啼鸣。

天亮了,张世勋披衣起床。

"李洪。"

"到,指导员。"李洪来到张世勋面前敬礼道。

"你去通知立杰同志,让他过来一下。"

"是,指导员。"李洪转身离去。

不一会儿,崔立杰来到张世勋办公室。按照张世勋的安排,他将前往福乐河边参与追踪土匪逃跑去向的任务。

早饭后,张世勋正在办公室默读自己起草的一份工作报告。

"报告。"一个女子的声音。

"进。"屋内传出张世勋浑厚的回声。

女子整理了一下军装,调整了一下状态,推门进得屋来。

"张指导员,新任清河县五区妇救会长郑萍前来报道。"

一个中等身材,年龄在二十岁上下,面庞秀丽,眉宇间透露着坚强、自信、干练,精气神十足的女军人站在张世勋面前。

"你是军区野战医院的护士长郑萍?"张世勋端详了片刻说道。

"报告张指导员,是,您还记得我?这是介绍信。"郑萍把一封介绍信递给张世勋。

张世勋接过信详细地看后说道:"郑萍同志,欢迎你的到来!三年前在古河道战斗中我腿部负伤,就住在野战医院,在你的细心照顾下得以早日康复,重返前线啊。"

"张指导员,这是我们每一位医护人员应该做的。"

"郑会长,顺便打听一下,梁庚辰班长的伤势怎么样了?"

"噢,梁班长这次负伤很重,已经进行了两次手术,还得过一段时间才能康复,不过政委放心,没有生命危险。"

"那就好，那就好。看，我这光顾着说话了，来，来来，郑会长，先喝杯水，你还没吃早饭吧？"

听到张世勋的话，郑萍没有吱声，只是微微地笑了一下。

"李洪，过来一下。"张世勋对门外的警卫员喊了一声。

李洪应声进得屋来，张世勋吩咐他快去伙房做一碗热面条端过来。

"是，指导员。"李洪应声而去。

"面条来了。"不一会儿工夫，李洪端着一碗热气腾腾的面条进得屋来。

饭后，李洪带郑萍去住处。

两人刚走一会儿，负责追踪土匪的崔立杰、李少峰回到区委。

"报告张指导员，我们回来了。"两人走进张世勋的办公室，向他汇报追踪土匪的情况。

在特派员孙立的命令下，众匪向土岗子摸来。

"干啥的？再往前走让你们踩地雷！"离土岗子十步之外，传来询问声。

"弟兄们，快趴下。"听到对方的喊声，匪首周炳文心急火燎地吆喝着。

等了片刻，土岗子上又起喊声："东北艮地一鬼神，草鸡混进凤凰群。"

这土匪暗号一出，周炳文立刻应道："杀人放火受招安，后来坐轿当大官。"

"是周爷到了，快过来！"土岗子上的人站起身喊道。

站在一边的特派员孙立心想：这土匪虽然没有电台联系，但他娘的还真有办法。

"特派员，是自己人。"周炳文道。

"噢。"

"特派员，错不了，是自己人。"

"好，告诉弟兄们，赶紧过去。"

众匪来到土岗子之上，刚才的黑影走了过来，周炳文一看说道："这不是码头上元福春酒楼的店小二王锦吗？"

"周队长，正是。"王锦回道。

"以前真是大水冲了龙王庙，一家人不认识一家人啊。这次好了，抽时间让你们老板给弄点卤驴肉过来，犒赏犒赏兄弟们！"

"周队长，按照水影的指示，这里吃的、用的都准备好了，就是住的条件暂时差点儿。"

"各位，困难是暂时的，上峰已经电告我部，蒋委员长已将二十二个整编师全部调到山东前线与共军作战。此外，还有美国的大力支持，国军很快就会打到小清河畔，到时候就是你们升官发财的大好时机。我们在这范贾洼暂且隐蔽，等待时机，配合国军重返水云镇。"

"一切听从特派员的安排，誓死为党国效劳。"周炳文道。

"好，周队长，只要你好好干，接下来，小清河巡防司令的位子，就是你的，小清河沿岸都是你的地盘。周队长啊，你先安排弟兄们住下，等待上峰的指示。"

"是，特派员。"周炳文应声而去。

"何超，给上峰发报，我们已经到达范贾洼指定位置，等待指示。"

"是，特派员。"何超架好电台，孙立的勤务兵高炳、黄志忠两人手摇发电机，向国民党特务机关发报。

"报告特派员，上峰回电。"何超报告。

孙立接过电文看了一遍，然后对走过来的周炳文说道："上峰让我们原地待命，等候水影的指示。再有，枪支弹药很快就会通过小清河给我们运到这里。这几天告诉弟兄们，不要轻举妄动，以防暴露我们的藏身之处。"

"是，特派员。"周匪应道。

……

二十四

五区大院内，崔立杰、李少峰正在向张世勋汇报追踪土匪的情况："指导员，我在现场看到的情况就是这样，土匪逃跑没有留下任何痕迹。"

"好，我知道了。少峰，你先带领战士回码头休息，有什么事，我会及时通知你们。"

"好，政委，那我们先回去了。"李少峰道。

"张指导员，通过对暗道出口和附近的情况勘察发现，这伙土匪当中有专门受过特务训练的人，从衣冠冢的出口来看，只有进去的脚印，不见土匪们出来的脚印，我怀疑是有人特意制造了这种假象来迷惑我们，防备我们对他们的追踪。"崔立杰说道。

"立杰同志，你分析得很对，周炳文这股土匪以前受过日本人的专门训练，又从国民党手里弄到大量武器弹药。特别是他们在小清河畔活动多年，又对地形十分熟悉，一时间很难彻底剿灭。"

"张指导员，那我们下一步该怎么办？"

"立杰同志，我想土匪们不会跑得很远。我解放军主力部队实行战略转移后，国民党军正向我小清河畔解放区大举进犯，被国民党收容的这些残余力量，正期盼着他们打回来。水云镇暗藏的敌特，还没有被彻底地剿清，他们会用电台随时联系，给周匪提供吃喝用品等。所以我估摸着，他们就藏匿在附近。"

"张指导员，公安及联防队的民兵会密切注意小清河口来往的行人，发现可疑的人，将仔细盘查，从中抓住蛛丝马迹，尽快就会找到周匪的藏匿地点。"

"好，立杰同志，你马上布置下去。"

"是。"

崔立杰走后，张世勋坐在办公室查阅了一下这几天的公文，用钢笔做了详细记录。然后他起身走出区委大门，准备去一趟河口码头，看一下运往羊口战备物资的情况。刚走过十字路口，迎面碰上走过来的区妇救会长郑萍和秋玲。

"张指导员好。"区妇救会长郑萍向张世勋打着招呼。

"世勋哥，你这是上哪儿啊？"秋玲问道。

"是你们俩啊，我正想去码头哩，看看装船的情况。"张世勋看到两人手中提的布鞋继续说道，"进度不慢嘛！县里分配做军鞋的紧急任务，看来你们要提前完成了。"

"世勋哥，为了这次任务，郑萍妹子已经好几个晚上没有睡觉了，你得关心她才行，俺说她又不听。"秋玲道。

看到郑萍红肿的眼睛，张世勋严肃地说道："郑萍同志！"

"到，张指导员！"

"我命令你放下鞋回去休息，睡上两个小时再干。"

"是，张指导员！"

"哎哟，我说世勋哥，弄得这么严肃干啥呢？你就不会温柔着说呀，看把郑萍妹子吓的，又是立正，又是敬礼的。方召要是这样啊，我非揪他耳朵不行。"秋玲话中有意地冲张世勋说道。

"秋玲姐。"郑萍低下头，不好意思地冲秋玲叫了一声。

看到郑萍低下头，张世勋赶忙温和地说道："郑会长，你先回去休息，等会儿啊，我去小清河里逮一条红尾大鲤鱼，晚上给你们做又鲜又嫩的清炖鱼吃。"

"这还差不多，像个大哥哥样。"秋玲说完，朝张世勋做了个鬼脸继续说道，"世勋哥，你忙去吧，我们走了啊，等着晚饭吃清炖鲤鱼喽。"打完招呼，秋玲和郑萍朝镇公所大院而去。

来到镇公所，两人交谈了当下的任务，并商量决定明天召开一个妇女大会，总结一下这段时间的工作情况，表彰在支前中涌现出来的妇女典型。

第二天吃过早饭，郑萍早早来到镇公所。

"郑萍妹子，来得这么早啊。"秋玲和郑萍打着招呼，身后跟着三十多个年轻妇女。

"秋玲姐，你们来了。"郑萍道。

"来了，来了，还是你早啊。"秋玲说完转身向妇女们介绍道，"我说姊妹们啊，这位就是咱区上的妇救会长郑萍同志。"

"我说秋玲妹子，这还用你给介绍啊，俺们认识，对吧，郑同志？"快嘴的雪妮接着秋玲的话音抢先说道。

"认识。姐，你们都来了啊。来，咱们进屋说话。"郑萍和妇女们打着招呼。

秋玲来到郑萍身边，仔细瞅了她一下，低声说道："哎，我说妹子，今天眼睛好多了，也不红了。看来昨晚吃的清炖鱼很管事儿。以后啊，咱得让世勋哥常做才行，改天我再让方召去河里抢它两网，逮点刀鱼、河蟹、梭鱼什么的，咱干脆弄它个全河宴。"

"秋玲姐，我就等着了啊。"郑萍道。

听到两人低声说笑，雪妮凑了过来，她朝着秋玲干咳了两声，然后大嗓门说道："我说秋玲啊，要是再喝不上你的喜酒，俺可要给方召兄弟说媳妇了，到时候这喜喇叭一吹，有人可别着急。"

"对，着急也晚了，对吧，姊妹们！"来喜那口子常桂英站一边帮腔道。

这说笑间又陆续来了三十多个妇女，众人说说笑笑进得屋来，入座后，秋玲首先发言："今天咱在这里开个支前总结会，县里下达的任务，我们水云镇妇救会提前超额完成，受到县里、区上的嘉奖和表扬，下面由区上的郑同志给咱们说说啊。姊妹们，鼓掌欢迎。"

郑萍来到台上说道："各位妇女同志们好。自前几天县里下达做军鞋任务以来，各位嫂子和姊妹们共同参与，把我们水云镇的妇女工作做得有声有色。刚开始的时候，有小年轻的姊妹不会做，怕做不好不想做，各位嫂子不但手把手地耐心教，而且积极地开导鼓励她们，在镇妇救会长范秋玲的带领下，搞得是轰轰烈烈，使我们的任务提前完成。你们这种为革命不怕劳累的精神，受到县、区领导的嘉奖和表扬，更是我学习的榜样。"说到这里，郑萍站起来，向台下的妇女们深深地鞠了一个躬。

此时，雪妮站起来说道："我说郑同志，你这话可有点谦虚了啊，这段时间你没白没黑地干，眼睛都熬红肿了，这大伙儿可都是看见的，我说得对吧？"

"可不是咋地，那天来喜家那口子还对我说呢，你看郑同志都累成啥样了，人也瘦了，眼睛也熬红了，这要是咱自家的孩子，咱舍得吗？说着我俩心疼得都掉泪了。"春来媳妇说道。

"是啊，郑萍妹子不仅发动咱镇上的妇女做军鞋、送军粮，还自己下手干，缝衣针扎得手指都流血了，用嘴吹吹继续干，几天几夜也不歇着，还为咱妇女们编了歌，让大家伙唱，来鼓舞大家的干劲。我们应该向你学习才对！"秋玲道。

"是啊，以后咱就得听郑同志的，多为革命做贡献。"雪妮说。

"妇女同志们，我们要听毛主席的话，跟共产党走，支援前线的解放军多打胜仗，打倒蒋介石，解放全中国！"郑萍道。

"为了庆祝一下咱们受到表扬，咱一起来唱一段歌怎么样啊？"秋玲道。

"好，同意。咱唱起来啊！"妇女们高喊着。

郑萍挥舞着双手指挥，秋玲带领妇女们高声唱道：

> 小哥哥呀，上前线呀
> 镇上的妹子好喜欢呀
> 送上千层布底儿鞋啊
> 哥哥你行军穿脚上
> 送上几双新布鞋呀
> 哥哥你打仗穿脚上

小哥哥呀，上前线呀

小妹妹真喜欢呀

送上几条布毛巾呀

哥哥你擦擦脸

小哥哥呀，上前线呀

小妹妹真喜欢呀

握着哥哥的小手手

送到你出东关（东门）

小哥哥呀，上前线呀

小妹妹呀，真喜欢呀

盼望哥哥打胜仗啊

立功牌子交给俺

打走蒋匪就回来啊

妹妹等你得团圆呀

一个呀呼嗨

小妹妹心里暖呀

一个呀呼嗨

妹子俺心里暖呀……

妇女们歌声刚落，只见张世勋的警卫员李洪跑步来到镇公所，向郑萍说道："郑会长，张指导员让你赶快去一趟他的办公室。"

"好，知道了，马上到。"

郑萍转身对秋玲说道："秋玲姐，我去一趟区委，你再和姐妹们讲一下积极支持参军的事情。"

"你去吧，我知道了。"秋玲道。

郑萍快步进得区委大院来到张世勋办公室。"张指导员，你找我？"

"郑萍同志，区上给你个任务，你敢不敢接受？"张世勋面部表情很严肃地说道。

"只要是革命工作，我什么都敢，张指导员，你说就行，什么任务？"

"两个小时后，有解放军的二十个担架队要通过码头渡口去清北医院，上级让我们区负责，确保伤员安全过河并护送到下一个交通站。我考虑到你是学医出身，又有护理经验，这次护送任务想安排你亲自带队。现征求一下你的意见。"

"报告张指导员，保证完成任务！"郑萍道。

"为了安全起见，我已通知驻防在码头的成排长抽调一个班的兵力一起护送。"

"张指导员，下一站是何地？"郑萍道。

"离我们这里二十里地的草园里村，我安排方召和你一块儿去，他知道和谁交接。"

"是，张指导员。"

"你回去准备一下，然后到码头集合，渡船都准备好了，我在那里等你。"

"是，张指导员。"郑萍应声而去。

"张政委，你来了，战士们都到齐了，只等担架队了。"站在河边等候的成勇道。

"世勋哥，船都备好了，一共八条小木船。"王方召指着岸边的小木船说道。

"张指导员。"身背药包的郑萍跑步来到码头，向张世勋招呼着。

"好，很及时。"张世勋和郑萍打了一声招呼，然后看了一下河中的木船，转身对站在岸边待命的解放军战士说道："同志们，今天护送伤员的任务虽然不像在战场上正面跟敌人作战，但小清河畔的国民党残余及土匪势力还没有被完全清剿，路上要小心土匪及特务的偷袭，以确保担架队的安全，顺利到达目的地。"

"请政委放心，为了担架队和伤员的安全，我们保证完成任务！"三班长汪杰站在队前说道。

"这次护送任务，由郑萍同志带队，王方召同志任向导，等会儿担架队一到，马上过河。"

"请政委放心，坚决完成任务！"战士们异口同声地回答。

"小郑，这个你带上，路上用得着。"张世勋说着摘下自己的手表递给郑萍。

郑萍看了一下张世勋，也没有推辞，然后说道："知道了，放心吧。"

不一会儿，担架队来到渡口，带队的是解放军王干事，还有一名卫生员陪同。见到张世勋后，王干事忙说："张政委你好，来前任中立团长告诉我，说你是一名战斗在小清河畔的勇士，见到你非常高兴。"

张世勋还礼后，简单地问了一些伤员的情况，然后对王干事说："情况紧急，咱们马上过河。"

"好。"王干事回道。

在小清河边长大的张世勋亲自撑船，当摆渡最后两副担架时，国民党军的四架飞机顺小清河由西向东飞来。

张世勋看到后，让王方召和另外一个民兵下水游泳推动两只伪装船继续向北岸划动，而他则划着载有伤员的船顺水而下，边走边向北岸靠拢，敌机发现伪装船后，便开枪扫射，张世勋趁机加速将船划到对岸，最后的两名伤员安全渡过了河。

伤员过河后，担架队翻过大堤，正沿着河滩向堤上走，这时两架飞机盘旋返回，朝渡口飞了回来，张世勋一看赶快喊道："同志们，快卧倒，保护好伤员！"战士们用身体护在伤员上面。

张世勋用身体护着伤员时，肩头不幸中弹。

"张指导员，你受伤了！"看到张世勋肩膀上鲜血直流，郑萍既担心又心疼地说道。

"没事的，一点轻伤。"

"我给你包扎一下。"郑萍说着打开药包。

"你们快走，不要管我，这是命令。"张世勋道。

郑萍拿出一卷绷带，递给张世勋，然后转身向战士们说道："汪班长，把战士分成两队，一队在前探路开道，一队护后警戒，提高警惕，保护中间担架队和伤员向草园里村快速前进。"

范贾洼芦苇荡，放哨的土匪马青山和袁门正在抽烟聊天。"我说马大棒子，特派员可说了，这几天不让抽烟，以防暴露目标。"

"好你个袁大头，能耐了你，还管起老子来了，你他娘的才吃了几天干饭，去，滚一边去。"

"我说马大棒子，你咋好心当了驴肝肺呢？这一旦暴露了目标，你我的小命都没了。"

"哈哈哈哈哈，人家都说头大不笨，我看你头不小，笨驴一个，还小命没了，以后他娘的多跟哥学着点。"马青山说着从衣袋里掏出香烟递给袁门一支。

袁门双手接过烟，先凑到鼻子跟前闻了闻，然后冲马青山说道："嘿嘿，嘿嘿，我说马大棒子，看我这臭嘴，马哥，马哥，这也奇了怪了，这些年来，你又是当兵、又是干土匪的，打了这么多年的仗，闯了无数的关口，身上咋还连个伤都没有呢？和兄弟说说，你身上是不是有护身符啊？"

马青山两个眼珠子一转，对袁门说道："我说袁大头啊，你想知道是吧？"

"马哥，当然想知道啦，谁他娘的不怕死啊？马哥，给兄弟说道说道吧。"

"这好办，有条件。"

"哥，你说，只要死不了，俺啥也答应。"

"那这抽烟是特派员说了算，还是我说了算？"

"马哥，你说了算，特派员的话就他娘的全当放个屁，嘿嘿嘿。"

"这不成了，以后听哥的话，保你吃香的、喝辣的，还他娘的打仗伤不到你，知道不？"

"知道，知道，马哥，你快和兄弟说道说道。"

"好。"马青山油腔滑调地向袁门聊起了自己的兵痞子经。

"当兵那会儿，我他娘的已经是排长了。"

"我说马哥，你真是不简单啊！"袁门说着冲马青山伸了一下大拇指。

"每次打仗冲锋号一响，我都是高喊着'冲啊！'，举起匣子枪第一个跳出战壕。"

"马大棒子，你真行，真有种。"袁门在一边拍着马屁。

马青山嘿嘿一笑说道："连长、营长也是这么说我的：你看咱小马打起仗来就是拼命三郎。"

"不对啊，你冲在前头应该先死才对，咋连个伤疤都没有呢？"

"嘿嘿嘿，嘿嘿，学问就在这里头了。第一个冲出去是不假，到了冲锋的人乱成一锅粥的时候，对方的枪子也够到你了，我就他娘的装着绊倒，趴在地上不动了，那死的就是跑在前头的了。"

"我说马大棒子，你真是阎王他爷爷，老鬼一个啊！你这活干得真是绝了，不愧是兵油子，你这办法兵书上也找不到啊。"

"你哥我不仅是活兵书，还是天书呢。这几天我算计好了，咱约上几个弟兄，去小清河里好好干他一票，抢他条商船弄点银子花花。"

"马哥，这个行，我听你的，这两天我连烟钱也没了。"

马青山看了一眼袁门，从衣袋里掏出烟来，自己先叼上一支，又扔给袁门一支。

袁门接过香烟刚想点燃，突然看到水沟中划来一只小木船，吓得赶紧把烟扔到地上，指着水沟中的小船说道："马哥，有情况，你看。"

马青山往水沟看了一眼，然后又抬头往四周望了一下说道："慌什么慌，船上就一个人。"

"你咋知道就一个人？"

"如果人多，周围的水鸭子早都惊得飞起来了。放心吧，哥有数。"

"那咱咋办？"

"如果他继续往前走，咱就不吱声，权当瞎眼没看到。如果他停船上岸，你我就一前一后，一下子把他闷倒，让他起不来。"

"马哥，如果打死咋办？"

"往后背上打，死不了，如果一下子打不倒他，那趴在地上的可能就是咱俩了，知道不？"

"好，听你的，下手狠着点。"袁门回道。

计划好，两人悄悄地隐藏了起来。

小船上的来人把船停靠在土岗子边上，然后上岸，他向四周看了一下没有人跟踪，便大胆地向土匪们住的芦苇棚而来。刚走几步背后突然被人狠狠砸了一下，"扑通"一声趴在地上昏了过去。

"我操，这么不禁打。"马青山道。

站在一边的袁门心里默念道：换你也一样，这一枪托子砸下去啊，不半死才怪呢！"

"我说袁大头，你还愣着干啥？走，去船上看看，装的什么东西。"马青山道。

袁门下意识地看了一眼趴在地上的人，想说些什么。

"放心吧，死不了，快走，上船上看看。"马青山道。

两人跑到沟边，跳上船来。马青山掀开船头的雨布，一股肉香味扑鼻而来。"呵呵，这么多肴鸡、肴肉，把老子的馋虫都惹上来了。"说完他拿起一只肴鸡撕下一根鸡腿，送入口中。

"我操，马大棒子，光你自己吃？"袁门道。

"你，你你，你个笨驴，自己不会拿吗？"马青山一边嚼着鸡腿，一边唾沫星子乱飞地说道。

袁门从大盒中掏出一只肴鸡刚想吃，就听土岗子上传来周炳文的声音："马大棒子，你俩干啥呢？"

听到喊声，马青山赶忙把手中的肴鸡扔到水中，低声对袁门说道："快把肴鸡放回去。"

袁门心中默念道:"我操,来得真不是时候,这一口也没有吃着呢。"

"报告队长,发现一条可疑的小船,我俩正在查看呢。"马青山转身对站在土岗子上的周炳文回道。

"船上的人呢?"

"报告队长,被我们打死了,在岸上躺着呢。"马青山心想,先给你说得严重点,真死了也是我们站岗尽职。

周炳文带领土匪段达、封学木、周纪、徐召来到船上:"你们把雨布掀开看一下,上面装的什么?"

"报告队长,是吃的东西。"段达说道。

"报告队长,这里装的是枪和子弹,还有手雷。"封学木扒开雨布底下的杂草说道。

周炳文一听,知道是来送给养的船,立刻转身问马青山:"人躺哪儿了?赶紧的,抬草棚子去。"

"报告队长,可能还有救。"马青山道。

"我说马大棒子,你他娘的也不看看是谁,这人要真是被你打死了,以后你就喝西北风吧。"

"队长,船上的东西咋办?"段达问道。

"抬回去啊,还用问!"周炳文说完从盒中拿起一只肴鸡,狼吞虎咽地吃了起来。

二十五

水云镇北门，崔立杰正在和站岗的牟昌伟说着什么。

陈大林凑过来说道："崔所长，前天傍晚我在站岗的时候，发现一个情况不大对劲儿，我琢磨了一天，总觉得这里边有问题。"

"说来听听，可能你的判断是正确的，对可疑的情况，我们不能放过一点蛛丝马迹。"

"崔所长，自打你吩咐这盘查任务以来，每次站岗，我都十分认真，生怕漏掉什么。就在前天傍晚，码头上元福春酒店的小二王锦，去镇上的天香楼买了两大筐子熏鸡，从这北门挑着过去，那香味，俺娘哎，硬是让我竖起鼻子跟着走了十来步。"

"我说大林，你是让香熏鸡的美味给馋晕了吧？人家元福春买酒买菜那是正常的买卖，他和可疑分子是八竿子打不着的，别在这儿瞎胡扯了啊。"

"哎哟喂，我说牟昌伟，你还别嘴犟，我就是感到可疑。崔所长，你想啊，元福春酒楼这两天既没有人过生日宴，也没有孩儿过满月的席，更没有娶媳妇的酒桌，那他买那么多熏鸡干啥？给谁吃？"

"你知道没有啊？你又不是店小二肚子里的蛔虫，净整些没用的。"牟昌伟道。

"你才是蛔虫呢！我认准的事儿，一定要查个清清楚楚。昨晚上我去问了在酒楼挑水的三大爷，他说了，这几天酒楼没有摆桌的。"陈大林急吼吼地说道。

"哎哟，我说大林啊，你还真是心细呢，这平时不作声罢了，到了关键时候，还真有你的。刚才我是将你军的，别当真啊。"牟昌伟嘿嘿嘿地笑着说道。

"大林很细心，说的这个情况很重要，一会儿我汇报给张指导员，分析研究后看下一步怎么行动。今天的话不要对别人说，以免打草惊蛇，给剿匪行动带来不便。"崔立杰道。

"崔所长，放心吧。我们俩做事牢靠着呢。"牟昌伟说道。

崔立杰和两人聊了一会儿，就到区委大院去了……

五区委妇救会长郑萍带队，解放军三班长汪杰护送，担架队翻过小清河北大堤，越过雒家荒洼，安全到达下一站，草园里村头。

"郑会长、汪班长，你们先在此休息会儿，我去联系一下李大爷。"民兵队长王方召说道。

"好，同志们原地休息。"郑萍向担架队的民兵们说道。

"郑会长，这个伤员大腿的伤口又流血了。"汪杰向郑萍喊道。

郑萍掀开伤员裤管，见腿部瘀血流出，赶忙从随身带的药包中掏出酒精棉球，在伤员瘀血处轻轻涂擦着："疼吗？"

伤员倒吸了一口凉气，望了下郑萍，咬紧牙关摇了摇头。

"你是什么地方的人？"郑萍问道。

伤员抬起右手朝南边指了指："在那里——"

"小清河边上的？"

"嗯。"伤员道。

"家中父母都在吧？"

"在，还有刚娶的媳妇。"伤员道。

郑萍一边和伤员聊着，一边迅速地给伤员重新包扎、止血，整个过程一气呵成。

郑萍把裤脚给伤员盖好后说道："放心吧，没有大碍，到野战医院治疗一段时间就会康复了。"

"妹子，谢谢你。"伤员道。

郑萍和伤员打了个招呼，站起身来。

这时，王方召带领一个老汉走了过来。

"郑会长，这是交通员李大爷。"王方召道。

"李大爷你好。"郑萍上前和交通员李广宗打着招呼。

"郑会长，刚才方召都和我说了，咱们走，先去村公所，村长和民兵们都在那儿等着呢。"

郑萍抬起手腕看了眼手表，离上级规定的到达时间提前了半个小时。她转身对汪杰说道："汪班长，咱们走，随李大爷去村公所。"

汪杰点点头，随后转身向战士和担架队员们高声喊道："同志们，看护好伤员，咱们进村。"

受伤后的张世勋从小清河边返回水云镇，刚要进区委大院，和去县城送文件刚回来的李洪走了个迎面。李洪看到他的肩伤，二话没说，转身就往街上的益元堂药铺跑去。

"任伯伯，张指导员肩膀负伤了，你赶紧去看看吧。"

"噢，小李子，你先回去，让张指导员坐下别动，我收拾一下东西马上到。"中医任连山说道。

不一会儿，任连山提着药箱来到张世勋的办公室，进门就喊："我说兄弟啊，咋还挂彩了呢？"

"这是又想你了呗，要不弄出点伤来，你能来啊？"

这说起来，任连山和张世勋虽然年龄相差十多岁，但论起街坊辈分来，却排了个兄弟相称，早年任连山的父亲拖家带口，从河北省的青县来到这水云镇码头创家立业，没少得到老张家的帮助，两家在这水云镇上也算是世交。

前几年，张世勋领导八路军特战队在小清河上打游击，战士们负伤时，也都是任连山暗中帮助治疗，没少帮忙。

任连山放下药箱，从里边拿出家把什（药械），对张世勋道："来来，坐下，让我看看。"

张世勋重新坐回椅子上。任连山一边用剪刀剪开他的衣服，一边说道："世勋啊，这是你第十二次负伤了，我可给你记着呢。"

"连山老哥，这下更好记了，十二，这不正好凑够一年了吗？"张世勋道。

"世勋啊，说句实话，你这养尊处优的孩子，没想到现在这么有出息，真是应了老祖宗那句话了，'家风不可丢'啊。"

"哎，我说老哥，今天咋还感叹起来了呢？"张世勋道。

"心疼你这孩子了呗。别动，忍着点啊。"任连山用手解下伤口处原有的绷带，仔细地看了看说道，"是皮肉伤，估摸着问题不大，我先给你用上咱自家祖传的生肌粉，此药止痛、消炎、生肌，过个七八天就好了。"

"谢谢老哥了啊。"

"你看你，又来了，这谁和谁啊？注意休息，世勋哪，我先回了，明天我再来。"

"好，连山老哥，你慢走啊。"

任连山前脚刚走，张世勋办公室门口传来一男人的声音："张指导员，有土匪的新情况。"

"是立杰来了？快进屋，里边说。"

"张指导员，在来的路上，站岗的民兵向我汇报了一个新的情况，我琢磨着啊，这件事也很蹊跷，这不，赶紧和你汇报一下。"

"立杰，坐下说。"张世勋单手提了一把椅子放到办公桌前。

"张指导员，我自己来，你胳膊都负伤了。"

"没事儿，就是擦破点皮，刚换了药。立杰，什么情况，说出来咱们一块儿分析分析。"

崔立杰把陈大林说的情况一五一十地向张世勋做了汇报。

"立杰，这几天你就多注意下元福春酒楼那边的动向，如果发现可疑情况，我们马上采取措施，将其控制。"

"是，张指导员。"崔立杰答应后转身前去布控。

二十六

范贾洼土岗子上，周炳文说道："段达、封学木你俩去搬枪支弹药，回草棚子多叫些人来。"

两人看了眼船头大盆里的肴鸡、肴肉，馋得直流口水，但也只得服从命令。

"周纪、徐召你俩搬大盆的鸡和肉，别他娘的偷着开小灶啊！"

"是，队长。"两人回道。周纪两个眼珠子一转，心中默念道：等会儿上了岸，我就先藏起一只来，你倒是饱汉子不知饿汉子饥。

"我说马大棒子，今天这大厚嘴唇锃光瓦亮的，抹的油不少啊。"周炳文嘴上这么说，心中暗想，你这家伙，别认为我不知道，送来的这肉食你他娘的早就下肚了。

"报告队长，有事请吩咐。"马青山听出周炳文话中有话，岔开话题说道。

"你，还有袁门，赶紧地，抬着被你们打昏的那位回草棚子去，快点儿。"

"是，队长。"两人走下小木船，抬起刚才被自己打昏的人回到草棚。

"我这是在哪儿啊？"

"噢，王锦啊，你可醒了，这都睡了两个多时辰了。"周炳文道。

"是周爷啊，刚才不知被谁打了一下，就什么也不知道了。"王锦说着就要坐起来，可后背疼得厉害，翻了一下身，又躺在草铺子上。

"躺着别动，从背后袭击你的是共军，不过人被我们逮着后枪毙了。"

站在身后的马青山在心中说道：这谎话说的，比他娘的唱的还好听。

"马青山。"

"到，队长，有什么吩咐？"马青山立正说道。

"我们这里没有医生，晚饭后你带周纪、段达、封学木、袁门四人把王锦送回水云镇码头。"

"是，队长。"马青山回道。

吃过晚饭，马青山等人换上船夫的衣服，带上短枪，把受伤的王锦抬到小木船上，在夜幕的掩护下，将小木船从范贾洼的水沟中驶进小清河，然后顺水而下，不一会儿就来到水云镇码头以西河段，此时，河面左边的一条小船上射来手电筒的光束。

"弟兄们，都给我准备好了。如果手电筒亮三下，就是接应我们的船来了，如果不是，听我命令行事。"马青山道。

"马哥，是三下，自己人。"袁门说道。

"好，我们划过去。"马青山道。

"马哥，你咋知道是自己人？"

"好你个封学木，你他娘的还怀疑我咋的？来时大队长说了，特派员已经用电台通知水云镇的线人接应我们，暗号就是这手电筒亮三下。还有，今晚的行动我说了算。我说啥，就是啥，听明白没有？"

"对，今晚马哥说了算，马哥，我们听你的。"袁门带头附和道。

马青山大眼珠子一瞪，扫了其他三人一眼，说道："今晚跟着我出来，咱有酒、有肉、有银圆，你们不想弄点花花？"

一听说有钱，他们像打了鸡血一样，兴奋地说："马哥，今晚你就是老大，说啥是啥。"

对上暗号，来船把王锦接走，马青山让众匪掉转船头，逆流向上。

"弟兄们，往西天营子河段划。"

"好，大哥，这西天营子可是以前咱弟兄们常去的地方。"土匪周纪道。

"是啊，马哥，咱弟兄们可是很久没去了。"袁门道。

小清河西天营子河段，位于清河县与博兴县两县的交界处，此河段有一个S形的转弯。它背靠小清河，面对范贾洼，上连麻大湖、博兴县城，下通水云镇、羊口。从清末开始，这里就是名副其实的三不管地带，各路土匪、散兵游勇乘机泛滥作祟，伺机抢船夺货、杀人绑票，闹得人心惶惶。两岸的荒草中更是白骨累累，令通行客商闻名色变，船老大们顺口称呼这地方叫"西天营子"。

马青山带领众匪逆流向上，快速将船划到西天营子的拐弯处："袁门，把船划进北岸的芦苇荡中。"

"马哥，把船停靠在南岸不行吗？那样我们回去又近，还方便。"封学木道。

"你懂个屁，靠南岸是方便，但容易暴露我们藏身的地方。"

"马哥，还是你心眼多，我真服了，服了。"封学木道。

大约半个时辰后，一条对漕货船逆水行舟，顶风破浪，行速极慢地驶进西天营子 S 形河段。

"刘镖师，叮嘱弟兄们注意了，我们的船马上要进入西天营子河段了。"船老大侯振东一边听水声观察航道，一边神色不安地往河边那充满杀气的芦苇荡中张望。

"我说侯老大，怕什么怕？我刘某走镖多年，在江湖上那也是窗户里吹喇叭——名声在外的人。如果遇到情况，我只要一报名号，对方马上就吓得逃跑了。放心吧，我叫弟兄们多加防备就是。"大盛镖局的镖师刘云飞说道。

刘云飞说完，冲船舱中的镖师们喊道："弟兄们，都出来了，到了露两手的时候了。"

六个镖师冲出船舱，手持火枪分列船头、船尾、漕船两舷，密切注意河面及两岸。

"师哥，快看，前面发现一条小船。"镖师刘浩说道。

"看到了，弟兄们，往船头来，听我的口令！"刘云飞喊道。

这时，船老大侯振东也看清楚了，远处有一条小木船顺水而下。

"刘镖师，小船上有三个人。"漕船离小木船越来越近，船老大侯振东对镖师刘云飞道。

"我看清楚了，这船既不像打鱼的，也不像运货的。不好，准是碰上劫船的土匪了。"刘云飞道。

"刘镖师，你看这这这……"船老大侯振东一听说遇上土匪了，吓得连话都说不利索了。

"向上的漕船注意了，我们是解放军的巡逻队，前边是土匪经常活动的河段，你们暂且停船，等天明了再通过。"前面小船上传来喊话的声音。

船老大侯振东知这西天营子乃是非之地，不可停船久留，便冲着小船喊道："我就是给部队上运的货，不能误事。"

"他娘的，这船老大还是个常跑江湖的。"马青山道。

"咋啦马哥？不劫了？"袁门问道。

"还咋啦，你没听到啊，还他娘的给部队送的货。哪个部队？是国军还是解放军？"马青山道。

"马哥，我看今晚他是给马家军送的吧？嘿嘿嘿。"封学木奸诈地笑着说道。

"好，那今晚我们马家军就收了。"马青山道。

"刘镖师，咱可不能停船，要停了，那麻烦就大了。"侯振东道。

"管他什么人，这黑灯瞎火的又看不见。弟兄们，先给他来个下马威，让他们见识见识咱大盛镖局的手段。"刘云飞道。

"好嘞，师哥。"众镖师齐聚船头，六支土枪冲着前方的小木船左右河面开了火。

"我说船老大，对方并没敌意，如真是土匪，他早就还击了。可能是我们太小心了。"刘云飞说。

"这事很难说，但愿不是。"侯振东道。

小船上的人并没有还击，也没有离开，待两船快要接近时，只见划船的黑影人用船篙猛地一别，小木船在河里打了个弧线，掉转船头，不紧不慢地跟在大漕船的舷边，一起往前而行。

"船老大，别怕，我们是解放军的巡逻队，是保护你们的，送你们经过这段危险的河段。"马青山站在小木船的船头说道。

侯振东来到船沿上往小船上一看，就三个人，手中并没有什么武器，这悬着的心，终于放了下来。

"谢谢解放军同志。"侯振东感激地说道。

两船向前并行了一会儿，河道拐弯处突然出现一条小木溜子船挡住了去路。

"行船的老大，帮帮忙吧！刚从范贾洼里套的野兔子，个大膘肥，顺便捎上这两袋子吧！"

"不要，不要，我们急着赶路呢，没空。"船老大侯振东急呼呼地说道。

"我说船老大，你咋这么抠门呢？你多少赏点就行，要不兑换点你船上的物件啥的也中。"小溜子上的人道。

"同在河上行，都是江湖人，谁也不容易啊！这沿河的渔民猎户也不容易，你没钱买不要紧，人家不是说了，用船上的货兑换也行，你就行个方便吧。"站在小船上冒充解放军的马青山对漕船上的船老大说道。

"我说解放军同志，我们这些跑船的是从来不敢得罪河边的人家的，因为我们还要在天亮前赶到岔河码头，再说了，这船上的货不是我的，所以我说了也不算啊！"船老大侯振东赔着笑脸说道。

马青山还想再说点啥，可站在船头的镖师刘云飞两个眼珠子一瞪，大声怒吼道："不要，不要，都说不要了，你们就别再狗拿耗子——多管闲事了！"

"我操，算你狠！"马青山在心中狠狠地骂道。

迎面而来的小船眼看就要和漕船相撞，就在此时，小船上的人从袋子里掏出两只野兔，两手一扬扔向大漕船，口中说道："不买是吧，那今晚老子就白送了。"

只听"扑通"一声，两只肥大的野兔子砸落在船头的木板上。

漕船上的人先是一惊，然后弯腰去捡，就在此时，小船上的两人同时从腰间拔出匣子枪，冲船上的镖师们开了枪。

"叭叭叭"，一排子弹打过去，镖师们瞬间躺下三四个。

"不好，土匪！"刘云飞一个翻身跳入船舱，从腰中掏出枪来朝迎面的小船上射击。

看到周纪和段达已经出手，马青山、袁门、封学木也从小木船上跃起跳到漕船之上。

"别怕，前边有土匪，我们来保护你们，快到船舱里去。"马青山对船上的人喊道。

船上剩下的人听到马青山的喊声，拼命地挤进船舱。

"嘿嘿嘿，包饺子，嘿嘿嘿。"马青山、袁门、封学木手中的匣子枪对准船舱一阵猛烈扫射。

"啊……"舱内传出一声声惨叫。

"还有活的吗？出来不杀你，告诉我们船上装的什么玩意？"马青山手握双枪冲船舱内大声吆喝着。

躲在船舱最深处的船老大侯振东一看眼前横七竖八的死尸，心想：出去将必死无疑。他回身用力猛地一把拉开船上的逃生暗门，爬出船舱，一头扎进小清河中。

"马哥，有人跳水了。"袁门道。

"快开枪啊，还等什么？"马青山冲众匪大声吆喝着。

"叭叭叭……"枪声过后，小清河水中翻起一片红色……

二十八

公安员崔立杰为追查土匪的去向，奔元福春酒楼而来。刚到门口，就闻到一股从厨房飘来的肉香味，而且那香味越来越浓烈，迅速地渗入到他身体里的每一根血管，每一个细胞。这个时候如果不马上吃上几口，馋得口水都要流下来了。

"哎哟喂，这不是崔同志吗？来到家门口了，咋还不进来呢？"元福春酒楼的老板唐际会热情地向崔立杰打着招呼。

"唐老板，生意兴隆啊，这店里的大厨不错啊，鲁菜的味儿做得相当纯正。"

"这会看的看门道，不会看的看热闹。崔同志这一闻味儿，就知道是正宗鲁菜的做法，不愧是行家。难道崔同志祖上也是干烹饪的？"唐际会装腔作势地问道。

崔立杰刚想回答，这时从酒楼大门内走出一位妙龄少女，来到门前的石阶之上，对唐际会说道："姨父，和谁说话呢？"

崔立杰睁大眼一看，站在大门口石阶上的女子有二十岁左右，细高挑儿，兼具东西方女人的美貌和身材，头发烫着大波浪，如水般清澈的眼睛眉目传情，白皙的皮肤，紧身的皮衣绷得她丰满的前胸呼之欲出，她真的太美了。崔立杰面对这个如花似玉的女人，顿生一见钟情之感：她要不是这唐际会的外甥女，我总觉得我会爱上她的。

"姨夫，这位是？"

唐际会赶忙向外甥女介绍道："艳儿，这位就是水上派出所的崔所长。"

"噢，崔所长，我准备写一篇水云镇治安情况的报道，正想去找你了解一下情况呢。"说着便扭来扭去地走下台阶。

"噢，宣传我党的政策吗？理应配合，理应配合。"崔立杰道。

"我叫焦俊艳，是《解放日报》的记者，认识你很高兴。"焦俊艳伸出右手，对崔立杰娇滴滴地说道。

"我也很高兴认识你。上学的时候，我的理想就是长大后当一名记者，可谁知却阴阳差错地干了警察。"崔立杰握住焦俊艳的手说道。

"虽然你现在不是记者，但在思想上我们是一致的，那你就是我的师哥。师哥，请吧，咱们里边聊。"焦俊艳眉目含情娇滴滴地说道。

崔立杰听罢在心中感慨：真是一见如故，尽管以前不认识，但仍然可以成为灵魂上的朋友。

"师哥，走呗，还等啥呢？"焦俊艳拉起崔立杰的手走进元福春酒楼的大门。

土匪马青山带人抢了商船后，将船改变了方向，划向北岸的一处滩地，漕船泊岸。

"弟兄们，赶紧的，看看船上装的什么东西。"马青山喊着。

众匪掀开船上的雨布，全是一捆一捆的老粗布。

"马哥，都是白布，这些东西咱也没法弄啊。"袁门道。

"马哥，都翻腾遍了，都是老白布，没别的东西。"土匪段达说道。

"我操，这一晚上白忙活了。"封学木看着满船的老白布，无精打采地说道。

"不对，运老粗布没有这么急，也不用晚上走，更不用雇保镖护船，再细心找找。"马青山手挠头皮向众匪吩咐道。

众匪散开后，挨个儿舱内翻了个遍，最终在船尾最后一个舱位中有了新的发现。

周纪喊道："马哥，快过来，这下面有几个箱子。"

"装的啥？"

"不知道。"周纪回道。

"赶紧的，弄上一箱来看看。"

"是，马哥。"周纪搬起一个箱子，递给站在舱口的袁门。

袁门接住后放在船板之上，众匪围了过来。

"这是些什么字？曲溜弯钩的。"袁门指着箱子上的外文说道。

"不认识，我他娘的也不识字。"封学木瞅了一眼后说道。

"全都是笨蛋，拆开看看不就明白了。"马青山说完，从绑腿中抽出牛耳尖刀，把牛皮纸箱封口割开。

马青山打开箱子一看，两个大眼珠子瞪得是溜圆。沉默了片刻，大嘴一张说道："弟兄们，今晚咱他娘的发了。"

"马哥，这是啥东西？"封学木问道。

马青山也顾不得回答封学木的问话，冲船舱中的周纪喊道："舱里还有几箱？快，快弄上来。"

"马哥，还有七箱。"周纪道。

"搬上来，我们快走，这东西比他娘的大烟值钱，两船布也换不来一箱。"马青山道。

众匪将箱子搬到小船之上，马青山对袁门说道："袁大头，把船上点灯的煤油泼到老粗布上，放火烧船。"

"是，马大棒子，不是，马哥。"袁门一冲动，随口喊了马青山的外号。

袁门、周纪提起船舱内的煤油桶将煤油洒到船上的老粗布上，然后用洋火点燃。

少顷，漕船冒起了浓烟和火光，马青山站在小船上狞笑着欣赏自己的杰作，然后说道："弟兄们，咱们回了。"

土匪们划船来到范贾洼河段，然后掉转船头拐弯进了水沟。

"马哥，这么贵重的镖，箱子里到底是啥东西？"封学木问道。

"啥东西？我告诉你们，是人打上后死不了的针药，外国货。"

"马哥，那你咋知道？"袁门问道。

"俺在队伍上当兵时，押运过这玩意儿。在战场上打仗负伤的人，不管伤多重，只要把这个玩意儿打身上，伤势就会有所好转。"马青山道。

"我说马哥，听你说得这么玄乎，那不成了仙丹了吗？"段达说道。

"这个不是仙丹，是仙水，比他娘的仙丹还厉害，所以说我们发大财了。"马青山道。

"马哥，我们带回土岗子吗？"袁门问道。

"先带回去，但不能往草棚子那里放，更不能让特派员和大队长知道，知道了再分我们一份，那咱兄弟们就落得少了，明白吗？"

"马哥，明白，明白。"众匪回道。

小船来到土岗子边上，马青山说道："先把药箱搬到一个朝阳处，箱子底下弄点苇子草铺盖一下，别他娘的潮湿了，就不好脱手了。"马青山说道。

众匪将药箱盖好后刚想离开，突然从背后传来一个人的声音："都藏好啦？船上没有了吧？"

马青山等人回头一看，正是自己的大队长周炳文，还有两个卫兵，卫兵的冲锋枪正对准着他们。

"报告大队长，船上没有了，已将人送回水云镇了。"马青山道。

"少给我来些没用的，我算着时间你没回来，就知道你拐了弯，跑了斜道子。马青山，你擅自行动暴露目标军法从事！"周炳文道。

"嘿嘿嘿嘿，大队长，还军法从事呢？我们五个军法从事了，你还有几个兵啊？谁给你打仗冲锋啊？"

"马青山，你少给我嘴硬，全都给我绑起来。"

"我说大队长，见了面劈一半，这是咱道上的老规矩。今晚你既然看到了，那就有你的份。把我们五个都绑了，你想吃独食啊？"马青山道。

"大队长，我们也不知道里边是啥东西，本来是想搬到草棚子归队的，可又怕里边装的是炸药给你惹事，所以马哥就让先放这儿，回去向你汇报。"段达打着圆场。

"里边装的什么？打开给我看一下。"周炳文说道。

"好的，大队长，马上。"马青山道。

马青山从箱子中取出两盒针药，递给周炳文。

周炳文掏出小手电筒一照，心想：好你个马青山，真有种，连这玩意儿都能弄到。

"大队长，这啥玩意儿啊？"马青山指着周炳文手中的针盒假惺惺地说道。

"这是盘尼西林，是针药，眼下这玩意儿很缺，黑市上的价格比烟土还贵。你们都给我听好了，没有我的命令，谁也不许动！"

"大队长，我们冒死从解放军手中抢的这玩意儿，那就算我们戴罪立功了？"马青山笑嘻嘻地说道。

"戴罪立功，戴罪立功。先放在这儿，以后再说。"

"一切听大队长的，打道回府喽！"马青山阴阳怪气地吆喝着，心中却骂道：好你个周炳文，龟孙子，改天我非拾掇拾掇你不行。

护送担架队安全到达目的地后，郑萍、王方召、汪杰顺利返回水云镇。

郑萍进得区委大院后，也顾不得休息，直奔张世勋的住处。

"张指导员，我们回来了。"

"哎，是小郑啊，快进屋，这一路上累了吧？没有遇到什么意外的情况吧？"张世勋关切地问。

"张指导员，没有，一切顺利。你的伤怎么样了？"郑萍口中回答，两个大眼睛却盯在张世勋受伤的胳膊上。

"哦，好多了，受这点小伤，不碍事。"张世勋抬了一下胳膊说道。

"你坐下，让我看一下。"郑萍说完，上前慢慢解开包扎伤口的绷带。

"伤口还没有完全愈合，我给你换一下药。"说完郑萍从携带的药包中取出药品，开始为张世勋换药。

"很疼吧？"郑萍道。

"不怎么疼。"张世勋虽然嘴上这么说,但他的胳膊还是因为疼痛不自觉地动弹。

"别动,很快就会好了。"郑萍道。

换好药,郑萍站起来把药包装好,然后拿起自己的白毛巾递给张世勋说道:"还说不疼,头上的汗都下来了,以后少活动,伤口才愈合得快。"

"中。"张世勋道。

郑萍背起药包刚想走,突然看到堆放在床边没洗的衣服,她收住脚步,重新放下药包,提起水桶来到院中取水洗衣。

"小郑,换下来的衣服攒着吧,攒多了,我自己洗就行。"

郑萍望了张世勋一眼,心想:这还少啊!

"小郑,你老家是哪里的?"

张世勋拿起一个小板凳,坐在洗衣服的郑萍身边。

"张指导员,我是济南人,家就在小清河五柳闸的边上,离馆驿街不远。"郑萍道。

张世勋沉思了片刻说道:"说起来,我们两个还是老乡。这五柳闸好啊,它是小清河上最早修建的一座船闸。一九三一年五月,由山东省建设厅投资重建,为闸厢式双门船闸。闸厢长一百米,门宽九点二米,一次可通过对漕船二十艘。船舶过闸后,可向上通至成丰桥。"

"张指导员,你对济南还这么熟悉啊!"

张世勋微笑了一下,继续说道:"五柳闸原为小清河流域第一大闸口,也是最为出名的闸口,它既调节了上下水流,又是小清河漕运的水运枢纽。这五柳岛啊,也是小清河济南段唯一一个河心岛。我小的时候,就是跟着爷爷坐船过五柳闸后去的馆驿街。"

"张指导员,你对馆驿街也很熟吗?小时候,爸爸经常带我去玩。可听秋玲姐说你是水云镇人呀。"郑萍扬起头不解地问道。

"祖籍就是这水云镇,早年我老爷爷那会儿,在济南馆驿街道开设了一家集生产销售为一体的制碱、香油、酱菜综合加工厂,取'永盛源'为号,意带财源茂盛之意。到我爷爷辈那会儿，又开辟了小清河漕运，我经常跟着船两头跑。"

"噢，我说你对济南咋这么熟悉呢。"

"你在济南学的医？"

"不是。前年八月份，我和七八个同学一起参加的人民解放军，在清河军区做宣传工作时我负伤了，伤好后我请求到野战医院学的护理。"

"小郑，这算起来也有一年多了，想家吗？"

郑萍停下手，望了一眼张世勋说道："当然想家了。但是每当在战场上忙起来就忘了。"

"就是，一个十八九岁的孩子哪儿能不想家呢？我刚从济南来到这小清河平原时，有时想家想得流泪。那时一想到要早日把日本鬼子打出去，就顾不得想家了。"

"张指导员，等全国都解放了，我们一起从水云镇坐船回济南，回家。"郑萍微笑着说道。

"哎哟喂，我说郑萍妹子，世勋哥不走，你啊，更不能走。依我说，你们俩就是咱水云镇的一分子了，你们要是真走了，那水云镇的老少爷们儿可舍不得。"妇救会长秋玲从后边走过来说道。

"秋玲姐，你来了。"郑萍道。

"郑萍妹子，我这一回来，镇上姐妹们就催着我说，晚上还得让你去教她们学唱歌。你说这些妇女们，一提起你来，就亲得不得了，说起这学歌来，就和吃了欢气团似的，个个儿是眉开眼笑啊。"

"秋玲姐，从我党创建开始，就把女性和男性平等放在一起，解放中国妇女是我党目标之一。要教她们学文化，学知识，帮助她们投身革命，给我党带来新的力量，与党同心、跟党走，在解放战争中做出自己的贡献，成为国家的主人，让她们迎来崭新的时代。"提起妇女解放，郑萍激动地说道。

"郑会长说得很对。应积极组织妇女们集体学习、互帮互助、团结友爱，让她们感觉是最快乐的一群人。最能说明她们心境的，就是那回荡在小清河畔的歌声了。"张世勋说道。

"好，那今晚咱继续学唱歌，让她们吃了饭早去，我这就去告诉她们。"秋玲说完，便走出区委大院。

"小郑，你也回去休息会儿吧，这大半天的，让你受累了。"

"哎，我说老乡，你咋还客气了呢？"郑萍幽默地说道。

张世勋不好意思地挠了一下头皮，说："谢谢你。"

郑萍看了张世勋一眼，一本正经地说道："谢我啊！那就记着，少活动。傍晚我来收衣服。我走啦啊。"说完，郑萍转身离去。

张世勋望着郑萍出了门，又在院子里站了一会儿，才进得屋来。

"报告，县委刚到的两份公文。"警卫员李洪说着进得屋来。

"放桌子上吧，一会儿我看一下。"张世勋道。

李洪走后，张世勋用凉水洗了把脸，然后坐下拿起第一份公文仔细地看了起来：

通知：

经县委批准，从县干部和军队中选拔了一部分优秀人员充实到公安队伍，加强五区公安派出所的建设。原机构增加三名人员，所长李东桥，干事刘春盛，公安员韩志生。小清河水上派出所编入新设立的公安机构，崔立杰同志任副所长。在水云镇码头设检查站，加强对小清河过往船只和水云镇周边区域的社会治安管理，同时开展对公安队伍的整顿工作，清除不合格人员……

张世勋看完文件，冲警卫员喊道："李洪，通知崔立杰同志来一趟。"

"是，指导员。"李洪应声而去。

第二份文件的大体意思是要求各区多动员适龄青年参军入伍，补充兵源。

张世勋站起身来，走到窗口，向外望着，心想：各村镇中思想进步的年轻人大多已参军入伍，现有符合条件的人是越来越少。同时，随着战事的进展，村中不断收到前方阵亡烈士的通知书，烈属们在村里面撕心裂肺的哭声，确实让一些年轻人对参军产生了不同程度的抵触情绪。想到这里他转身对外面喊道："李洪，过来一下。"

门外没有回声，他刚想到门口看一下什么情况，立刻想到了什么，用手猛拍了一下自己的脑门儿，说道："看这脑子，刚让他出去叫人，转头就忘了。"

张世勋转身回到桌子前，把文件整理好放入抽屉中，然后出门朝镇公所大院走去。

秋玲出得区委大院，便把晚上学文化、学歌的事告诉各妇女小组长，又到镇公所的会议室收拾了一下，刚出门，就和前来的张世勋走了个迎面。

"秋玲，着急回家吗？"

"世勋哥，不急，你有事？"

"方召在吗？"

"他不在，刚才我听石头说他去码头了。"

"噢，那我先和你说个事儿。走，咱到屋里说。"张世勋道。

两人来到镇公所办公室，坐下后，张世勋说道："秋玲，区上刚接到县里的通知，安排我们多组织村里的年轻人参军入伍，我想找方召商量商量，组织召开一个参军动员大会。作为咱镇上的妇救会长，在这次会议上，你要发言，带动全镇的妇女，多动员家中的年轻人参军，支持咱们队伍的壮大和发展。"

"世勋哥，放心吧，我知道怎么做。为了打倒蒋介石，解放全中国，咱镇子上的妇女们，还是会积极参加和配合的。"

"秋玲啊，水云镇的妇女，在你的带动下，个个思想进步，拥军支前，为部队做军鞋，磨军粮，事事走在全区的前边。"

"世勋哥，这都是我应该做的。"秋玲道。

"每每有部队从咱们镇上行军路过，妇女们便将一碗碗茶水和绿豆汤递到战士们的面前，将一个个煮熟的鸡蛋装进战士们的衣袋。不仅如此，妇女们还肩负起了宣传扩兵的重任，积极地支持自己的丈夫、兄弟参军入伍，这一点真是全区学习的榜样啊。"

"世勋哥，开会动员参军这事，我和方召说就行，你看定在什么时间？"

"秋玲，如果没有其他问题，我看就在今晚吧。"

"成，今晚妇女们正好学习，让她们也一块儿参加。"

"好，就这么定了，那我先回去准备一下，咱晚上见。"

"好的，晚上见。"秋玲道。

张世勋回到区委，前腿刚迈进大门，警卫员李洪便跑过来急忙说道："指导员，你可回来了，我去了好几个地方，都没有找到崔所长，问了好几个人，都说没看见。"

"知道了，也许他有什么紧急事情要办，来不及汇报，明天再说吧。"张世勋回道。

"指导员，郑萍姐把你晒干的衣服收拾好了，放在你房间的衣橱里了。"李洪道。

"噢，知道了，她说什么了吗？"

"说了，让我们吃了饭早过去，会场就在镇公所。"李洪道。

吃过晚饭，郑萍早早来到镇公所，在黑板上写下晚上要学的歌词——

    战斗进行曲

    我擦好了三八枪，
    我子弹上了膛；
    我背上了子弹带呀，
    心眼里直发痒。

    我背上了手榴弹，
    给顽军的好干粮；
    我刺刀拔出了鞘呀，
    刀刃闪闪亮！

别看他武器好，
生铁碰上了钢！
我撂倒一个俘虏一个，
缴获它几支美国枪！

我奋勇又当先，
指东就到东。
我手榴弹开了花呀，
勇敢地包围上。

我地形利用得好，
动作真快当。
我一阵风到跟前呀，
叫他把刺刀尝。

别看他武器好，
生铁碰上了钢！
我撂倒一个俘虏一个，
缴获它几支美国枪！

接到学歌和开会的通知，镇子上的妇女和青年们也早早吃过晚饭陆续来到镇公所。

张世勋收拾好房中的文件，对警卫员李洪说道："小李，咱们走。"

两人来到镇公所，张世勋和乡亲们一一打着招呼，然后进了会议室。

"小郑，歌词都写好了？"

"刚写好，张指导员，你来前边坐。"

"不了，你先教歌吧。小郑啊，教唱革命歌曲，也是鼓舞人民群众对敌斗争的重要方式之一，在抗日战争时期，勇敢的水云镇人，就是唱着战歌迎来了一个又一个胜利。"

"张指导员，我会认真教的。"郑萍道。

妇女们到齐了，会议室内传出《战斗进行曲》的歌声。歌声中带着小清河畔人地道而又浓浓的腔音，让人听了深受鼓舞。

张世勋听着乡亲们唱歌，心想：她们虽然不是专业演员，也不懂得以情入声的任何技巧，但是，她们唱出了解放区人民的心声。

"我说姐妹们，今天晚上咱学的时间也不短了，也让郑萍妹子休息会儿，下面咱合唱一遍练习练习，然后开会。"

妇女们合唱过后，号召青年人踊跃报名参军动员会议开始。

张世勋、郑萍、王方召、秋玲在主席台就座，会议由区妇救会长郑萍主持。

郑萍说道："各位乡亲们，今天晚上我们在镇公所召开这次征兵入伍会议，希望在座的每一位适龄人，从今天晚上开始，可以由一个普通的青年转变为一名光荣的革命军人，成为解放军的一员。在此，我谨代表镇区委、区政府、区妇救会，向今天参会的父老乡亲致以崇高的敬意，并向积极送子参军的家属们表示衷心的感谢。下面由水云镇妇救会长范秋玲同志发言。大家鼓掌欢迎。"

秋玲从主席台上站起来，向众人招手致敬，然后说道："水云镇的姐妹兄弟们，眼下上级号召我们镇上的适龄青年参军入伍，去战场上消灭敌人，只有消灭了敌人，咱水云镇的老百姓才能过上好日子。能去当兵的，不要顾虑家里，咱们镇在区委的帮助下，马上就要成立拥军队，就是帮着军属们干活种地，你们在前方打仗，我们照顾好你们的家人。"

"秋玲姐说得对，我双手赞成。"雪妮说。

"打倒蒋介石，解放全中国，我也赞同。"民兵石头说道。

会场上静了下来。秋玲回头看了一下主席台上的王方召，然后鼓足了勇气，冲台下大声喊道："当兵是光荣的事儿，俺们水云镇的闺女找婆家，就是要找参加解放军的！"

"石头，看方召咋应招？"春来低声和身边的石头说道。

"我刺激一下他。"石头说。

"我说石头，方召哥可是咱镇上蒋大师的入门弟子，有了名的练家子，小心他揍你啊！"春来道。

"没事，我跑得快。"说完，他挤到人群前边高声喊道："秋玲姐，我，我我……"石头边说边举手。

坐在台上的王方召听到石头的喊声，噌地一下站了起来，朝石头瞪起两个大眼珠子，刚想说话，石头举起的手落在鼻梁子上，冲台上的王方召说道："我，我擤鼻子还不行啊！"石头的滑稽动作一出，引得众人是哈哈大笑。

王方召转身对秋玲说道："秋玲，我报名，今天晚上咱就成亲，明天我就随部队上前线去。不打败蒋介石，绝不回来见你。俺要是死在战场上，你就再找个人嫁了吧。"

"方召，先别说些没用的，你真要是牺牲了，俺就伺候公公、婆婆一辈子。你在部队要好好表现，俺在家里面等你，你也别牵挂俺。好好杀敌，别给咱小清河的人丢脸。"

"方召，好样的。在抗日战争中，我们水云镇人努力支前，把最后的小儿子送上战场去。今天，为了打倒蒋介石，解放全中国，我们水云镇人同样做得到。"张世勋站在台上激情振奋地说道。

在王方召的带动下，镇上的民兵曹世昌、刘士成、陈玉明、刘光全等十多名青壮年当晚报名，水云镇人敲锣打鼓欢送他们参军入伍，奔赴前线杀敌。

二十九

崔立杰迷迷糊糊地一觉醒来，感觉自己躺在一张宽大的红顶子床上，他猛地一下坐起，扯下身上盖着的绿色丝绸棉被。

"你醒了，先喝口水吧。"焦俊艳上身披着一件风衣，穿着拖鞋，走到方桌前倒了一杯凉开水，递给崔立杰。

"小心，拿稳了，别洒出来了。"在崔立杰接住水杯的那一刻，焦俊艳攥住崔立杰的手说道。

崔立杰感觉焦俊艳那双酥软的手，像是带过一阵电流，搞得他的心扑通扑通跳个不停，把他迷得是五迷三道。

"焦记者，我这是在哪儿啊？"崔立杰道。

"噢，昨天你可能多喝了点，就住我这儿休息了。"焦俊艳说道。

"焦记者，真是不好意思啊。"

"哪里话，应该的。立杰，你的衣服昨晚吐得太脏了，我让用人去洗了。衣架上有给你准备的衣服，你穿上看看合适不合适？"焦俊艳微笑着说道。

看到站在自己面前，热情大胆，有着年轻女孩的勃勃生机，又有着成熟女人独特的风韵，风骚而不失温柔的焦俊艳，崔立杰顿感情移其身，虽然还没有得到对方的任何回应，但是崔立杰已经幻想要和她在一起了。

"俊艳，坐这儿，到我身边来。"崔立杰主动和焦俊艳搭讪，并用手拍着床边说道。

"还坐那里啊？昨晚你没感觉到累？"焦俊艳一口带有浓浓老济南味儿的腔音，不着痕迹地迎合着崔立杰轻微的挑逗。

"没有啊。"崔立杰已被完全迷住了。片刻，他起身猛地一下扑上去，把焦俊艳抱到床上，三下五除二扯下她的粉红色披衣……完事后，焦俊艳冲崔立杰说道："立杰，以后我辞掉报社的工作不干了，干脆嫁给你算了，遇到你，我才知道什么叫男人。"

"真的吗？"崔立杰搂着焦俊艳的腰说道。

"亏你还是所长呢，连这些话都听不出真假来？这大活人你都搂在怀里了，还是假的呀？真是的。"焦俊艳说着假装生气地推开崔立杰的手。

"俊艳，别生气，哪是不相信你，是怕——"

"是怕什么呀？我配不上你？"焦俊艳用脚蹬了一下崔立杰说道。

"哎呀、哎呀、哎呀，不是，全乱了。俊艳，以后我都听你的还不行吗？"崔立杰道。

"这还差不多。"焦俊艳抬起头，用嘴轻轻地咬住崔立杰的耳朵说道。

"我来时爸爸告诉我，他想在水云镇码头上开办一个物流公司，让我顺便考察一下。他呀，正愁没人替他管理呢。我要是辞了职，正好帮他，也不知这里的情况怎么样？"焦俊艳说道。

"这个好办，我可以帮你，在这水云镇码头上，你的事就是俺的事，错不了。"崔立杰说道。

"好，那我回济南时和爸爸说一声，改天就回来，到时候啊，咱家的买卖可全指望着你喽。"焦俊艳说完，像只温顺的小绵羊一样静静地躺在崔立杰的怀中。

李洪匆匆忙忙地来到张世勋的办公室。

"报告指导员，县里下派的干部到了，一共三个人。"

"我知道了。哎，李洪，东院的派出所办公室都收拾好了吧？"

"报告指导员，办公室和宿舍都收拾好了，知道你在忙，我先把李所长他们带过去了。"

"好。李洪，你先提几壶热水过去，我一会儿就到。"

张世勋收拾好文件，便向新设立的区公安派出所走去，进得大门就大声吆喝道："东桥啊，来之前咋还不提前说一声呢，也好提前接你不是。"

刚刚放下背包的新任水云镇公安派出所所长李东桥，一听是老政委的声音，赶紧走出屋，对迎面而来的张世勋说道："张政委，不不，张指导员，太好了，太好了，这次我又回到咱水云镇了。"说着，两人的手紧紧地握在一起。

"前年听说你在战场上负了重伤，之后就听不到你的信了。"张世勋道。

"是啊，自我们特站队从这小清河畔撤离整编以后，我就一直跟随大部队作战，前年在鲁南战场上受了重伤，被送到胶东医院手术后总算是活了下来。真没有想到还能见到你。"李东桥说道。

"东桥啊，能回来就好。你在这小清河畔对敌斗争多年，对各方面情况都比较熟悉，我这里呀还真缺你这么一位将才呢。"张世勋道。

"张政委，走，咱到屋里说。"两人边说边聊来到房中。

"小刘、小韩，我给你们介绍下，这位就是我在来的路上向你们说起的老首长、现任五区镇镇长、指导员的张世勋同志。"李东桥道。

"小刘、小韩，欢迎来到水云镇工作，以后有什么困难，尽管说就是。"张世勋说道。

"谢谢张指导员。"刘春盛、韩志生回道。

两人话音刚落，院子里传来一位女人的声音："世勋哥，你出来一下。"张世勋向屋外一看，是秋玲在招呼自己。

"东桥，你们先休息会儿，我出去一下。"

张世勋来到外面，对秋玲说道："秋玲，什么事？"

"世勋哥，民兵们在顺着小清河边巡逻时，发现一具男尸。"

"男尸？你们告诉崔所长了吗？"

"世勋哥，想告诉崔所长，但没有找到他。"

"知道了。秋玲，到屋里来吧，把情况详细说一下。"张世勋道。

进屋后，张世勋刚想介绍，李东桥说道："这不是秋玲妹子吗？两年没见，都长成大姑娘了。你爹身体很好吧？"

"李排长，是你呀，我爹身体结实着呢，还是干打铁的老本行。怎么？李排长，来看世勋哥了？"秋玲道。

"对，来看你世勋哥了，这次是常看，住下不走了。秋玲，方召呢？没有和你在一起啊？"李东桥道。

"李排长，方召和你一样，参军了。"

"东桥啊，秋玲现在是水云镇的妇救会长了，方召当兵后，还兼任镇上的民兵队长，工作干得不错。"张世勋夸奖道。

"秋玲有出息，等方召回来，我还要在这儿喝你们的喜酒呢。"李东桥道。

"李所长，你不知道，秋玲姐现在可是新媳妇了。"警卫员李洪在一边说道。

"哈哈哈，好，改天到你爹那儿，让你把这顿喜酒给我补上。"李东桥高兴地说道。

"秋玲，李排长现在是水云镇公安派出所所长，把你知道的情况和李所长汇报一下吧。"

秋玲一五一十地把河边的情况详细说了一遍。

听完秋玲的汇报，李东桥说道："张指导员，我马上过去看看情况。"

"好，东桥，这事儿真是巧了，你们刚来到，还没顾得上休息呢。"

"没事，工作要紧。张指导员，我们去了啊。"

"好，我回区委等你们。"

"世勋哥，我也走了啊。"秋玲说完随李东桥一块儿向河边走去。

张世勋回到办公室，从抽屉中拿出一份文件，在上边写着什么。

元福春酒楼内，崔立杰从顶子床上爬起来对焦俊艳说道："俊艳，时间不短了，我得回去了。"

"你自己的事，你自己决定好了，我不会拖你的后腿的。"焦俊艳含情脉脉地说道。

"你什么时间回济南？"崔立杰问道。

"过几天回去，等我辞掉报社的工作很快就会回来的。"焦俊艳回道。

"今天晚上我还想来，行吗？"崔立杰说道。

焦俊艳没有正面回答，只是冲他微微地笑了一下。在崔立杰看来，那深邃的眸子似乎有种别样的魅力。

焦俊艳走到他的面前，微微扬头，然后轻启朱唇，用温柔而性感的声音对崔立杰说道："闭上眼睛。"

"是，我听你的。"这一刻，崔立杰像一只温顺的小猫，乖乖地闭上了双目。片刻，他感觉一个柔软而温湿的吻落在了自己的额头之上，轻轻地，就像是蝴蝶一般轻盈。

焦俊艳收回那温柔的樱桃小嘴，对他轻轻地说道："时候不早了，快去上班吧。"

崔立杰告别焦艳俊，来到水云镇五区大院。

"报告。"

"进来。噢，是立杰啊，这两天你去哪里了？"张世勋道。

"张指导员，我去调查元福春酒楼的事，走得急，没有向你汇报。"

"情况怎么祥？"

"张指导员，元福春酒楼购买大量肉食的情况我查清楚了。"

张世勋放下手中的笔，问道："很好，说来听听。"

"我们以前的猜想和估计，完全错了。实际情况是这样的，元福春酒楼的唐际会老板在羊口的一位朋友的儿子要结婚，前几天，委托唐际会在水云镇为他买点好的看货预备婚宴上招待亲朋好友，唐际会就吩咐小伙计王锦去街上办货，这与土匪的事没有一点关系。"

"哎，我说立杰，你是身体不舒服吗，去了这么长时间？"张世勋问道。

"没有，我去看了个朋友，唉，他娘病了，在那儿帮他照顾了一下。"崔立杰不打磕巴地回道。

"立杰，给你看一份县里的文件。"

崔立杰接过文件详细看了一遍，立刻不高兴地说道："咋啦，我工作不努力吗？我在这个位置上干了近两年了，无论怎么说，这所长位置应该是我的，凭什么给一个新来的人？"

"立杰同志，上级给你安排一个副职，也是正常的人事安排。作为领导，往往需要考虑到全局的工作，而不是你一个人或者一个部门的事情。"张世勋道。

崔立杰在办公室来回踱步，不耐烦地说道："这说明领导之前就没有信任过我，对我的工作能力和水平还有所不满，但我没有功劳也有苦劳吧？给我安排一个副职，不如直接撤职算了。"

"立杰，既然组织这样决定，我们就不能用什么借口讨价还价，也不能因为达不到自己满意的结果就闹情绪、撂挑子。"

"指导员，党员个人服从党组织的安排这个我明白。自觉遵守党的纪律，执行党的决定，服从组织分配，积极完成党的任务，这个我也明白。但如果我认为对自己的工作分配不适当，我可以提出意见，请党组织考虑作出最后决定，到时我坚决服从。"

"立杰同志，我们领导干部要始终对组织坦诚，相信组织、依靠组织、服从组织、自觉接受组织安排和纪律约束。服从组织安排，在组织需要的岗位上不懈奋斗是我们共产党人的优良传统。我们参加革命，为的是打倒蒋介石反动派，解放全中国，不是为了当官。今天我领导你，明天你也可能成为我的领导。不要论资排辈，不应该计较官职的高低，更不要随便发泄不满情绪，以免影响大局和同志之间的团结。立杰同志，正是有了千千万万忠诚于党、无条件服从组织安排的共产党人，我们的党才拥有强大的凝聚力和无穷的战斗力，才能在抗日战争胜利和解放战争中取得一个又一个胜利。"

崔立杰无语地昂着头，带着一种不服输的表情。

"报告指导员，李所长他们回来了。"只听李洪在门外喊道。

李东桥、刘春盛回到区委，张世勋给他们做了介绍。崔立杰也没答话，只是礼节性地握了握手。

"东桥同志，来，咱们坐下说。"张世勋道。

众人落座，李东桥说道："张指导员，我们到达后对死者进行了检查。死者是一个中年男性。中枪身亡，身上有多处枪伤，至于发现尸体的河边，我们没有找到有价值的线索，初步推测此处并非第一案发现场，我认为应该是在小清河上游一华里的地方。"

"说来听听。"

"张指导员，我认为第一现场应该不远，因为死者是中枪后自己爬到岸上的，河边的淤泥中有死者爬行的痕迹。回来时，我已安排韩志生和秋玲带人向上游河段寻找，看是否能发现新的线索。"

"好，你继续说。"

"初步观察，尸体上除枪伤外未见明显抵抗痕迹。从死者的衣服看此人经济条件不是很差。死者双脚肤色黝黑，脚底磨出的老茧很厚，说明是长期赤脚在船上走路。"

"东桥同志，你分析得很有道理。"张世勋道。

"死者身上的衣物非常宽松，与本地人衣着打扮有明显不同，因此推断死者大概不是本地人。尸体的脚指甲和脚趾缝里边没有一点河泥，这说明死者是从船上被凶手用枪打死后扔到了河里，或是死者跳水后被凶手开枪击中死亡。从死者身上的弹头分析是多人同时开枪致死。"

"你何以断定是多人开枪？"坐在一边一直一言不发的崔立杰突然问道。

"崔所长，因为从死者身上的弹孔看，子弹头大小有别，不一致。还有，凶手使用的是德国造二十响大镜面匣子枪和美式卡宾枪，从枪械分析他们不是一般的土匪，很可能是国民党支持的伪顽残余势力。"李东桥回道。

"指导员，秋玲姐她们回来了。"警卫员李洪喊道。

秋玲、韩志生进得屋来。坐下后秋玲说道："世勋哥，李所长，我们在离发现死者的河段上游不到一公里处发现被烧焦的木船残骸。"

"还有什么发现？"李东桥问道。

"还是让小韩说吧。"秋玲道。

韩志生站起来说道："张指导员、李所长，我们顺河边向上，在河北岸的一拐弯浅滩处，发现了一条被烧毁的木船，木船已是面目全非，周边的芦苇到处都是被大火燃烧过的痕迹，船舱内到处都是烧焦后的残渣。整条船上连一件完好的物件也没有找到。我来到船的头舱处，立刻闻到一股焦臭味。"

"是被大火烧焦的尸体吗？"

"是的。舱内有十二个人，尸体有的蜷曲着，还有的是两人抱在一起，现场真是惨不忍睹。"韩志生说道。

"不对啊，一条漕船通常只需六个船工，怎么会有十三个人？"从小在小清河边长大，对漕船行走情况非常熟悉的张世勋说道。

"对了，张指导员，舱内还发现六支土枪。"韩志生道。

"集体在一处被害，说明他们在出事前受到一定的误导。土枪和多出的人，我想肯定是某个镖局的。"李东桥道。

"如果真有镖师护送，又是晚上行船，这船上装的肯定不光是白布，我想应该还有两样东西。"张世勋道。

"会是什么东西？"韩志生问道。

"一是烟土；二是药品。"张世勋道。

"我想也是，最近西药的价格在黑市上成倍地翻番，特别是盘尼西林。因为这种药可以挽救人的性命，当下走私十分猖獗。"李东桥道。

"从土匪们的这次劫船来看，他们选择在西天营子河段，说明这伙土匪对小清河地形非常熟悉。我估摸着他们就躲藏在附近。如果我没猜错的话，很可能就在范贾洼。"张世勋道。

"张指导员，抗日战争中，我们没少在范贾洼一带活动，是否进去侦察一下？"李东桥道。

　　"根据土匪们现在的处境，抢劫后会尽快地销赃，县城和周边地区都有民兵联防，各个道路口他们很难通过，我想水云镇一定是他们的首选目标。"张世勋道。

　　"张指导员，我明白了，我们加派人手，守住镇上的药铺和各大酒店，来他个守株待兔。"李东桥说着，做了一个双手掐紧的动作。

三十

　　周炳文让马青山等人藏好药品后返回草棚子。众匪入睡，可有一人躺下后是翻来覆去地睡不着，闭上眼睛后，满脑子都是抢劫的药品、换来的金条。他竖起耳朵听了一下，有的吐着粗气打着呼噜；吃多了的，屁是一个接一个地放个不停；做噩梦的人，时不时地尖叫一声，然后把牙齿咬得咯咯直响。

　　他偷偷地从草铺子上爬了起来，穿上鞋，用手捂着嘴，踮着脚尖，蹑手蹑脚地走出了草棚子。他一边走，一边不住地回头看，确认无人跟踪后，便撒丫子向藏药的地方跑去。到达地点后，他脱下外面的裤子，用细麻绳把两个裤腿捆起来做了一个临时的袋子，然后迅速扒开盖住药箱的乱草，用手中的尖刀拆开箱口，往裤子里装药。他一边装，心中一边默念道：我他娘的真是发财了，今天从这里一走，再也不回这野兽住的大荒洼了。

　　"举起手来！好你个袁大头，想吃独食是吧？"

　　这前来偷药的不是别人，正是土匪袁门。袁门听到声音后慢慢举起双手，因为他感觉一支枪口已顶在了他的后背上。

　　"马哥，别闹，别闹，小心走火，咱兄弟俩，谁和谁呀？这不，断顿好几天了，我想弄几盒去镇子上卖卖，换几包香烟不是？"袁门听出是马青山的声音，慢慢转过身来嬉皮笑脸地对他说道。

　　"袁大头，你他娘的别装孙子，看看你裤裆里装的，是弄两盒买烟的样子吗？你哄三岁孩子呢？"马青山用枪指着他说道。

　　"马哥，我是想卖了以后啊，拿回钱来咱俩平分的。"

　　"我真想一枪崩了你个王八蛋，胡说，继续胡说！"

"马哥，我对天发誓，如有半句假话，天打五雷轰。"

"我说袁大头啊，你真他娘的天真，真可爱。好了，马哥我信了。你看天马上就要亮了，赶紧地，走啊！"马青山拿枪的手摆弄着说道。

"谢马哥，谢马哥。"袁门提起装药的裤裆就想跑。

"干啥呢？干啥呢？"马青山冲袁门喊着。

袁门停下脚步，疑惑地望着马青山，心中骂道：你他娘的不是让我走吗？

"我告诉你袁大头，拿上一盒到镇上找好买主，快点回来告诉我，知道吗？"

"一盒啊！"

"袁大头，一盒就够你吃香的喝辣的好长时间。少啰唆，赶快走。我可告诉你啊袁大头，到了镇子上，不许贪杯、不许逛妓院，找好买家马上回来。"

"马哥，再给一盒，拿上两盒中吗？"

"滚，赶紧滚。"马青山怒气冲冲地冲袁门喊道。

袁门满脸的无奈，看了看装药的裤裆，转身离去。

袁门来到水云镇，哪里也不去，直接奔益元堂，因为他在水云镇当皇协军多年，知道别的药铺都是纯一色的中药，就是这益元堂是中药与西药掺和着卖。

"我说伙计，你老板在吗？"进得益元堂药铺门后，袁门向小伙计问道。

正在用杆子秤分装草药的小伙计丁方田抬头看了一下，然后向柜台后边走了几步，冲里屋喊道："掌柜的，有人找。"

"哦哦哦，谁呀？"益元堂老板任连山一掀门帘走了出来。

"任老先生，这几天我肚子老疼，来你这里看看。"袁门说道。

"进来吧。"

"谢谢你了，任老先生。"袁门说着进得里屋。

进屋入座，任连山示意袁门伸出左手放在诊桌的把脉垫上，然后伸出右手三指放在他的脉搏处，开始给他把脉。任连山手指所在之处，经脉跳动的感觉涌上心头，就像是微风吹着黄雀背上的毛，略微用力时，有一种按到漂浮在水中的小木头一样的感觉，按之下沉，力度减轻又浮起来了，感觉很轻盈。

大约两分钟后，任连山抽回手，走到洗脸盆前用清水洗了一把手，用毛巾擦干后坐回椅子上对袁门说道："注意不要喝凉水，受凉是会引起肚子疼的。我给你开几服中药，喝了后会见效的。"

"任老先生，我感觉我肚子里不舒服，疼，胀气，好像胃里的东西消化不了，不光是喝凉水的事，还有其他原因，你再把下脉看看。"袁门道。

任连山看了袁门一眼说道："我说老乡，你不是医生，咋知道不会是受凉引起的呢？"

"听我二叔说的，我二叔在济南一家洋医院里当大夫。"袁门道。

任连山捋了一把胡子，呵呵一笑说道："听你这么一说，原来你没学过医啊？一个不懂医术的人，却不相信我祖传的诊脉技法，说什么再诊一次，你也太自大了吧？还是觉得我益元堂空有虚名啊？哼！"

"任老先生，你误会了，我不是这个意思，你是大大的名医。益元堂乃小清河畔的名药铺，自明末清初在这小清河水云镇码头开张以来，医治大小病人无数，从来不糊弄人。我对你的医术是百分百地相信，你连救命神药都能开出来，诊脉又怎么可能出错呢？是这样，前几天我去济南我叔家，也犯了同样的病，叔带我到他上班的医院，给我往屁股上打了一针，一会儿就不疼了。就是这个，你看。"袁门说着，从怀里掏出一盒盘尼西林递给任连山。

任连山接过纸盒打开一看，沉默了片刻，心中说道：你小子在这里和我磨叽了半天，原来是为了这事啊。

任连山刚想说话，就听得药铺大门口有人高声吆喝道："任老先生、任老先生，快来，快来救救俺爹！"

三十一

自袁门来到这益元堂药铺，就被在门口执行监视任务的公安员刘春盛盯上了。

袁门的衣着打扮和面相，立刻引起了刘春盛的注意。虽然袁门穿着破烂，但他却是一个细皮嫩肉、白白胖胖的人。更让刘春盛感到可笑的是，你伪装啥人不好，偏偏伪装成逃荒要饭的叫花子，讨饭的人可不会有如此好的皮肤。

刘春盛看到袁门进得药铺，马上向化装成挑夫的石头低声说道："快去通知李所长，说这里发现了可疑的人。"

石头点点头，然后大步离开。

派出所所长李东桥闻讯后，立即随石头赶到益元堂药铺，为了不打草惊蛇，李东桥便让刘春盛和石头搀扶着，装成看病的进了药铺。

听到门口的喊声，任连山抬头一看，心中默念道：这事真是巧了，真是想啥来啥。他不动声色地对袁门说道："我说老乡啊，你带来的这个玩意儿我以前在济南府的医院里见过，真是个好东西，可我一个中医，对这个拿不准，咱这样吧，你稍等一会儿，我给你介绍一个懂的人，和你聊聊咋样？"

"哎呀，任老先生，可真是太谢谢你了。"袁门道。

任连山走出里屋，对刚进门的李东桥三人说道："你们先等会儿，我去找一下李东桥大夫，里屋的人需要个西医。"任连山说完，用眼色向三人示意了一下。

三人立刻心领神会，赶紧向里屋走，谁知刚想进屋，这袁门从身上掏出一把匣子枪挥舞着说道："你们别进来啊，谁进来，我打死谁！"

李东桥说道："你已经被我们包围了，逃是不可能的了，要想活命，只有放下武器投降。"

袁门清楚地知道，现在被人堵在屋里，插翅难逃。但当了多年土匪的他，并不甘心这样束手就擒，只见他眼珠子一转，然后慢慢蹲下身子，边将匣子枪放在地上边说道："我投降，我投降就是。"

这袁门虽然嘴上这么说，但他在心中算计着，只要他们弯腰捡枪，我先袭击一个当人质，再要挟他们送我出镇，乘机逃跑。

石头刚想弯腰捡枪，被李东桥一把拉住。公安员刘春盛箭步上前，跃起身子后一个飞脚，将袁门踢了个仰面朝天。随后，李东桥、刘春盛上前拧住袁门的胳膊将其制伏，李东桥迅速掏出手铐将他双手铐在一起，然后押出益元堂药铺，向区委而来。

李东桥让人把袁门押进偏房，自己向张世勋的办公室走去。

"张指导员，你估计得真对，这土匪呀，还真是送上门来了，逮住一个押西偏房了。"李东桥进门说道。

"东桥，这事干得漂亮，走，马上审问。"

"是，张指导员。"李东桥立正敬礼说道。

两人来到西偏房对袁门说明我党政策后，袁门还想抵赖蒙混过关，但在张世勋的强大攻势下，只得低头认罪，将抢劫针药、烧毁商船和现土匪窝藏范贾洼的事全部供了出来。

"各位长官，俺知道的都说了，没留一点儿，争取政府宽大处理。"

"对于你立功的表现我们会给你记着。现在我问你，你们在范贾洼还有多少人？"张世勋道。

"回长官的话，加上特派员的人一共是一百六十九个，你们逮住我了，少了一个了。"

"装备呢？"李东桥问道。

"轻机枪、小钢炮、美式冲锋全有，有人刚送去的。"

"什么人？"张世勋问道。

"这个我不清楚，只有当官的知道，像我这样的小喽啰，啥都不知道。"袁门极力地表白，生怕把自己弄到首恶分子里去。

"好，有什么事我们随时找你。"张世勋道。

"谢谢两位长官，我听话就是。"袁门表现出十分老实的样子。

两人从审讯室走出后，张世勋说道："东桥，我们对土匪的行踪已经全部掌握，应马上对他们采取行动，务必全部歼灭。"

"好，张指导员。"

"你通知一下崔立杰、刘春盛同志，马上到区委开会。"

"是，张指导员。"李东桥应声转身离去。

张世勋回到办公室，从抽屉里拿出笔记本，在上面写下这次剿匪参会人员的名字：李东桥、成勇、郑萍、范秋玲、崔立杰。然后他对警卫员李洪说道："小李，通知名单上的人员马上到这里开会，派出所的人我已经通知了。"

"是，指导员。"李洪接过名单转身离去。

人员到齐后，张世勋就袁门交代的事宜向大家做了详细介绍，经研究后做出了周密的剿匪计划。张世勋、李少峰带解放军二班组成一队，成勇、崔立杰带解放军一班组成一队，从水沟进入范贾洼，到达土岗子后从南北两侧对土匪发起进攻。刘春盛、郑萍、秋玲带领水云镇民兵，守在水沟出口和小清河边上，防止土匪逃跑。

任务分配结束后，张世勋说："现在各自回去准备，午夜后开始行动，战斗在凌晨四点准时打响。"

散会后，崔立杰并没有回到单位，而是急匆匆地来到元福春酒楼，见到焦俊艳后对她说道："俊艳，我今天晚上不能来了，有任务。"

"看把你急的，好，好，知道了。先擦把脸，看你汗都流下来了。"说着焦俊艳递给崔立杰一条崭新的毛巾。

"俊艳，谢谢你。真是的，早不剿匪、晚不剿匪，偏偏在这个时候剿匪，真气人。"

"立杰，这是你的本职工作，不许有怨气啊。"焦俊艳道。

"说实话，真不想去，和你在一起多好，真舍不得你。"崔立杰说着一把将焦俊艳搂在怀中。

"俊艳，我想躺下抱会儿你。"

"不行，都啥时候了，还儿女情长的。"焦俊艳两个大眼一转柔情地回道。

"晚不了，午夜才出发，凌晨四点发起战斗，还有时间。"崔立杰急呼呼地说道。

"立杰，今晚不行，我不方便。你快回去准备吧，我等你，等你打完仗给你庆功后我再回济南。立杰，听话。"焦俊艳推开崔立杰的双手，含情脉脉地说道。

"嗯，我知道了。"崔立杰很不情愿地说。

"立杰，我等你的好消息。"焦俊艳送崔立杰走出元福春酒楼大门，朝他挥手作别。

太阳刚刚从西边的地平线上落下，范贾洼土岗子上，报务员何超来到孙立住的草棚子，敬礼说道："特派员，水影急电。"

孙立接过电报一看，立刻对卫兵李秩说道："情况紧急，你去告诉周队长，让他赶快过来一下。"

"是，特派员。"李秩转身而去。

"周队长，特派员让你过去下，有急事。"

"咋啦？什么情况？"

"周队长，我也不知道。"

"好，我马上到。"周炳文进得草棚子穿好衣服，来到孙立的住处。

"特派员，有啥事啊？这么急？"周炳文问道。

"周队长，我们马上走。"

"我说特派员，在这里住得好好的，又上哪儿？回水云镇？"周炳文不耐烦地说道。

孙立看了周炳文一眼，说："可靠情报，今晚共军就要围剿这里了，我们必须马上走。你回去告诉弟兄们收拾一下，赶紧。"

"我们去哪里？"周炳文问道。

"出范贾洼后从西天营子过小清河北上，然后进入雒家荒洼。"孙立道。

"什么？什么？去雒家荒洼？你没有弄错吧？"周炳文不解地问道。

雒家荒洼是一处东西长八十多里，南北宽六十多里的大荒草地。

"进雒家荒洼？我操，瞎胡闹是吧？小清河以北从来就是八路的地盘，去那里不等于送死吗？"周炳文道。

"水影都安排好了，坐船过河后有人接应，和共军玩上一把，这叫灯下黑。"孙立道。

"好吧。"周炳文说完便回去集合土匪们收拾东西。当土匪们集合好后，周炳文一点人数，少了一个，袁门不在。他立刻明白为什么要从这范贾洼急急忙忙地走了。他朝马青山狠狠地瞪了一眼，心中默念道：这走漏风声被逼出逃，都是你办的好事，别他娘的认为我不知道。

马青山站在队中，仰面朝天，对周炳文射来的眼神儿装作没看见，心想：坏了、坏了，这袁门可能回不来了。

"马青山，袁门呢？"周炳文道。

马青山转身冲草棚子里喊道："袁门、袁门！集合了啊！"虽然嘴上这样喊着，但心中默念道：爱咋地咋地，又不是我走了，再说了，你又没抓住我的把柄。你他娘的白瞪眼。

"赶紧走了，快点，再晚就来不及了。"孙立走过来命令道。

土匪们在孙立的指挥下，向小清河西天营子河段而去。

张世勋、李东桥、成勇、郑萍、秋玲按原计划围剿范贾洼中的土匪，但攻击土岗子时没有受到任何抵抗。在被抓土匪袁门的指认下，来到土匪们住的草棚子，也是空空的连个人影也没有。

"你这个土匪，提供假情报，该死，我枪毙了你。"崔立杰说着上前朝袁门的脸上扇了两个耳光，心中骂道：你这个土匪净坏老子的好事，白他娘的折腾了一宿。

袁门手捂着脸，用十分委屈的目光看着李东桥说道："长官，俺以前就住这儿，是真的，咋还没人了呢？这人跑哪儿了？"

"崔立杰同志，注意党的政策，不要冲动。"李东桥说道。

"从土匪们留下来的物品看，是仓促逃跑。我问你，你说的药品呢？藏在什么地方？"张世勋从草棚子里走过来问道。

"长官，就在那个地方。"袁门用手指了一下东北方向。

"成排长，你们继续搜索一下，看从土匪们留下来的东西中是否能找出新的线索。"

"是，政委。"成勇道。

"东桥，走，我们过去看看。"

袁门头前带路，不一会儿来到藏药品的地方，他用手指着一堆杂乱的芦苇说道："就在这儿。"

"东桥，春盛，你俩过去，扒开看看。"

两人答应后，把芦苇弄到一边，果然露出七八个药箱来。

"张指导员，是药箱。"

"长官，我真的没有说谎话，这不，真有吧。"袁门看到药箱还在，极力地表白，提到嗓子眼上的心，总算落了下来。

"东桥，让同志们把药箱搬到船上去。你们先回，我到草棚子那里看一下。"

"是，张指导员。"

"报告政委，我们又找到一些弹药和武器，没有别的发现。"成勇对走过来的张世勋说道。

"好，全部带上。通知郑萍和秋玲，我们回。"

回到区委，天已经放亮，太阳慢慢升起，那橘红色的球体，像登山运动员似的挣扎着、燃烧着，艰难地向上攀爬，终于，它像刚刚从铁炉里夹出来的那烧得火红火红炽热的铁，释放着无比强烈的光，把小清河水映得通亮，满天红云，满河金波。

张世勋刚进屋，李东桥就走了进来。

"张指导员，今天的事我看有点蹊跷，从现场遗留的物品来看，土匪们是仓促逃跑的，我个人认为，他们是得到准确情报了。"

"东桥，坐下说。"张世勋边说边给李东桥倒了一杯水。

李东桥接过水杯，才感觉自己的喉咙发渴得厉害，他捧起水杯仰起头喝了个痛快。他放下水杯，用手一抹嘴，刚想说什么，桌子上的电话铃声响了起来。他看了一眼张世勋，话到嘴边又咽了回去。

张世勋拿起电话，传来县委书记门日升的声音："世勋吗？"

"门书记，是我，我听着呢。"

"世勋，县委接到上级的紧急情报，国民党六十九军一部勾结伪顽成道台、刘建议残余势力，已越过我清河县城南的村庄，向我县城袭来，现在形势非常严峻。经县委决定，县委部分机关的工作人员要通过小清河水云镇渡口向北转移，你要立刻做好接应准备工作。"

"是，门书记，我知道了。"

"世勋同志，除县委机关的工作人员向北转移外，县里的干部都会分散到各区，暂时插入小清河北农村，要组建脱产民兵武工队，与成排长一起坚守水云镇渡口，开展对敌斗争，保卫解放区。"

"请门书记放心，五区全体干部群众，坚决执行县委的命令。"

"好，世勋同志——"

"李洪，李洪。"张世勋喊道。

"到，指导员。"

"通知全区干部，快速到小清河码头集合。"

……

三十二

　　五区干部遵照县委的指示，正在组织人员准备掩护县委部分机关人员，小清河南的村干部、群众和积极分子向清北根据地转移。

　　分配好任务后，张世勋最后强调："同志们，抗日烽火刚熄，内战硝烟又起。坚持独裁的蒋介石倒行逆施，迫不及待地要从人民手中抢夺抗战胜利果实。国民党反动派公然撕毁国共停战协定，调集重兵向解放区发动全面进攻。盘踞在张店、临淄的国民党军队奉令向北进犯，已经逼近我县城。中共清河县委指示我们要坚守在小清河畔，积极配合主力部队，开展对敌战争。"

　　"张政委，你放心好了，这水云镇码头就是我们的家，在这危难关头，我们不惧牺牲。"成勇说道。

　　"我们不怕死！保卫水云镇！保卫码头！保卫小清河畔的家！"干部们振臂高呼。

　　"主力部队暂时转移，是整个山东战役的需要，时间不会很久，少则两个月，多则半年就会回来，国民党顽固派是秋后的蚂蚱蹦跶不了几天了。我们一定会回来的。"

　　"打倒蒋介石！解放全中国！"五区干部、群众雄壮有力的口号回荡在小清河畔。

　　张世勋带领水云镇党员干部、民兵在小清河渡口忙了一天一夜，护送干部们安全过河后，正准备回区委，这时县委书记门日升、县大队长刘志泰、县大队指导员马成南骑马赶到。因为情况紧急，门日升在马上告诉张世勋："世勋同志，一会儿有七十副担架急需过河，送清北根据地医院治疗，你务必从镇中抽调民兵护送到下一站古黄村，敌人马上就要过来了，你要抓紧准备。"

县大队指导员马成南指示说："世勋同志，为了保证伤员的安全，防止国民党特务在路上破坏，县委决定，这次护送任务由你亲自带队，我们还有其他事情，先走一步了。"

门日升等人骑马而去。

溃逃到雒家荒洼的国民党特派员孙立，看完水影刚刚发来的电报，眉开眼笑："哈哈哈哈，哈哈哈哈，终于等到这一天了！弟兄们，国军已经攻占清河县城，继续向小清河畔推进，按照水影的'应变'计划，我们要协助国军拿下水云镇，占领渡口，切断共军干部北逃的路线。"

"我们终于可以回去了，这段时间真他娘的不容易。弟兄们，占领水云镇，每人赏大洋十块！"周炳文手中举着匣子枪对土匪们大声喊着。

"水影指示我们，从水云镇小西门进镇，从背后偷袭在镇南阻挡国军进攻的解放军。"孙立道。

"特派员，这个可行，地形我们非常熟悉，从小西门进镇顺邱家的辘轳把胡同，可直接到水云镇南北大街。"周炳文说道。

"好，弟兄们，收拾收拾，我们走。"孙立说完，带领众匪向水云镇赶去。

张世勋安排民兵在小清河渡口待命，不一会儿，担架队到来。此时，水云镇镇南已是枪声四起，炮声隆隆，浓烟滚滚，世勋知道这是成勇带解放军在阻击敌人，掩护担架队过河。

"郑萍、秋玲，我护送担架队去清北，你俩和同志们照顾乡亲们转移。"护送伤员的张世勋，站在最后一条渡船上，向郑萍等人大声地呼喊着。

"嗡嗡嗡……"四架敌机沿小清河上空自西向东低空飞行，朝渡河的担架队飞了过来。"轰隆、轰隆"，飞机投下炸弹……

担架队过河后，成勇带领战士们从镇南战壕撤回小清河防线，继续阻击国民党军队的进攻。刚进入河堤阵地，派出所所长李东桥来到他的身边说道：

"成排长，刘区长掩护担架队已渡过小清河，按预定计划，码头的事情都办好了。"

"好，李所长，区委大院的事都办牢靠了吗？"

"放心吧，成排长，弄好了。"李东桥回道。

成勇向战士们大声喊道："同志们，加紧构筑工事，准备迎接更大的战斗。"

很快，国民党军占领了水云镇。

"一连长，快，快快，进共军区委，看还有人吗？"国民党军营长侯振江站在十字路口对袁干才说道。

"是，营长。"一连长袁干才带人向区委大院跑去。

"二连、三连，随我向码头前进，占领渡口。"

"是，营长。"二连长杨守林、三连长徐美福回道。

他们刚想顺大街往北走，孙立、周炳文带人从邱家胡同口蹿了出来。

"侯营长，侯营长！"

"是孙特派员，上峰电告我们前后夹击水云镇共军，你们为啥迟迟不到啊？"侯振江埋怨道。

"侯营长，我们在过小清河的时候耽误了一些时间，所以来晚了。"周炳文上前低头哈腰地说道。

"侯兄啊，兄弟真是佩服你的指挥才能和用兵才能。这不，没有我们的加入，你不是照样拿下了水云镇吗？真是可喜可贺呀！"孙立说道。

"报告特派员，水影电告，共军现在小清河码头设防，让我们快速前进。"报务员何超说道。

"好，知道了。"孙立说完转身对侯振江说道："侯营长，咱们要快速拿下水云镇码头，事成后，我一定向上峰给你请功，封官晋爵。"

"哈哈哈，好，就等你特派员这句话了。"侯振江说完，联合周炳文匪帮向水云镇码头扑去。

他们刚走到镇北的仓门口，就听从区委大院中传来"轰隆，轰隆"的爆炸声，响声过后，硝烟滚滚，尘土弥天……

三十三

　　孙立、侯振江、周炳文等听到身后传来爆炸声，赶紧收住脚步，队伍也暂停前进。

　　"咋回事，这是？"侯振江道。

　　"看冒烟的方向，是共军区委大院。"周炳文说道。

　　"只有爆炸声，没有枪声，一定是共军埋下的地雷。"孙立道。

　　"二连长。"侯振江道。

　　"到，营长。"二连长杨守林回道。

　　"你带几个人过去看一下情况，其他人继续向河口码头前进。"

　　土匪们在前，国民党军在后，他们出得水云镇北门，顺老官道向码头渡口赶去。

　　二连长杨守林带领一个排的兵力来到区委大院一看，被地雷炸死、炸伤的国民党兵躺了一大片，血肉遍地，鬼哭狼嚎。

　　一连长袁干才从被炸死的尸体下爬了出来，坐在地上用手捂着流血的耳朵，嘴里边一个劲儿地叫唤："哎哟，疼死我了。"

　　"袁连长，咋啦这是？"

　　"是杨兄弟啊，还咋啦，让共军的地雷给炸的呗，这院子里到处是他娘的地雷。"袁干才对二连长杨守林说道。

　　看到眼下的情景，杨守林怎么还敢再觊觎区委大院？便对剩下的残兵们说道："营长有令，赶紧去码头，追击共军。"

在战壕里的成勇用望远镜向镇子方向看了一下，然后大声对战士们说道："同志们，敌人马上就要过来了，按计划行动，大家都明白了吗？"

"听明白了！"战士们异口同声地说道。

"排长，你就瞧好吧，等会儿敌人过来，先炸他们的肉丸子，再把他们弄到小清河里煮了肉包子。"三班长汪杰说道。

"排长，听刚才的爆炸声，这进区委大院的敌人算是踩了个正着。死伤一定不轻，看来李所长他们埋雷的技术很高呀！"二班长李少峰说道。

"嗯，李所长在特战队时就是埋雷高手，老本行了，今天他们干得漂亮。等会儿就看咱们的了，敌人快过来了，按预订方案准备战斗。"成勇道。

"是，排长。"李少峰、汪杰应声而去。

孙立、侯振江、周炳文带人出得水云镇北门，继续顺老官道向小清河码头前进，刚刚走到老石挢，杨守林大声喊叫着追了上来："侯营长，侯营长，小心共军埋伏，小心地雷啊！"

听到喊声，侯振江命令自己的部队再次停止前进，对追上来的杨守林问道："袁连长呢，咋没来？"

"报告营长，袁连长受伤了，在共军区委大院让地雷炸得不轻，现在后边呢。"

"他娘的，咋这么不小心呢？"

"营长，袁连长说了，这路上可能埋有解放军的地雷，因被他们伪装得很好，不易被发现。"杨守林说道。

听了杨守林的话，侯振江两眼盯着前边的老石桥就像是盯着一颗大地雷，整个人站在那儿是一动不动，直接不敢往前走了。

眼看就到了水云镇码头，侯振江却停在这老石桥前迟疑不进，这可急坏了站在一边的孙立，他在心中骂道：真是一群废物，还他娘的让不会说、不会走动的地雷给炸了，活该。这样按兵不动，是兵家大忌！他心急如火地和侯振江说道："侯营长，前边就是码头了，我们可以先派一部分人去探探共军的虚实，看看有没有埋伏地雷。"

侯振江听后，眼珠子一转，立刻对周炳文说道："周大队长是本地人，对地形应该十分熟悉，那就麻烦周队长带人先行一步了。"侯振江说完看了孙立一眼。

周炳文听后心想：好你个孬种，真是"手榴弹炸兔子——疤毛"。这样贸然让我带人前去探路，如果真有地雷，无异于白白送死。周炳文伸了一下脖子，便想出了一个驱牛探路的馊主意。他对孙立说道："特派员，用人探路，无异于白白送死，如果弟兄们都完了，以后这水云镇谁来守？我看这样吧，咱回镇子上弄几头牛来，让弟兄们赶着牛往前走，若真有地雷，被前边的牛群引爆，起码也伤不着咱自己的弟兄。"

"也行，你快去快回。"

"是，特派员。"周炳文应后而去。

不一会儿，周炳文等人赶着七八头黄牛回来。孙立赶忙命令道："周队长，赶紧头前探路。"

"是，特派员。"周炳文答应后转身对土匪马青山、徐召、段达说道："你们三个，赶着牛向前走，快点啊。"

"我说大队长啊，今天俺真是'一张纸画个鼻子，好大的脸'。"

"我说马青山，你别他娘的啰唆，赶紧的，特派员这边还等着呢，快点、快点。"周炳文催促道。

马青山心想，你这是为了针药的事报复我，想让我送死，门都没有。

三人赶着牛往前走了十几步，马青山低声对徐召、段达说道："我说弟兄们，这路上要是真有地雷，这牛踩到上面活不了不说，我们也得被炸得少胳膊缺腿。"

"马哥，这咋办？"

"马哥，你心眼多，快出个主意，咱不能就这么死了。"

"你俩给我听好了，把手中赶牛的棍子给我拿稳当了，等会儿听我的。"

"好的马哥，我俩全听你的。"

马青山对徐召说道:"你盯着那头大黄公牛,听到我的喊声,用棍子往它的尾巴上狠狠地砸。"

徐召看了一下马青山,点点了头。

"段达,你盯着那个长角的公牛,听到我的喊声,也给我往尾巴上狠狠地砸。"

"知道了。"

三人又往前走了几步,只见马青山走到一头大母牛后边,把手中的棍子抡起,朝母牛的腚门子捅了过去,口中大喊道:"砸!"

马青山喊过之后,徐召、段达手中的棍子也狠狠地砸在公牛的尾巴上。母牛、公牛突然扬起尾巴,腾起四蹄,疯了似的带领牛群沿老官道向码头方向狂奔。

看到牛群在前边疯狂地跑,离自己越来越远,徐召说道:"马哥,还是你心眼子多。"

"我告诉你俩,你马哥我是武大郎玩夜猫子,这叫啥人玩啥鸟,跟着我保证你俩死不了。"马青山得意地说道。

牛群跑过之后,并没有踩到地雷,站在后面的孙立向侯振江说道:"侯营长,路上并没有地雷,我们不用试探性进攻,直接向码头发动攻击就是。"

侯振江看了一下孙立,转身对杨守林、徐美福说道:"命令部队向码头前进。"

周炳文也大声对匪徒们喊道:"弟兄们,跟孙特派员向码头进攻,拿下水云镇码头!弟兄们,吃香的喝辣的,滋(高兴)儿吗?"

"滋儿!滋儿咱就哼唧起来啊!"

土匪们扯着嗓子唱着向码头走去。

当响马,不用愁
劫船、抢货、占码头
进得饭馆吃硬菜

把枪别在那腰后头

进青楼、抱小妞

搂着娘儿们滋悠悠

花钱就像那河水流

好似神仙……

土匪们得意忘形地哼唧着自己的浪荡小调，大摇大摆地走在前边，还时不时地朝道路两边的民房、商铺开枪示威。

"狗东西，死到临头了还猖狂。"埋伏在通往码头道路两边房顶上的解放军班长李少峰说道。

当敌人走进伏击圈时，埋伏在两边房顶上的解放军纷纷将手中的手榴弹扔出，让拥挤一团的匪军们猝不及防，只能干等着挨炸。匪军们是血肉横飞，鬼哭狼嚎。

一阵手榴弹过后，李少峰和汪杰迅速带队从房顶上下来，向河边大堤阵地边打边撤。

侯振江见自己一下子损失掉这么多人，气急败坏地对杨守林和徐美福说道："带弟兄们分成两队，呈散兵状前进，机枪掩护，赶紧给我追。"

"是营长。"杨守林、徐美福道。

侯振江又转身对孙立说道："特派员，我们从正面进攻吸引火力，请你的人从后边包抄，一举拿下解放军码头阵地。"

周炳文听后暗自高兴，赶忙向土匪们喊道："弟兄们，跟我走，从左边芦苇荡绕过去。"

马青山心中默念道：还从后边包抄，后边就是小清河，怎么包抄，不过这样更好，不和解放军正面冲撞，这小命保险。

解放军边打边撤，计划把匪军引诱到河堤阵地后进行消灭。

看到解放军往河堤撤退，侯振江愈发狂妄地大声喊道："弟兄们，解放军连连败退，不堪一击，给我追。"

匪军们毫不顾忌地一路猛追过来，对河堤阵地展开了猛烈进攻。成勇带领全排战士英勇坚守，奋力抗击，战斗持续打到傍晚。

天渐渐黑了下来。

河堤阵地上，成勇向各班长下达命令："同志们，预定时间已到，趁着敌人被刚刚打退，我们需要快速转移到小清河北岸。"

"是，排长。"

"汪杰，都准备好了吗？"

"排长，都好了，你们先走。"汪杰说道。

成勇带领解放军从河堤阵地乘船快速渡过小清河，来到北岸。

侯振江、孙立带领匪军占领被解放军放弃的河堤阵地。此时狡猾的周炳文也带人从河边的芦苇荡中蹿了出来。

"报告特派员，我们在共军右边发起进攻，把他们打跑了。"周炳文道。

"很好，周队长，党国会重重奖励你的。"孙立说完，很不屑地看了周炳文一眼。

"打跑了，跑那儿了？"侯振江不耐烦地冲周炳文吆喝着。

"侯营长，你看、你看。"周炳文手指小清河水面说道。

河中，一条大花船正划向北岸，还有三条装着楠木箱子的小船紧随其后。

侯振江举着望远镜仔细查看船上的动静，发现花船后边的三条小船，河水已经在船的吃水线上方，他心中默念道：船上木箱中一定装载着重物，难道是沉甸甸的银子？想到这里，他猛地跳了起来说道："哈哈，老子等的就是你！"

"营长。"看到对小船垂涎三尺的侯振江，杨守林来到他的面前叫了一声。

侯振江马上吩咐道："三连负责码头的警戒。二连长，你带人把河中的船给我拦截回来。"

"是。"杨守林、徐美福应声而去。

"特派员，我们也去凑凑热闹，把花船弄回来。"不等孙立回答，周炳文便带领土匪们冲下河堤。

"站住，把船给老子停下来！"匪军们一边向河边奔跑，一边朝河中的船鸣枪示警。

花船带着三条小船快到河心时，南岸枪声连绵不绝，子弹稠密地向船边射来，船主吓得六神无主，当下改变航向，掉转船头划了回来。

看到船只返回，匪军们狂笑的声音格外响，并不断地朝船的上空鸣枪，吓得四条船上的人们有的伏到船舱里，有的一头扎进河水中，弃船逃生。快到岸边的花船，因没有人操控，被河水冲得横了过来，一头撞向岸边。

此时的匪军们，也顾不得跳水逃跑的船工，纷纷冲向花船和漂过来的小木船。

"弟兄们，天黑了，赶紧先把花船上的人全给我带下来。"周炳文吆喝着。

"我想拉屎。"马青山冲周炳文道。

"懒驴上套，不是拉就是尿，快滚、快滚。"周炳文冲马青山说道。

马青山双手捂着肚子，心中骂道：你他娘的不懒。

花心的土匪，一窝蜂似的冲向河中的花船。

侯振江手下的匪军，在杨守林的指挥下跳到河中，扯起小船上的缆绳，把装满木箱的小船拉到岸边。

"弟兄们，我们发财了，赶快把船上的箱子搬下来。"杨守林挥舞着手中的左轮手枪，向匪军们号叫着。

匪军们发了疯似的跑到小船上，抢夺船上的木箱。

突然，河对岸枪声大作，密集的子弹齐齐地朝着这四条船的方向射过来，宽阔的小清河水面上如同炸开了鞭炮。黑暗中，船上的匪军不知道发生了什么，慌不择路，纷纷踩踏拥挤着、争抢着下船逃命。

此时，花船和三条小船上响起轰隆隆的爆炸声，四条船同时被炸。大花船被炸断，水猛兽般涌进船中，船上的匪军们无路可走，乱成一团，哭喊声一片。不会水的旱鸭子掉入河中拼命地挣扎，有的被河水冲击沉没河底，受伤的落进河中瞬间被河水吞没。

"营长，营长，河中有解放军，他们从水里冒出来，往船上扔手榴弹，引爆船上早已埋好的炸药包。弟兄们被炸惨了！"杨守林气喘吁吁地跑到侯振江面前说道。

"快他娘的开枪打啊！你跑上来干啥呢？那船上的箱子呢？"侯振江急呼呼地问道。

"报告营长，箱子、箱子里装的全是碎石头。我们又上解放军的当了。"

从花船上侥幸逃下来的土匪丁叙跑到周炳文的面前说道："队长、队长，船上一个妓女也没有，刚才划船的船工，八成是解放军假扮的，我们又被骗了，上了大当了。"

化装成船工的解放军，在汪杰的带领下，完成河中炸船歼匪任务后，潜水顺利到达北岸与战士们会合。

侯振江匪军被炸后也不敢在天黑时贸然过河追击，留下一个连的兵力在此驻防后，便率残部返回清河县城。

孙立把驻守水云镇及小清河口的任务交给周炳文后，便带领卫队连夜赶回大庙子城堡。

"特派员，你慢走啊，过两天我把这里弄稳当了以后就去看您。"周炳文望着孙立远去的背影，心中美滋滋地挥手高声喊着。

"大队长，这水云镇又是咱们的了，咱现在去哪里啊？"土匪丁叙问道。

"去哪里，进镇，把大队部设在娘娘庙，马上抓捕共党干部，只有把这些人摆平了，我们才可以在水云镇站稳当了，知道吗？"

周炳文说完转身对马青山道："马老大，现在我任命你为第一小队队长，带二十个弟兄留在码头上，给我看好了啊。"

"是，大队长。"马青山乐呵呵地敬礼回道。

安排好码头的防守，周炳文便带领土匪耀武扬威地开进水云镇。

望着走远了的周炳文，留在码头的马青山是眉开眼笑，心中默念道：把这码头交给我守着，算你老小子聪明。

"恭喜马哥，荣升队长。"土匪段达双手抱拳，咧着嘴冲马青山说道。

其他土匪一见，也赶紧拍马屁，把个马青山乐得是屎壳郎子戴花——臭美。

"我可告诉你们，别他娘的光知道给我顺，共军就在对岸，别看现在没有动静，说不定哪会儿就过来给咱们一梭子，到时候谁也活不成。"

"小队长，不是不是，队长，那咱咋办？"土匪徐召说道。

"现在我把你们分成两组，一组休息，另一组在码头上严防死守。还有一个事儿，就是谁也不准擅自离岗偷着去逛窑子，如果有不听话的，被我发现直接一颗枪子。"马青山对土匪们说道。

"队长，这都好几个月了，撑不住了啊。"土匪周纪说道。

"就你他娘的事多，憋着。"马青山道，"我告诉你们，这两天如果能安稳下来，不出事，咱他娘的先捞钱，有了钱干啥不行？"

"队长，咱咋捞钱，我口袋里连一个铜子也没了。"土匪段达说道。

"等着吧，到时候我自然会告诉你们。"马青山说着露出诡异一笑。

"大队长，大队长啊，可把你们给盼回来了！走，走，咱们先家去，家去啊！"原伪镇长王向文的管家万混丈带领两个家丁提着灯笼迎上来，点头哈腰地说道。

"大队长，你看，前边有户人家大门口挂着红灯笼，像是娶媳妇的。"土匪封学木说道。

"这他娘的是谁家啊？胆子这么大，响了一天的枪了，还他娘的有时间和精力去弄这个？"周炳文道。

"大队长，大队长，你忘了，这个是咱镇长王向文的大院啊。这不，今天王镇长跟随国军又回来了，高兴、高兴啊！为了冲冲喜，特意迎娶的新姨太太，今天刚过门。"万混丈嬉皮笑脸地对周炳文说道。

"大队长，今天这王向文随国军又回镇上了，咱过去凑凑热闹，也沾点喜气。"封学木说道。

"忘了老子刚才说的话了，先抓共党分子，沾喜气、沾喜气，沾什么喜气？"周炳文不耐烦地说道。

"大队长说得极是，先抓共党分子，我家老爷也是这个意思。"万混丈瞪着大眼珠子说道。

周炳文看了一眼万混丈，不耐烦地说道："先一边待着去，我们现在是国军，还用得着你说三道四。"

"是，是，是。"万混丈低头哈腰地说道。

"封学木，现在我任命你为第二小队队长，带二十个兄弟，搜查大街以东区域，全力抓捕共党干部和通共分子。"

"是，大队长。"封学木两腿立正，敬礼说道。

"丁叙，现在我任命你为第三小队队长，带二十个兄弟，搜查大街以西地区，不得有误。"

"是，大队长。"丁叙回道。

"大队长，我们对镇上的情况不熟悉，去哪儿抓呀？"封学木问道。

"这不现成的向导吗？"周炳文手指王向文的两个家丁说道。

"对，对对对，现成的，现成的，你俩赶紧，带周爷的人去抓捕镇上的共党干部和家人，统统带到娘娘庙去。"

"是，管家。"家丁邱玉民、吴怀义答应后，带领土匪离去。

"周大队长，那咱们回家吧，王镇长早已备好酒席，在等你呢。今天刚迎娶的这房姨太太长得如花似玉，并且还唱得一口好戏，到家了，先让她给你来上一段驴戏。"万混丈嬉皮笑脸地说道。

"好，好，听听驴戏，这他娘的好久没有听娘儿们唱曲儿了。"

听说王向文新娶的姨太太长得漂亮，周炳文一下子来了兴趣，心里是直痒痒，马上带领几个跟班前去祝贺。

周炳文跟随管家万混丈进得大院，酒足饭饱之后开口对王向文说道："王镇长，老子拼命替你夺回水云镇，使你重新风光无限，你当怎么谢我啊？"

"哎呀，我的大队长啊，兄台我早已准备好礼品效劳你了。"王向文说完，用眼神示意了一下站在一边的万混丈。

不一会儿，万混丈端着一木盘子袁大头送了过来。这周炳文没有看一眼，反而转身对坐在王向文一边的刚娶的五姨太笑了笑，然后对王向文说道："银子嘛，你随便，但本大队长说的不是这个意思，我直接说吧，本大队长是要借新娘子五个晚上，陪着我抽抽大烟，唱个曲儿，五天后到期还人。本大队长一言九鼎，说到做到。"

"老爷！"五姨太站起来冲王向文娇滴滴地叫了一声。

"这，这这……"王向文结结巴巴地刚想说什么，坐在右边的大老婆发了话："就是嘛，大队长带领弟兄们拼死拼活地夺回这水云镇，我家老爷才有幸回来。借个人算什么呀？别说借五个晚上，就是借一辈子也行。"

"哈哈哈，还是大太太开明，不愧是大家闺秀，行，行啊！"周炳文一边狂笑，一边向五姨太走了过去……

　　五区妇救会长郑萍和秋玲护送最后一批干部群众顺利渡河后，已是傍晚时分，两人还没有来得及转移，匪军们已经把镇子包围。

　　"郑同志，你和秋玲这一天光忙活了，连饭也没有顾得吃，锅里给你俩留着饭呢，快吃上一口吧。"秋玲母亲心疼地对两人唠叨着。

　　"大娘，没时间了，我和秋玲收拾一下就走，区委安排干部们先去河北边的雒家荒场集合，继续在小清河畔坚持对敌斗争。匪军们占咱镇子了，很可能对干部家属下毒手，你也得赶快躲一躲。"郑萍对秋玲的母亲说道。

　　秋玲走到母亲面前说道："娘，我们走了，你和爹多留点神，保护好自己，我们就在小清河对岸，用不了几天就会打回来。放心吧，娘。"

　　"我知道。他们这些狼一样的土匪，兔子尾巴长不了。你俩从锅里拿上点干粮，路上吃。大街上太乱，我先去门口看看。"秋玲的母亲说完，便朝大门口走去。

　　"封队长，穿过这小街就到民兵队长范秋玲家了。"王向文的家丁邱玉民对土匪小队长封学木说道。

　　秋玲娘来到门口望了一眼，看见邱玉民、封学木带领十多个土匪已进入胡同，朝自己家门口走来，她边关门边大声呼喊道："谁家的狗来了啊，这是谁家的狗啊，咋还晚上出来咬人呢？"

　　秋玲听到母亲的呼喊声，马上警觉到事情的严重性，此时咚咚的砸门声也响了起来。

　　秋玲感到情况已是十分危急，她果断地对郑萍说道："妹子，我们翻墙出去。"秋玲边说边用手指了一下东墙，两人快步来到墙边。

"秋玲姐，你先上。"郑萍站在墙角下说道。

"俺个子高，俺先扶你上去，你上去后拉我一把。"秋玲道。

"嗯。"郑萍道。

郑萍在秋玲的帮助下纵身翻上墙头，然后伸手弯腰想拉秋玲上来。

这时，封学木带领土匪破门而入，发现有人跳墙便举起手中的枪，朝墙头上连开数枪，郑萍肩头中弹后从墙头上摔了下去。

"有人跳墙跑了，你，你，赶紧给我追。"封学木对身边的土匪喊叫着。然后，他来到秋玲面前阴阳怪气地说道："跑啊，你咋不跑了？"

邱玉民来到封学木的面前，低声说了几句。

"噢，还真逮了一条大鱼，民兵队长是吧？官不小，带走。"封学木凶神恶煞地号叫道。

为了掩护战友，秋玲不幸被捕，被土匪们从家中押走。

郑萍中弹后摔下墙头，她深知凭自己现在的力量，不但救不出秋玲，反而还会连累其全家。她忍着伤痛站起来，向村东的枣树林而去，她知道从枣树林出去顺东沟向北不远，就是小清河大堤。

因长期在群众中工作，郑萍对镇上的地形非常熟悉，她摸黑逃脱了敌人的追捕，出镇后很快来到小清河边。

小清河大堤上有多处商铺，以前世勋告诉过她，如遇紧急情况，可以到益元堂药铺求助，这益元堂在镇中和码头上各有一店，掌柜的叫任连山。郑萍来到药铺门前，叫开门对上暗号后，说明了来意，并将秋玲被捕的事情告诉了任连山。

"郑萍同志，放心吧，组织会积极营救的。"任连山说。

郑萍点了点头。

任连山顿了顿说道："郑会长，小清河上的船只，都被土匪们收集后用大麻绳连在一起了，要想渡过小清河只能另想办法。"

"任掌柜，我在学校学过游泳，只要有一块木板就行。"郑萍道。

任连山听后皱了一下眉头，思考了片刻，用手一拍大腿说道："郑会长，我有办法了。"

任连山为郑萍简单地处理了一下伤口，然后说道："你的肩膀让子弹擦伤了，幸亏弹头没留在里边。我给你带了一些药，都在这个包袱里面，你背在身上就行。"

"好，谢谢任掌柜。"郑萍接过包袱，斜挎在身上。

"现在咱们马上过河，过河后你顺老官道向北走一里地，路左边有一家叫'顺路'的马车店，老板李孝义是我们交通站的人，他会告诉你组织的所在地。"

"好，任掌柜，我记住了。"郑萍回道。

"那咱们走。"任连山说完从偏房中拿出一个晾晒中药的筐箩，和郑萍悄悄出得后门，来到小清河边。

任连山把筐箩放入河水中，对郑萍说："郑会长，你坐里边后，用手划水就行。"

"任掌柜，放心吧，我从小就是在济南小清河边长大的，小时候啊，外公还真把我放到这玩意儿里边玩过水，没事的。"

"好，那就好。"任连山说完后刚想用力往河中推一下筐箩，就在此时，码头方向突然升腾起两颗绿色的信号弹。

"信号弹。可能是有土匪在河边活动，再等等看。"任连山低声说道。

不一会儿，西南方向上空飞来两架敌机，在码头周边的河面上投下数颗炸弹后，又低飞盘旋，并顺小清河道来回用机枪扫射。任连山和郑萍只好在河边的芦苇丛中隐伏。

敌机折腾了一会儿，飞离了河道。

"郑会长，保重。"任连山说道。

"任掌柜，放心吧。"郑萍蹲在筐箩中，用手灵活地划水，筐箩缓缓地向对岸而去。

郑萍游过小清河，来到顺路马车店已是凌晨四点。掌柜的李孝义对郑萍说："郑同志，我认识你，留下接应你们的战士刚刚撤走。临行前，成排长专门叮嘱我，一定要留意掉队的同志，特别是水云镇和五区的干部。"

"李掌柜，他们去哪儿了？"郑萍问道。

"郑同志，我们区委和解放军同志暂住雒家洼中的古河道村。这个村子不大，二十多户人家，在抗日战争时期，村中家家是堡垒户，现在是我们解放区的模范村，群众基础好，离水云镇码头也不远，便于开展对敌斗争工作。"

"好，李掌柜，我知道了。"

"不过，往前走就是老河道了，前几天的大雨把道路给淹没了，这两天干部群众向清北解放区转移，都有专人接应，清河县委还在淹没路段设置了探照灯，可现在已撤走，店内的小蔡和小卢同志又去执行任务了，只有我在此留守，过这片水淹河道，只能靠你自己了。"

"李掌柜，你放心吧，我过得去。"

"好，那我给你找一根木棍，你可用于水中探路和防身。"

"李掌柜，谢谢你，我走了啊。"郑萍接过李孝义递过来的木棍，转身奔老河道而去。

不一会儿，郑萍来到老河道。下水后，她根据道路延伸方向走了一会儿，老河道中的水已和她的肩膀相平。这时，两架敌机从她头顶上飞过，在她的左前方丢下几颗炸弹，爆炸巨大的冲击波，掀起层层水浪冲着郑萍而来，她呛了几口水，险些摔倒。随后，敌机又投下两颗燃烧弹，将河滩中的芦苇烧得火光一片。

郑萍站稳后停了一会儿，继续顽强地向前走。此时，她感到肩膀疼痛，阵阵眩晕感袭来，仿佛听到有人在呼喊，继而眼前一黑，差点儿倒下去。

三十五

　　王向文大院正房里，周炳文拉着五姨太的手嬉皮笑脸地说道："我说新娘子，这王府的大太太都发话了，咱得听话才是，走呗。"

　　五姨太吓得大声地喊叫着："老爷、老爷！"

　　站在周炳文身后的土匪周纪走上前来，一脚就把五姨太踹倒在地，口中说道："他娘的，别给脸不要脸。"

　　此时的五姨太早已吓得浑身发抖，泪眼婆娑。

　　"干什么？干啥呢？咋还知不道怜香惜玉呢？什么玩意儿，滚一边站着去。"周炳文冲周纪怒喝道。

　　"是，是是是，大队长。"周纪讨了个没趣儿，退到一边。

　　周炳文来到五姨太跟前，伸手把她拉了起来，眼瞅着五姨太前凸后翘的身材，哈喇子都流出来了。周炳文搭手捏了一把她的大屁股，色眯眯地说道："我说新娘子，跟俺回去暖个三五天炕头，又不是杀你的人头，灭了你的全家。今晚咱是用轿子把你抬回去，还是让弟兄们把你绑回去啊？"

　　周炳文虽然是对五姨太说话，但两个眼珠子却死盯着王向文和他的大老婆。

　　"周大队长，别因为这点小事伤了我们的和气，你是咱水云镇一带的英雄好汉，又是讲规矩的人，咱借，借借，今晚就让家人给你送过去，送过去。"王向文赔着笑脸低头哈腰地说道。

　　"送过去？你他娘的送哪儿去？老子今晚就住这儿了。"

　　"听见没有，今晚我们大队长就不走了，这人也借，洞房也借，赶紧带大

188　·

队长过去。"土匪周纪大声吆喝着。

这周炳文生性残暴，进屋后，他不由分说地把五姨太从床上拖到地上，把个五姨太折磨得鲜血直流。

"大队长，大队长饶命啊，我再也不敢了！不敢了！"五姨太在地上翻来覆去地打滚，胳膊上、大腿上被周炳文掐得、打得全是血痕，拼了命地求饶。

"哈哈哈哈，哈哈哈哈，你不敢啥？"周炳文大笑着，顺手从床头上拿起厚重的宽牛皮带，对着五姨太的臀部和大腿猛烈抽打，把个五姨太折磨、羞辱得是生不如死。折腾完了以后，周炳文又要五姨太伺候着自己过过烟瘾。

周纪命人把准备好的茶水、烟土和烟枪送进洞房，周炳文就往床榻上一歪，把头靠在枕头上边，欣赏着被自己折磨的五姨太，开始吞云吐雾了，一袋烟下来，便不知不觉地睡了过去。忽然，院中一片嘈杂声把他惊醒。他睁开眼一看，五姨太已经不在床上，外面院子里灯火通明，还夹杂着人的吆喝声。

周炳文一骨碌从床上爬起来，伸手从枕头底下掏出匣子枪。

五姨太披头散发地缩在床边，看到周炳文手中的枪，认为是要杀自己，也不知从哪里来的劲，起身就往门外跑，刚到屋门口，周炳文手中的枪响了，可怜的五姨太"扑通"一声倒地而亡。

"我让你跑，找死的东西。"周炳文说完用嘴吹了吹冒着烟的枪口。

"报告大队长，抓了一名女共党干部，还有几名通共分子。"封学木说完，看了一眼躺在地上的五姨太。

"多大的官，这么急呼呼的，还他娘的带这么多人来，惊了老子的好梦。"

"回大队长，是水云镇的妇救会长范秋玲。这女的很不老实，连咬带啃的，还骂人，人少了根本弄不回来。"

"我们走，带回去，慢慢审。"

"是，大队长。"

周炳文带领众匪出得王向文大院，押着被捕的人，朝自己的临时大队部娘娘庙而去。

张世勋护送担架队安全达到古黄村后，交接给当地的接应人员，便带领民兵们返回。

"报告指导员，成排长已带领战士们安全转移至雒家荒洼，在古河道村休整。"李洪道。

"好，知道了。石头，春来，你俩前边警戒开路，我们去古河道村与成排长会合。"张世勋一行奔雒家荒场而去。

派出所长李东桥负责带队接应小清河南的干部群众，上级规定的时间已到，于是一行人于凌晨三点撤出接应地点。没走多远，他突然想到郑萍和秋玲俩人没有撤出，肯定是被敌人的先头部队包围在镇中了。如果她们有人冲出包围，来到联络站，在没有探照灯指引的黑夜，想通过这片水面，也是困难重重，想到这里，他停住脚步，和公安干事刘春盛低声说了几句什么。

"好，李所长，我知道了。你们先撤，天亮后我再去找你们。"刘春盛说完与公安员韩志生按原路返回。

"什么人，举起手来！"看到有两个黑影闪进芦苇丛中，眼明手快的石头喊着并举起手中的枪瞄准了对方。

"赶快隐蔽。"张世勋一声令下，民兵们迅速躲进芦苇荡，持枪准备战斗。

"快出来，我看到你们了，不然就开枪了。"春来大声吆喝着。

"石头，你们回来了，是我。"刘春盛听清对方的声音后走了出来。

"世勋哥，是刘干事他们。"石头转身说道。

张世勋来到前边，刘春盛有重点地汇报了一下水云镇的情况，最后说道："张指导员，郑萍和秋玲同志为了掩护最后一批人员过河，现被困镇中，我们正想回去接应一下。"

"刘干事，我对这里的地形比较熟悉，你带民兵回宿营地，我回去看看。"

"是，张指导员，敌人正在到处搜捕，路上小心。"刘春盛道。

"好。石头、春来，你俩跟我去，其他人随刘干事回营地。"说完，张世勋带着两人向老河道而去。

三个人来到老河道水淹路段，正赶上敌机轰炸，借着敌机燃烧弹的火光，眼尖的石头大声喊道："世勋哥，快看，前边是郑萍姐。"

张世勋也发现了在水中艰难前行的郑萍，便大声呼喊着："郑萍，站那儿别动，别动啊！"

水中的郑萍因过度劳累、饥饿，再加上肩膀上的枪伤，现已体力不支，就在郑萍倒向水中的那一刻，张世勋快速向前接住了她。

"郑萍，郑萍，是我，你醒醒，我是世勋。"

"世勋哥，郑萍姐肩膀上有伤，你看流了好多的血。"石头道。

"石头、春来，你们把她抬起来，我们走。"

两人抬起郑萍出了这片被水淹没了的道路后，向古河道村走去。

三十六

躺在土炕上的郑萍从昏迷中醒来，用虚弱的声音轻声问道："张指导员，这是哪里啊？"

坐在炕沿上的张世勋见郑萍醒来，高兴地说道："小郑，你醒了，这里是古河道村，我们暂住在张大娘家。"

"噢。"郑萍低声说完，刚想翻身，张世勋赶忙说道："别动，我来。"张世勋帮郑萍翻了一下身子，然后又倒了一碗水送到她面前。

"小郑，你左肩受伤，失血过多，伤口我已经给你换了药，没有大碍，很快就会好起来的。"

"张指导员，秋玲姐为了掩护我，被捕了。"郑萍心痛地说道。

"小郑，这次掩护干部群众过小清河，你和秋玲都很勇敢，任务完成得很好，受到县委的表扬。秋玲被捕的事情我已经知道了，我们会设法营救，你放心好了。"张世勋道。

"哎哟喂，我说世勋啊，光知道拉呱了，大娘告诉你的事咋还忘了呢？"张大娘端着一个热气腾腾的瓷盆进得屋来。

"大娘，我来、我来，我刚想去端，这不，你就来了。"世勋接过张大娘手中的盆子放到桌子上。

"真香，这鸡汤真是熬到时候了。"世勋说完，赶忙用勺子盛了一碗。

张大娘来到炕前，坐下后对郑萍说道："孩子，你醒了就好，饿了吧？大娘给你熬的鸡汤，快趁热喝点儿，这身体啊，也恢复得快。"

"大娘，谢谢你了。"郑萍眼眶湿润了。

"鸡汤来了。"世勋端着热气腾腾的鸡汤走到郑萍面前。

"报告指导员，门书记的信。"警卫员李洪报告道。

"世勋哪，还是我来吧，自从来到家里，大娘就没见你闲着过。你忙去吧，这里有我在，你放心去吧。"说着，张大娘接过世勋手中的碗。

"大娘，让你操心受累了。"张世勋说完，接过信看了一遍，然后对李洪说道："通知李所长、成排长他们到我房间来一下。"

"是，指导员。"李洪应声而去。

人员到齐后，张世勋说道："县委来信指示我们坚守水云镇渡口，严防匪军通过小清河北上，以确保清北解放区的安全。"

"张指导员，通过对水云镇敌人的侦察发现，这两天他们正在小清河上架桥。"李东桥说道。

"在哪个位置？"成勇问道。

"是在原日本人修建的闸墩上面，桥面上的木板已铺设完成。"

"很明显，他们架桥的目的就是为北犯解放区，我们要迅速采取措施，决不让敌人的这一阴谋得逞。我看下一步咱们这样干，成排长，你带人沿小清河布控，看准时机，歼灭敌人的有生力量。"张世勋道。

"好，看准机会，打敌人一个猝不及防，让他们不敢轻举妄动。"成勇挥手说道。

"李所长，你继续摸清敌人关押我干部群众的地方，以便及时开展营救工作。"

"是，张指导员，我马上返回水云镇，尽快摸清情况，向你汇报。"李东桥道。

"我带民兵对敌人的架桥活动采取措施，绝不能让敌人的阴谋得逞。"张世勋说道。

会后，张世勋、李所长等人前去准备。

水云镇上，王向文的家丁吴怀义带领丁叙一伙匪徒在大街西侧搜索了多时，也找不到什么有价值的人和线索，便向周炳文的临时大队部走去。

"他娘的，你怎么带的路，白忙活了，啥也没有。"丁叙冲吴怀义埋怨道。

"小队长，可不，这从半夜忙活到鸡叫，什么也没得到。"土匪杨桂话音刚落，就听吴怀义说道："丁队长，你看到了吗？前边那个土门楼。"

丁叙往前瞅了瞅，回头冲吴怀义说道："你让我看个土门楼子干啥？又他娘的没有财宝。"

"丁队长，可他家里有日本货。"吴怀义昂着头挺着脖子说道。

一听说有洋货，丁叙来了精神，急呼呼地对吴怀义说道："赶紧，去把门叫开，搜查共党。"

"砰砰砰"的砸门声把院子中的主人从睡梦中惊醒，此时，一个十几岁的孩子用手揉搓着眼睛把门打开。

"吴小猪，磨磨蹭蹭地才开门，找死吧你。"吴怀义冲孩子大吼道。

"你才找死呢，我睡得好好的，又没有招惹你，就知道欺负人。"吴小猪冲吴怀义说道。

"吴小猪，这个是丁队长，快把共党分给你的日本货拿出来，要不然把你当共党给抓了。"吴怀义道。

"我就是不给你，那是我跟着喊口号挣的，又不是抢的你的，就不给你。"

"哎哟喂，一个小毛孩子，他娘的嘴还挺硬，给我搜。"丁叙道。

"丁队长，搜啥，啥日本货啊？这家就这么一个孩子，能有啥值钱的东西啊？"土匪杨桂说道。

"丁队长，他有一条银腰带。"吴怀义向丁叙说道。

"哎，小子，你真有银腰带？"丁叙问吴小猪。

吴小猪瞅了一眼丁叙说道："没有。"

"真没有？"

"没有就是没有，问啥呢？"

"好你个小兔崽子，不承认是吧？给我搜，搜出来枪毙你。"丁叙冲吴小猪说道。

"枪毙就枪毙，枪毙也没有。"吴小猪头一歪，脖子一挺说道。

丁叙朝吴小猪瞪了一眼，带土匪们到屋里开始翻找。几个土匪翻箱倒柜找了半天，也没找到值钱的东西，忽然"砰"的一声响，众匪抬头一看，是丁叙把挂在墙面上的一个面箩用棍子打到地上，一条卷起的皮带露了出来。

看到眼前的情景，吴小猪半天才缓过神来，皮带被他们找到了，这下自己是非死不可了。

丁叙从地上拿起皮带一看，这哪里是什么银腰带啊，就是皮带扣子的白铁皮发亮而已。他走到吴小猪面前把皮带往地上一扔说道："你个毛孩子，还跟老子玩心眼儿。"说完朝他身上便是一脚。

"哎呀！"吴小猪疼得吭喝了一声，噌噌噌地往后倒退了好几步，一下子摔倒在地。

丁叙冲土匪杨桂和吴怀义说道："这小子不说实话，拉出去给我毙了。"

"是，队长。"杨桂应声后押着吴小猪向西边的土围子沟而去。

"吴怀义，你个狗日的，你帮王向文这个老王八害死我爹娘，害死我姐。你个狗日的，把皮带给我。"吴小猪边走边骂。

"你个小兔崽子，还想着报仇呢，一会儿就枪毙你，找你爹娘去吧。"吴怀义拖拉着吴小猪往西围子沟走去。

"就在这里吧，枪毙个小毛孩子跑那么远干啥，等会儿我开枪时你可把这孩子给我摁住了，别让他跑了。"来到西围子沟边上后，土匪杨桂冲吴怀义说道。

"放心吧，哥们儿。"吴怀义说完将吴小猪摁倒在地上。

"好了吗？"杨桂问道。

"好了，开枪吧。"

杨桂站在五米开外，慢慢举起手中的长枪，瞄准后扣动了扳机。"叭叭"两声枪响之后，传来了吴怀义的惨叫声："哎呀，娘啊，疼死我了！你他娘的往哪儿打呢？"吴怀义双手抱着右腿，躺在地上，疼得嗷嗷叫。

吴小猪脱离了吴怀义的控制，撒开丫子就跑，瞬间消失在夜色之中。

杨桂来到吴怀义面前说道:"兄弟啊,对不起,刚才打偏了。"

"你他娘的什么准头啊,打我腿上了!"

"兄弟,是哥准头不好,哥刚才心里想事呢,慌了神,不小心打你腿上了。哥十几岁那年,父母被人害死后,也是差一点儿死于非命,再后来呢,就被逼当了土匪。"

"你他娘的故意的是吧?赶紧背我上药铺。"吴怀义道。

"来劲了是吧?还敢他娘的骂我,刚才打偏了,现在给你补个正当的。"杨桂说完,把枪口顶在吴怀义的头顶上,不等他求饶,只听"叭"的一声,吴怀义脑浆迸裂,见了阎王。

"连孩子都不放过的种儿,该死。"杨桂说完,朝吴怀义身上狠狠地踢了一脚,转身而去。

周炳文一伙儿押着秋玲等人来到临时大队部,进得屋来,他吩咐封学木:"封队长,你带人把这些共党分子弄到后边那个院中,一个一个地给我审,让他们说出镇子上与共党有关系的人,不说的直接用刑。"

"大队长,知道了。"封学木说完带人去了后院。

"报告,我回来了。"封学木前脚刚走,丁叙又进得屋来。

"老三,有什么收获吗?"

"报告大哥,没有,什么也没有找到,可能是听说大哥你回了水云镇,全把他们吓跑了。"丁叙拍马屁道。

"老三,过来,过来,坐下说话。"周炳文对丁叙说道。

"大哥,知道你对俺好,这一进镇就让俺当了队长,以后俺一定跟着你,有事你吩咐就行。"丁叙满嘴唾沫星子乱飞,为了表示忠心,愣是没坐下。

"这个,大哥心里和镜子一样,明白得很。"周炳文道。

"大哥,你抽烟。"丁叙从口袋中拿出香烟,抽出一根递给周炳文,又掏出洋火划着后给周炳文点上。

周炳文抽了两口,然后说道:"这个没劲,还是烟土好啊。"

"大哥，你等着，我这就集合弟兄们给你抢去。"丁叙道。

"老三啊，现在我们刚进水云镇，要抓共党，不然我们日子安稳不了。也要弄钱，弄不来钱，这日子也没法过。码头还要守，守不住码头，一旦共军打过来，咱还得走不是？"

"大哥，你说得也是，可不抢咱咋弄啊？"丁叙道。

"抢是抢，但咱现在统治这水云镇，不能像以前那样明抢了，得想个法子，暗地来。"

"大哥，干晚上的活是咱老本行，你交代一下便是，兄弟我去做就成了。"

"还是你头脑灵活，咱这么办。"周炳文说着走到丁叙面前低声交代了一番。

"大哥，你就等着瞧好吧。"丁叙说完，转身离去。

三十七

水云镇码头以西的河面上，一条木帆船桅杆上飘摇着一块红地黑字的旗帜，上写三个大字"济和永"，让人一看就知道这是一条商船。

"孙老大，前边就是水云镇码头了，咱靠岸休息吗？"船工桂天祥问道。

"我说天祥啊，现在是啥情况，还停靠码头，刚安全过了那西天营子河段，你就想撒欢儿了是吧？"孙广吉面带愠怒地教训着桂天祥。

"这一路下来，还没有顾上到岸上撒泡尿呢。"桂天祥道。

"天祥啊，我看你是想上岸喝肚子花酒吧，还尿尿？先憋着你那尿吧！等咱到羊口卸了货，回来的时候再尿啊！"船工柳叶冲桂天祥嬉皮笑脸地唠叨着。

"我操，好你个柳叶，真是老鼠啃碟子，尽嚼些花花词儿。"桂天祥说完，顺手拿起船头上的舀子，弯腰从河中舀出水泼到柳叶的身上。

"别闹腾了，前边有情况。"船老大孙广吉话音刚落，突然迎面驶来一条满扯篷帆的木船，船行飞快，眨眼就到了近前，挡在了商船的前边。

船上有十多个人，全部是解放军打扮，其中几个端着冲锋枪。

"停船，例行检查。往南边靠，听到了吗？往南边靠，快点！"站在船头的大个子握着手中的冲锋枪大声吆喝着。

"我说孙老大，这些人一看就是土匪。"船工傅东来说道。

"这也不对啊！分明是解放军打扮。"船老大孙广吉回道。

"我说老大，管他什么兵，咱冲过去不就行了。"柳叶手握船篙对孙广吉说道。

"柳叶，你净说些没用的，他们手中都拿着枪呢。"桂天祥话音刚落，就听到"叭叭叭"的枪声，子弹从他们的头顶上飞过。

这枪声一响，商船上的人吓得赶忙趴在船上，瞪着眼睛望着船老大孙广吉。

"别开枪，我们这就靠岸，我们靠岸，千万别开枪。"孙广吉大声喊着。

正在小清河北岸沿河巡查敌情的解放军排长成勇听到枪声后，用手示意战士们退到芦苇丛中注意隐蔽，他用双手慢慢拨开芦苇，仔细地观察着小清河面上的情况。

商船被逼靠在南岸，五六个持枪的人跳过来，把商船的缆绳拴在河边的一棵小柳树上。缆绳拴好后，其中一人冲站在木船前头的大个子喊道："马哥，拴牢靠了，这些船户子怎么办？"说完他用手指了一下船工。

"告诉他们，站在一块儿别动，谁动打死谁。"大个子道。

商船上的人一听，在心中嘀咕道：解放军都是称呼同志，对老百姓既不打也不骂，和亲人一样，可这些人直接说谁动打死谁，还喊我们船户子。坏了，坏了，虽然他们穿着解放军的衣服，但一定是化装抢劫的土匪。

船工们猜得没错，刚才这被称作马哥的大个子，就是驻防水云镇码头的土匪马青山。

马青山带人来到商船后，先绕着船舷转了一圈儿，发现装的全是日用瓷器，心中凉了半截，自言自语道：今天运气咋这么不好，连续劫了两条船，全是不值钱的货。他来到船工们面前很不耐烦地说道："我们是解放军，为了保护你们，咱是没日没夜地在这小清河上巡逻，你们这些跑船的，也应该有所表示。今天啊，把你们身上带的钱都拿出来，咱也不为难你们。"

船工们个个是低头不语。

"你们是聋子吗？没听到俺队长的话吗？"土匪周纪用枪指着船工们说道。

此时，船老大孙广吉战战兢兢地走出来说道："各位大爷，真是对不起了，我们船上只带了几天的干粮，着实没有带钱，还望各位大爷高抬贵手，放我们过去，下次一定记得孝敬各位大爷。"孙广吉说完双手抱拳向马青山施礼。

"没钱是吧？奶奶的，和前边船上的人一样，就知道装蒜。我说弟兄们，给这几个船户子松松筋骨，钱就掉出来了。"马青山道。

众匪把船老大孙广吉反绑在船桅上，拿撑船的竹篙是一通猛打，把孙广吉打得是鲜血淋漓，血透过衣服渗了出来。

"别打了！别打了！"孙广吉大声求饶。

"有钱吗？"周纪对孙广吉大声喊着。

"大爷，大爷，别打了，别打了，有，有有……"孙广吉被打得实在是撑不住了，连喊有。

"真是敬酒不吃吃罚酒，早说有不就没事了。"

"有、有，有钱我不早就给你们了吗？"孙广吉说道。

"好你个混蛋玩意儿，说话还他娘的老牛大喘气呢，再打！"周纪喊着。

孙广吉被打得晕了过去。

土匪见实在榨不出什么油水来，只得把孙老大、傅东来、柳叶等人押到匪船上当肉票，限桂天祥五天内拿二百块现大洋来赎人，过期不赎，只等收尸！

孙广吉等人被马青山一伙儿押上匪船后，被闷在黑咕隆咚的暗舱底下，里边已有多名被土匪劫持的人质。暗舱中汗臭味、尿臊味让人喘不上气来，再加上伤口剧烈作痛，孙广吉又晕了过去。

"你们是哪儿的？"暗舱中有人问道。

"俺是桓台的，往羊口送盆子、送碗，这不，让人给劫了。"柳叶回道。

"唉，等着吧。家里送足了钱的，放走了；超过了期限钱没送到的，就会被捆绑双手扔到河里，只能去八面河子收尸了。"暗舱里有人唉声叹气地说道。

众人蜷缩在舱底，越想越害怕。

桂天祥刚想下船回去拿钱赎人，就在这时，一排子弹射了过来，船上的土匪瞬间倒下了五六个。

"你们被包围了！缴枪不杀！解放军优待俘虏！"河两岸分别传来成勇、李少峰及解放军战士们的喊杀声。

三十八

成勇带领战士们击伤击毙多名土匪，打跑抢劫商船的马青山匪徒，救下被绑架的船工，然后和李少峰一起带队返回古河道驻地。

李东桥一行人等，出得雏家洼荒地，渡过小清河，来到水云镇西的老木炭窑。他停下脚步，对周边的情况观察了一会儿和众人说道："我们马上就要进入水云镇了，现在，我们分成两个行动小组，我、志生、石头一组，负责镇内。立杰，你带春盛、大林对码头进行侦察，在摸清敌人部署的同时，务必找到被捕同志们的关押地点，以便设法营救。完成任务后，明天午夜时分在这个地方会合。口令——水草。"

"好，所长，记着了。"

"我再重复一遍，我们撤离时间是明日午夜，如果到时候回不来，可到第二个会合地点——西营湾。"

"好，李所长，知道了。"

"天快亮了，我们走。"李东桥说完，众人消失在夜幕之中。

张世勋集合民兵后，让陈大林和石头留下，协助李东桥回水云镇摸清被押干部群众的情况，以便设法营救。

"石头、大林，你俩水性好，喜欢琢磨事，对咱镇子上又熟悉，这次让你俩随李所长回趟镇子，打听一下你秋玲姐和乡亲们的事，要听从李所长指挥，配合完成任务。"

"嗯，世勋哥，俺知道了。"陈大林道。

"世勋哥，这事行，俺和李所长在这小清河边上打交道多年了，保证完成任务！世勋哥，以后啊，俺也想当个公安员，到时候你可得给俺说合说合。"石头说道。

"好。石头，好好干，我们先走了。"张世勋说完，带队奔小清河上的老船闸墩子而去。

老船闸位于水云镇渡口向东两公里，前几年由日本株式会社为方便行船蓄水而建。这次，国民党匪军为方便快捷通过小清河北犯解放区，在原有的旧船闸墩子上架上了一层圆松木，松木上面铺上高粱秆，高粱秆上面再用土填平，搭建了一座简易的交通桥。

"世勋哥，你看，前边就是他们刚建的木桥。"来喜手指小清河上的老船闸墩子说道。

"同志们，先隐蔽起来，观察一下敌人的情况。"来到木桥附近，张世勋吩咐道。

趴在张世勋一边的春来说道："世勋哥，按你的吩咐，白天我和来喜对木桥周边的情况做了侦察，要捣毁这座木桥，也不是个容易事。因为渡口那边的土匪离这儿很近，一有动静，他们会及时赶来增援。桥两边，他们的守卫也很严，已在河岸上筑了碉堡，许多枪眼对着木桥，并且用铁丝网拉上了围子，只留桥的南边和北边两个门，还有人站岗看守。两头桥底下河滩处，有敌人的流动哨，时不时地对木桥进行巡逻，咱镇上的人都不准通过。晚上他们看得更严，想接近大桥都是个难事。"

"根据县委的指示和部署，我们必须捣毁这座桥，打破敌人通过此桥北犯的企图，保卫解放区人民的生命财产安全。"张世勋道。

"世勋哥，那咱咋整呢？"来喜道。

"我们手上一无大炮、二无炸药，炸桥是不可能的。昨天我思前想后，用大火烧桥还是比较靠谱的。来喜、春来，我让你俩去顺路到马车店李老板那儿弄的煤油你们放哪儿了？"

"就藏在前边芦苇荡中的黑泥里。"来喜说。

"一共是一桶半，李老板说只有这些了。"春来说道。

"好，咱们动手吧！来喜、春来、昌伟、通政，你们都会踩立水（两手举起向上，只用两脚踩动水而前行）吧？"

"世勋哥，咱小清河边上的娃子个个儿会，没问题。"来喜回道。

张世勋看了一下四人，把身上的衣服脱了下来。

"那咱这么着，你们四人取出煤油后，踩立水从河心游到桥下，然后把煤油泼到衣服上，点火引燃木桥。"

"好主意。"春来道。

"你们放心去干，我已安排汪杰同志配合咱们。等桥两头枪声一响，就开始行动，点燃木桥后，你们潜水游到桥东的小柳树处，有人在那儿接应你们上岸。"

"是，世勋哥，我们去了。"四人起身而去。

此时，汪杰已经带领全班战士游过小清河，借助芦苇的掩护，抄小路绕过敌人的明碉暗堡，顺着河岸由东向西顺利来到桥东边的目的地埋伏下来。

张世勋借着星光看了一下木桥，只见桥两头站岗的匪军在走动，桥下哗哗的流水声伴着呜呜的顺河风响个不停。

突然，一道手电筒光束从桥南头由远而近，只见徐美福带领两个跟班朝桥北头走了过来。

"有什么情况吗？"离得老远，徐美福就冲站岗的喊道。

"报告连长，没有。"班长李歪脖子回道。

"听到什么动静了没有？"徐美福说着来到李歪脖子面前。

"报告连长，这个有！"

"什么动静？"

"连长，你听，你听，呱呱，呱呱……河边的蛤蟆叫声。"李歪脖子学着蛤蟆的叫声。

"好你个李歪脖子，就知道和老子整些没用的，小心我砍你的头。"徐美福伸出一只手说道。

"别，别，我说连长，现在的动静就是这些，我是如实汇报。我说连长啊，今天可真断了顿啦，给个烟抽呗。"李歪脖子冲徐美福说道。

"给你，就剩这几根了，我他娘的也没了。"

"我说连长，咱啥时候发饷啊？说是占领水云镇就给发银圆，这都好长时间了，连个铜子也没看到！"

"我说李歪脖子，看好你的头就烧高香了，还给你发银圆，等着吧你。都给我好好站岗啊，别让共军把你们的头给削了去就好！"说完，徐美福便带着跟班刘学章和杜育民转身向桥南而去。

来喜、春来、昌伟、通政四人各举着煤油桶和衣服，在河中心踩立水向木桥游来。

"昌伟，把衣服举高点，弄上水就不好点火了。"

"来喜哥，别说举这几件衣服，就是再加上个人，俺也没事。"牟昌伟道。

"来喜啊，你可别忘了，小时候割猪草可都是昌伟举着篮子过河，这点儿小活，难不住他，早就练出来了。"春来道。

"哎，哎，你们别光胡拉呱啊，快到桥底了。"郑通政说。

四人来到桥下，把煤油桶和衣服放在桥墩子上后，来喜说道："你们听好了，通政和我负责往衣服上倒煤油，你们俩把洒过油的衣服塞到桥下木头的缝子里，都麻利点儿！"

"知道了。"

来喜刚把煤油洒到第一件衣服上，突然听到桥上有说话的声音。

"我说你俩闻到了吗，咋这么大的煤油味儿？"走到桥中心的徐美福冲两个跟班说道。

"连长，可不是，味真大。"

徐美福走到桥边，打开手电筒向河面照去。

"这河里也没啥啊。"徐美福向河面照了一会儿，回头对俩人说道。

"哎呀，我想起来了，这煤油味儿是从渡口那边传来的。"刘学章道。

"你咋知道？"徐美福问道。

"今天傍晚我去渡口码头上买烟，刚进商铺门，就听到两个船老大在说什么壳牌、壳牌，我随口就说，也给我来上两包壳牌。掌柜的听后笑着回道，老总啊，他们说的壳牌可不是香烟，是从渡口上卸下来的煤油桶。"刘学章说。

"他娘的，这味儿还挺大。"徐美福道。

"可不是嘛，顺河风刮的。"杜育民附和道。

三人停了一会儿，便哼着小曲向桥南头的碉堡走去。

张世勋看了一下手表，预定时间已到，果断地下达了战斗命令："同志们，对准桥头的敌人，扔手榴弹。"

张世勋一声令下，民兵们把早已准备好的手榴弹向桥头扔去。瞬间，爆炸声，匪军们凌乱奔跑的脚步声，惨叫声，乱成一片。

王杰听到桥北头爆炸声响起，立即下令对桥南头敌人开枪射击。

"都弄好了吗？"桥下的来喜问道。

"好了。"三人回道。

"开始点火。"

来喜一声令下，浇上煤油的衣服引燃桥梁，一时间烈火熊熊，火势借着顺河风越烧越大，火苗子蹿得老高，呼呼作响。大火从桥下烧到桥上，从桥中心向两边快速蔓延。

"快点儿，快点儿起来，木桥着火啦，赶快去救火！"防守木桥的徐美福号叫着。

桥头的守军听到喊声，准备前去救火，但当听到桥头的爆炸声时，都吓得躲藏在碉堡中不敢出来，只是拼命地向外胡乱打枪。

过了一会儿，渡口上的匪军骑着马前来增援，但为时已晚，解放军、民兵早已安全撤离，不见了踪迹。

三十九

土匪丁叙从娘娘庙出来后，便回到自己的住处，找来手下王传、夏侯、徐桂阳、柳克、黄泥、杨桂等人商议抢劫的首要目标——全顺当铺。

目标确定后，丁叙说道："今天中午吃了饭都睡上一觉，养足精神，咱晚上动手。别他娘的穿制服，都换上黑色的夜行衣，活要干净麻利，不留后手，都听清了吗？"

"听清了，丁队长。"

"队长，那用啥家伙呀？"土匪柳克问道。

"对付泥腿子，你说用啥家伙？这还用问吗？又不是和共军作战。"

"队长，明白了。"黄泥说完摸了下自己的长刀。

"我说黄泥，咱可是国军序列了啊，只要人家乖乖给钱，就别他娘的要横了啊！"杨桂两个大眼珠子一瞪，冲黄泥说道。

"好了，好了，都别吵吵了，先干好这一票再说，有了钱才是大爷。吃了饭都睡觉去，晚上到这儿集合，别他娘走漏了风声。"丁叙道。

夜幕降临，古镇的大街上亮起了一串串照明的灯笼，灯牵着灯，远远近近，弯弯曲曲，在繁星的映衬下，宛如一幅淡彩的水墨画，令人神情飘逸。

就在古镇大街的北头，离码头百米处，有一座独立的院落，高高的青砖墙，灰瓦房，门口立有七级高台阶，大门楼边上高高地挂着一个招牌，写着"全顺当铺"四个大字，两扇包裹厚铁皮的巨门日落前已早早紧闭。

当铺的院内共有五十多间房屋，客房、杂货柜房、金银首饰房、更房、厨房等一应俱全。多口防火的水井，设置得当，形成了完整的防火和防盗体系。

当铺掌柜钱连胜快步来到大门口，问道："福来，大门闩关好了吗？"

"掌柜的，放心吧，弄得可结实了，还落了锁，没有你的钥匙，谁也打不开。"伙计福来回道。

"那就好，眼下兵荒马乱的，做点儿小生意，也得整天提心吊胆的。"钱连胜道。

"掌柜的，解放军在这镇上好好的，咋又走了呢？"伙计干才站在钱连胜的身边说道。

"唉，老蒋破坏和平协议，发动内战，解放军万不得已，战略转移呗。世勋走的时候说过，少则三个月，多则半年，解放军还会打回来的。"

"掌柜的，我今天去河边船上买虾酱，听码头上的人说，敌人刚修的木桥，让解放军晚上给烧了。"福来说。

"掌柜的，俺也听在船上干活的五叔说，码头上的土匪在西天营子河段化装成解放军抢劫商船，不但船没劫成，还让解放军揍得不轻，土匪们死了好几个呢。"伙计干才说道。

"好了，小心隔墙有耳，让外边的人听到。你们以后多注意咱这当铺就好，知道吗？"

"掌柜的，这个俺们知道。"俩伙计回道。

"知道就好。这当铺就是咱的饭碗啊，好几家子人就指望着这个买卖了。"

"是，掌柜的，门口我也撒上石灰了，放心吧。"福来回道。

"干才啊，我让你给送子的那件旧棉衣你放哪儿了？"

"我放在大门口西边了，还给他放了一块饼、一块萝卜疙瘩。"干才回道。

"掌柜的，这送子整天不干活，就知道要着吃，你还给他衣服穿，还给他吃的。"福来说。

"你们两个小，可能不知道。唉，这说来话长啊，许多财两口子快到五十岁时，生了这个孩子，全家非常高兴，给孩子起名。夫妻俩一生勤劳，攒下了几十亩地，还有自己的渔船，日子过得还行，在水云镇也是响当当的富裕户。可不幸的是，孩子两岁时，许多财因病去世，剩下母子二人相依为命。这当娘的，对儿子是百依百顺，生怕孩子受到一点点委屈。让送子从小养成了坐享其成、不劳而获的坏毛病。后来，送子吃喝玩乐，游手好闲，败光家产，硬是把他娘给气死了。送子十八岁时得了一场大病，落下了后遗症，生活不能自理。能这样勉强地活下来就不错了，街里街坊这么住着，给他一口吃的，也算是行行好吧。"

钱连胜对两个小伙计讲述了事情的来龙去脉。接着，他又抬头看了看漆黑的天空，转头对两个小伙计说："大门关好了，你俩回房歇着去吧。哎！这兵荒马乱的，晚上机灵着点儿啊。"

"知道了，掌柜的。"俩伙计应声而去。

钱连胜又向大门望了一眼，然后独自向账房走去。

"掌柜的，你过来了，今天的账还没有清完呢。"账房先生高学堂对进来的钱连胜说道。

钱连胜看了一眼桌子上的账本说道："噢，看来又要清到十点多了。高先生，你先慢慢整理着，我到厨房让人给你下碗鸡蛋面。"

"掌柜的，别了，别了。你去歇着吧，这里就别管了，放心吧。"高学堂道。

"对了，高先生，我让人从济南给你配了一副眼镜，你等会儿啊，我让厨房的王师傅一块儿给你拿来。"说完，钱连胜转身出得账房。

不一会儿，厨子王俊凯把一碗热气腾腾的鸡蛋面端到账房，放到桌子上后说道："高先生，辛苦了，先吃了面再干，还有，这是钱掌柜送你的眼镜。"

高学堂放下手中的笔，看了下面说道："王师傅，这闻着就香，是放香油了吧？"

王师傅没回话，冲高学堂笑了笑转身离开。

高学堂吃了一碗香油葱花鸡蛋面，拿起掌柜的送的眼镜看了一下，然后戴上，站起身举起双手伸了个懒腰。

这个时候，当铺的更夫刘河泉拿着皮鼓和小铜锣走到账房这儿，声音相对急促地敲了两下，打完后又接着再打，连着两次，告诉高学堂这是二更天了，仿佛是在催他赶紧睡。

高学堂向外看了看，又坐下来，直到把账清完才回到自己的睡房休息。

大约到了四更天，突然从水云镇仓门口处响起阵阵锣声，有人高喊："土匪们进镇了！土匪到镇子上抢东西啦！"

"追呀！杀呀！"紧接着是密集的枪声和追杀声，在整个街道上响成一片。

听到喊杀声、枪声，沿街的商户和镇子上的人都从睡梦中惊醒，吓得不敢出门。停了一会儿，镇子西边又传来了密密麻麻的枪声，不久也停了下来。

天亮后，镇子上的人们聚到一起，议论纷纷。

"刘掌柜，你早啊，听说了吗？镇子上昨晚打枪是啥事儿啊？"

"听说是商铺被抢了。"

"是哪家商号被抢了？"

"李老板，我也是刚开门，还没有听说是谁。"

"哎，听昨晚的枪声，这事小不了。"

这时，从北边急急忙忙跑过一个人来，冲着人群喊道："绿豆蝇、绿豆蝇，都死了，都死了！"

这说话的不是别人，正是在全顺当铺大门楼底下过夜的送子。

"我说送子，什么都死了？"杂货铺的掌柜刘国辉问道。

越急，这送子越是说不清。

这时，人越聚越多，大家相互一聊才知道，昨夜有土匪进镇抢劫当铺，被周炳文的保安巡防队给打跑了，土匪们已向镇西的范贾洼逃逸，巡防队也没有追上。

"出了这么大的事，咱们一块儿过去看看吧。"刘国辉说道。

"走，看看去。"街上的人不约而同地涌向全顺当铺。

丝绸店的掌柜李子柒看到众人向街北而来，本想跟着凑凑热闹，可刚走了两步，便停了下来。他向众人望了一眼，急忙转身回到自己的丝绸店，把门上了挡板，关了个严严实实，并将不营业的牌子挂在门前。

人们来到当铺一看，大门四敞大开，一股浓浓的血腥味儿顺风从门口吹来，院中还有很多绿头的大苍蝇在飞来飞去，发出"嗡嗡"的响声。众街坊意识到事情不妙，急忙冲进院内，只见满地的死尸及血迹，而杀人者早已逃之天天。

昨天晚上，钱连胜安排厨房给高学堂送饭后，自己又到藏银子的地库去了一趟，回房时已是三更时分，他看到媳妇和两个孩子都已入睡，便关上屋门，然后又来到窗户前的暗缝处，眯着一只眼睛向外望了一会儿，见没啥动静，方才上炕睡觉。

四更过后，十几个黑衣人熟练地翻墙入院，用迷药将睡梦中的伙计福来、干才、赵河等人迷晕，然后用刀杀害。这江洋大盗的本事，可不是一般小毛贼就能有的身手。

钱连胜在睡梦之中突然听到门被人撞开，他猛地起身怒喝道："你是谁呀？！"

"我是我！"随着回声，蹿进来的五六个蒙面大汉不等钱连胜再问，直接把他从床上拖了下来，然后用麻绳捆了个结实，拉到院中绑在了柿子树上。

"钱连胜，今天兄弟们来给你添麻烦了，只想借点钱花花，银子在哪儿，赶紧说出来。"

"这兵荒马乱的，小店经营不佳，只能挣口饭吃，哪有钱啊！"

"还真是要钱不要命的主儿！"此人说完，便从口袋中掏出一块黑布，揉成布团，塞到钱连胜的嘴中。

"给你说话的机会了，是你不知好歹，也怨不着我了。"

此时，又过来四五个黑衣人，其中一个小个子说道："队长，里边的伙计都解决了，一个也没留，只留下了这个管账的。"

"好，把他弄过来。"

"是，队长。"

"走，到前边去，快点儿。"小个子把账房先生高学堂推到钱连胜跟前。

"你就是账房先生?"队长问道。

"是,是是,我是。"高学堂回道。

"刚才我问你家老板银子在哪儿,他说没有。他和我来干脆的,我也干脆点,直接把嘴给他堵上了,想说,也没有机会了。现在我就问你,咱最好不让他听到,嘿嘿嘿。"说完,队长朝小个子做了一个手势。

小个子见状,立马从裤袋中掏出几个爆竹,用手捻了一下药信子,然后挂到钱连胜的耳朵上用洋火点燃。

"啪啪啪啪……"爆竹响过之后,钱连胜被震得耳鼻出血,立刻昏了过去。眼前的一幕,吓得高学堂是连连后退。

随后,小个子端来一盆水泼到钱连胜身上,等他醒过来,这伙人争相上前,用刀将他胳膊上、腿上的肉割下数块。钱连胜疼痛至极,喊又喊不出来,只能发出"呜呜"的声音。

"银子在哪儿?快说!"队长瞪着两个大眼珠子,冲高学堂饿狼般地号叫道。

"掌柜的,我,我,我对不起你了啊!我——"

"还不快说!"小个子冲高学堂肩膀上狠狠地扎了一刀。

"我说,我说,我说还不行吗?"高学堂用手捂着被刺伤的肩膀喊着。

"走,快带我们去。"队长用脚踢了一下高学堂说道。

"钥匙,钥匙,在掌柜的腰上。"高学堂道。

丁叙让人从钱连胜的腰上摘下钥匙,然后朝小个子做了一个手势,便带人押着高学堂向藏银子的地库走去。

看到队长丁叙的手势,小个子黄泥立刻明白,他带人返回卧房,说道:"队长吩咐,不留活口,直接送走(杀)。"

床上,钱连胜的媳妇把两个孩子紧紧地搂在怀中,并苦苦求饶:"杀了我吧,孩子们还小,给他们留条活路。求求你们了!"

土匪王传、夏侯把钱连胜的媳妇从床上拽了起来。

"走,到外边去。"王传道。

"我说黄哥，这娘儿们还长得不赖，要不先让兄弟们乐和乐和。"夏侯道。

"如果误了正事，回去让大队长搬了你的脑袋。"黄泥又看了一眼钱连胜的媳妇，不耐烦地说道："不是不想出去吗，直接在屋里做了吧。"

黄泥说完，一刀插进钱连胜媳妇的胸口，两个孩子吓得号啕大哭。

"哭哭哭，别哭了，跟着你娘走吧，小兔崽子，哭喊得让人心慌。"夏侯说完，用刀将两个孩子杀死。

躲在里屋的女佣石榴，看到眼前的情景，吓得不经意地"啊"了一声。

"谁，出来，他娘的，这里边还有活的。"黄泥说完，一脚将里屋门踢开。

石榴被王传和夏侯从里屋拖了出来。

"你不是会喊吗？我再叫你喊！"黄泥说完，走到被两个土匪架着的石榴面前，伸出两手，紧紧地掐住她的脖子，使劲一捏，石榴的头慢慢地歪向一边。

"再让你啊啊地叫唤。"黄泥说完又向石榴身上补了一刀。

丁叙等土匪押着高学堂来到后院的一个水井边上停了下来。

"各位大爷，地库就在这个井中，你们把井口提水的辘轳搬开，有下去的梯子，洞口在南面。"高学堂说道。

"你们两个把辘轳弄一边去，先下去一个看看。"丁叙说完把钥匙扔给了柳克。

"是，队长。"柳克回道。

柳克顺梯子来到洞口，沿着一条地道蜿蜒向前，走了一会儿，看到一扇用铁皮包装的门。他从衣袋中掏出钥匙，插进库门上的锁头，一拧一扭转了两下，"咔"的一声，门锁打开。他双手用力推开库门，小心翼翼地走进了银库。

银库大约有三十平方米，四周和正中都有立柱支撑，天顶不高，呈弧形。钱家建地库是为了防潮，在地面上放置了一层石条，又在上面铺了一层东北出产的红松木板。一排排的架子上，满满当当都是银锭，多到堆成了小山。

在地下银库的南边还有一个小门，进门沿着一条狭窄的通道向前，便来到前院账房的地下，账房和地道有一口直径二十厘米的竖井相通。上面的人下不来，地下银库中的人也上不去。全顺当铺，每次大额提款时，银锭都需要装在小木桶里从地下银库用绳子通过竖井提到账房里来，用全顺当铺自己的话说叫"提钱"。

看到眼前的情景，柳克心想：这钱连胜真是财不外露，这家财藏掖得好深。

"他娘的，这么长时间了，还没有动静！"丁叙站在井口，用手挠着头皮，急呼呼地说道。

"队长，我们回来啦，事情都办好了，人全都送走了。"黄泥来到丁叙面前说道。

"来得正好，你们下去看看啥情况，这柳克进去老长时间了，还没有回来，真他娘的急人！"

"是，队长。"黄泥说完，带夏侯、王传进入井下。

不一会儿，黄泥从井中向上喊道："队长，找到了，里边全是银子。"

丁叙听后，转身对高学堂嘿嘿一笑，然后说道："高先生，真是太谢谢你了，不过今天的事真有点对不住了。"

"各位大爷，没事，没事，只不过是点刀伤，上点药就好了，不、不碍事，不碍事。"

丁叙把高学堂叫到一边说道："高先生，我知道，你是不碍事，可我碍事啊！不好意思啊，只能委屈你了。"

"大爷，银子你们也得到了，这里没我什么事了，那我先走了啊。"高学堂转身想走。

"好，好，高先生一路走好！"

丁叙说完，将手中的长刀一挥，刺入高学堂的后心。

众匪一阵忙碌之后，从地库中共劫得白银十多万两，文玩三十八件、珠宝六十件及黄金一百两。

"弟兄们，今晚我们弄得不少，但我把丑话说在前边，老规矩，谁也别他娘的私留。"

众匪眨巴着眼睛看着丁叙。

"黄泥。"丁叙叫道。

"在"。

"你先把这两包袱银子带回去，我们弟兄们分。其他人用钱庄的马驮上货，跟我直接去娘娘庙的大队部。"丁叙说完，众匪带着财宝奔大门口而去。

他们敞开大门，刚刚走下台阶。一条大黑狗突然从全顺当铺蹿了出来，飞身跃起，一口咬住了黄泥的脖子，众匪踢它打它也不松口，丁叙拿起长刀，向黑狗刺去。就在此时，黑狗咬着黄泥脖子上的一块肉连带着气管一口撕了下来，接着向丁叙扑去，柳克拔出手枪，冲着大黑狗连开数枪将其打死，丁叙才得以脱开身，但腿已被咬伤。

"不好，赶快撤！"丁叙喊叫着。

土匪们趁着夜色，用钱庄的马驮着一个被咬死的，架着一个受伤的，一瘸一拐地顺大街向仓门口逃去……

这放出大黑狗追咬土匪的不是别人，正是钱庄打更的更夫刘河泉。

这夜，刘河泉像往日一样，将四更打完后正准备回更房休息一会儿，就在此时，他听到前院子里有动静，便战战兢兢地来到茅房墙边向院子里张望，看见五六个黑影站立在院子当中，黑影中有人喊道："黄兄，当铺的伙计们都送走了。"

"好，我们找队长去。"五六个黑影向中院跑去。

黑影人走后，刘河泉便轻手轻脚地来到伙计们住的偏房。进得门来，他看到福来、干才、赵河三人脖子上各挨了一刀，身下的血把整个被子染成了黑红色。

"伤天理的土匪呀，他们与你有啥仇、啥恨，下手咋这么歹毒！"刘河泉低声说道。

这时，刘河泉想去中院禀告掌柜的，可他刚到门口，就听到正房中传出了钱夫人的哭叫声。

　　刘河泉赶忙来到西墙边，从墙洞里抽出暗藏的软梯，迅速爬上墙头向院中一望，心道：这不就是以前帮日本人做事的汉奸队，现在在国军保安大队的人吗。还保民安民呢，真是贼喊捉贼。报案去！刘河泉想去报案，但转念一想：不行！现在是土匪们霸占着水云镇，如果报案，不但救不了当铺和掌柜的，反而还会把自己的命搭上。

　　当他看到众匪押着高学堂进得后院后，便顺手把软梯从外面搭在院内，顺着爬了下来。

　　整个中院里静悄悄的，刘河泉顺着墙根悄悄地摸到柿子树前，看到被捆绑在柿子树上的掌柜钱连胜已经断了气。

　　"掌柜的，今晚咱家的难，是周炳文一伙土匪干的。"说着，刘河泉把土匪们塞在钱连胜嘴中的布掏了出来。

　　"掌柜的，天明了我再来给你收尸。掌柜的，一路走好！"

　　刘河泉说完直奔睡房，他想看看屋里的人，是否还有可救的活口。

　　屋门大开着，探进头朝里面一看，屋子中间的尿罐子被打破，尿水流了一地。再往炕上看，钱连胜媳妇的头耷拉在炕边上，脸上还留着死前那副惊恐的模样，血顺着炕上的苇席一直流到地下。两个孩子光着身子被砍死在炕上，场面惨不忍睹。女佣石榴躺在地上，头歪在一边，早就咽了气。

　　整个屋子里，弥漫着一股子血腥味。

　　刘河泉见无人可救，便迅速从当铺离开，消失在夜幕之中。

　　早已带人等候在仓门口的匪首周炳文，见丁叙一伙得手而至，便上前说道："丁队长，真有种，回去好好地犒赏弟兄们！"

　　"大哥，托你的福，咱这回弄得不少。当铺的人，一个活口也没留。"丁叙道。

　　"好，这事办得利索。我就喜欢你这样的，赶紧带弟兄们回去。"

　　"是。"

　　丁叙一伙走后，周炳文从腰中掏出左轮手枪冲天空放了两枪，然后高声喊道："弟兄们，土匪进镇抢劫啦，向西边跑啦，跟我追呀！"接下来，就出现了保安队从仓门口敲锣打枪追击土匪的那一幕。

李东桥、韩志生、石头三人来到水云镇已是天明。此日，正是逢五排十的大集，老百姓届时都在集市上交易商品，人来人往十分热闹。

李东桥在前，韩志生、石头紧随其后，三人来到北厚记酒店停了下来，李东桥向酒店门口望了一眼，没有发现什么可疑的情况，便转身走了进来。

三人进得北厚记酒楼，李东桥示意志生和石头两人坐下，自己冲跑堂的店小二说道："小二，烙一张葱花大饼，切成小块。再来一盘炸螃蟹、一盘炒河虾。还有什么新鲜菜吗？"李东桥边说边用手在鼻梁子上摸了三下。

店小二看到李东桥的动作，便大声说道："客官，本店有新炸的梭鱼，刚出锅，还热着呢。咱雅座里请。"

李东桥三人来到雅间，店小二史鸣把门关上说道："李掌柜，老板在后院等你。"

"好，志生、石头你俩吃着，注意警戒。"

"好，知道了。"韩志生回道。

店小二史鸣推开设在墙上的暗门，两人来到后院正房。

"东桥，好久不见，同志们都好吧？"北厚记老板张思恭上前一步，握住李东桥的手说道。

"思恭同志，都好。来时世勋同志让我代他向你问好。"

"来，快坐下说。"张思恭说完给李东桥倒了一杯茶水。

"现在水云镇的情况怎么样？"李东桥问道。

"自周炳文回到水云镇以来，他把土匪们分成三个小队，各自分工明确，无恶不作，死心塌地为蒋匪干事，欺压群众。不但对我党干部进行惨无人道地清算，还把这五天一次的水云镇大集当成了搜刮民财的时机。每到集市这天，周炳文便亲自出马，带领保安队，以维护市场和'查私品'为名，收取各种苛捐杂税，欺压勒索沿街的商户和赶集的商贩。轻者打几个耳光子，和他说理的人，便被带到娘娘庙中的暗室里往死里折磨。这家伙还经常奸污妇女。水云镇及周边的老百姓恨透了他。"

"思恭同志,盘踞在水云镇的土匪活动猖獗,危害甚大,老百姓对其恨之入骨。为了保证人民群众生命财产的安全,五区干部民兵已准备好组织反击,彻底剿灭周匪,解放水云镇,同时救出被捕的同志们。"李东桥说道。

张思恭拿起水瓶,将李东桥的水杯添满水,说道:"东桥,这几天我胶东野战军强渡潍河,将胶济铁路拦腰截断,并迅速控制胶济路六十余里,国民党军因前线告急,遂将驻守清河县城的第八军第六十四师东调。我渤海军区已经开始调兵,准备渡过小清河解放清河县城。现在三分区十六团警卫营、寿光独立团、临淄独立营正向我清河县集结,我估摸着很快就会攻打清河县城。"

"好,太好了!终于等到这一天了!"李东桥回道。

"东桥,这是门书记给世勋同志的信,请你转告。"

"是。"李东桥接过信件,给张思恭敬了一个军礼。

"思恭同志,现在被捕的同志们关押在什么地方?"

"被捕的同志们关押在娘娘庙中,因娘娘庙墙高院深,敌人看守严密,我们组织了两次营救,都没有成功。"张思恭说道。

"来时世勋再三嘱咐我,务必弄清同志们关押的地点,为营救做好准备。"李东桥说道。

"你回去转告世勋,我们也正在想办法,内线也会及时提供情报,以便在最佳时机营救,到时我会让人及时通知你们。"

"好,我知道了。"李东桥回道。

"东桥,你们先在酒店的暗室里休息,我都安排好了,天黑时再送你们出镇。"张思恭说完对门外放哨的史鸣说道:"史鸣,过来一下。"

"好嘞,掌柜的,你有什么吩咐?"史鸣问道。

"带李所长他们先去休息。"

"掌柜的,知道了。"说完,李东桥跟随史鸣转身离去。

崔立杰、刘春盛、陈大林三人和李东桥分手后,向水云镇渡口走去。按照事先的计划,三人来到码头上找益元堂药铺的老中医任连山接头,以便掌握周匪在渡口的动向。

清晨，船上的妇女正在用河水洗菜，准备早饭，炊烟从船头升起，撩拨着东方的晨曦，相伴着初升的阳光，涂抹出一幅蓝天清河初醒的画卷。

河面上，炊烟飘移在淡淡的水雾中，河中帆船在炊烟中时隐时现，崔立杰、刘春盛、陈大林沿码头边上的小吃一条街，向益元堂药铺走来。

"真香，很久没有吃这渡口上的小吃了。"看到街两边的各种小吃，刘大林吧嗒了一下嘴说。

陈大林的一句话，更加勾起了崔立杰对焦俊艳的想念，因为他就是在码头上的元福春酒楼前闻到菜的香味，并认识的她。此时，崔立杰的心已经在元福春酒楼里了，便不耐烦地冲刘大林说道："火烧有什么香的，真是的。"

崔立杰话音刚落，只见一个瘸腿的人，手中挎着一个盛有羊肉包子的竹篮，从三人身边走过，此人向前走了几步，便停下转身望了他们一眼，然后又匆匆离去。

陈大林用眼瞅了一下崔立杰，心道：怎么不好吃？要不是今天执行任务，非吃它个肚儿圆不行。

说起这王家火烧，在渡口小吃一条街上，那是老有名气了。王志祥家祖居小清河码头，以打火烧开店为业。火烧制作是用上好的面粉，直接在面板上和面。火烧出炉后，白生生，光亮亮，味道甘甜，富有麦曲引子之清香，吃起来那个香啊。这从旱路推独轮车或赶马车北上京津，南下胶东、苏杭的赶路人，路途遥远，自然要携带水分少、耐贮存、扛饥饿、不易变质的食物，王家的硬面火烧就成了他们的首选和必备食品。老王家这咬口嘎嘣脆、嚼口甜滋滋的火烧，凝聚了几代人的勤劳和智慧，更承载着王志祥家祖辈的实在和热情。

挨着火烧铺的是一家油粉汤铺，由码头上的老户张之忠经营，因在兄弟中排行第四，人称油粉四。这张之忠不但油粉汤做得出名，还兼卖肉饼的生意。他卖的肉饼是用火炉烤制而成，外酥里嫩。客人们来一碗油粉汤，加上几个肉饼，品尝着地道正宗的码头小吃，别说有多解馋了。

　　三人在人流中穿梭而行。走了一会儿，陈大林用手拉了一下刘春盛的衣角。

　　"崔所长呢？"刘春盛回头看了一眼，不见崔所长的身影，急忙问身边的陈大林。

　　"兄弟，崔所长站在那儿看西洋景呢。"陈大林说完用手指了一下停在元福春酒楼门前的崔立杰。

　　"快到益元堂药铺了，咋还停下不走了呢？"刘春盛看着站在十步开外的崔立杰说道。

　　"大林，你等我会儿，我叫他过来。"刘春盛说完刚想过去，只见崔立杰的周围突然出现了六七个黑衣人，将他团团围住。为首的高喊道："崔所长，好久不见，近来可好？"紧接着他举起手中的冲锋枪，向崔立杰的脚下就是一梭子子弹。

　　枪声一响，周围的人吓得赶快闪开，六七个黑衣人扑上前来，将崔立杰死死地按住，然后把他拖进了元福春酒楼。

四十

大庙子城堡内浓烟滚滚，弥漫着浓浓的焚尸味，冲天的火焰疯狂地吞没着整个城堡，房屋纷纷倒塌。孙立被大火追赶着，他拼命地奔跑，跑到小清河边上，一下子坠入河中，他大声呼救……

"啊，不，不，不!"不会游泳的他，喊叫着从噩梦中惊醒。孙立坐起来，大口大口地喘着粗气，吓出了一身冷汗，心脏在剧烈地跳动。

"特派员，你醒了，医生刚给你打完针走了。从水云镇回来后你就发烧昏睡，已经好几天了。"卫兵唐其光站在孙立的床边说道。

这时，报务员何超走过来说道："特派员，局座急电。"说完，何超把电文递给孙立。

孙立将电文看了一遍，对两人说道："告诉弟兄们，带上所有的东西，我们回水云镇，马上。"

孙立下床，走到方桌前，拿起打火机把电文烧掉，然后简单地梳洗了一下，便出门朝被烧毁了的佛堂走去。他来到佛堂处，跪在地上磕了三个响头，心中默念道：爹啊，儿子走了，儿子不孝顺啊!

"特派员，你身体刚好，快起来吧。"卫兵唐其光说着，把孙立扶了起来。

"特派员，弟兄们都准备好了。"何超走到孙立面前说道。

孙立来到院子之中，走到列队的士兵面前说道："局座急电，让我们撤离水云镇，然后从小清河乘船去洋口，再换成火轮去青岛，另有重任。咱们走。"孙立说完，便带领自己的六个随从奔水云镇而去。

水云镇娘娘庙的大院里，匪首周炳文及三个小队长接到水影的通知后，早已站在门口等候孙立的到来。

"特派员，特派员啊，快，快快，咱里边请，饭菜茶水我都准备好了，就等你来了。这不，回到镇上这几天忙坏了，正想着去大庙子城堡看你呢。"见到孙立到来，周炳文走下庙门的台阶迎上前去，嬉皮笑脸地奉承道。

"周队长为党国效力，公务繁忙，这个我知道，非常时期正事要紧啊！"孙立说。

"全凭特派员提携。特派员，弟兄们正在院中列队欢迎你呢。"两人说着来到院中。

孙立走到匪军面前刚想说上两句，这时就听到庙门口有人高喊道："焦特派员到！"

众人不约而同地向庙门口望去，只见四五个身穿国军制服的人走了进来。

北厚记酒店中的李东桥、韩志生、石头三人刚想进入暗室休息，就听到渡口方向传来密集的冲锋枪声。

"渡口有枪声。"石头说道。

"是，我担心立杰他们出事，走，过去看看。"李东桥说道。

三人出得暗室，急忙向酒楼后院的正房走去。

"李所长，我正想去找你们，渡口那边传来枪声，会不会是？"迎面而来的张思恭说道。

"思恭，我也在担心，我们过去看一下，也好有个接应。"

"好，你们先等一下，我出去看看外面的情况。"张思恭说完，打开后门来到通向大街的胡同口向两边望了一下，然后回到院中。

"一切正常，可以走了。注意安全！"

"思恭同志，后会有期。"李东桥说完，带石头他们出得后门向渡口而来。

刘春盛看到崔立杰被捕，情急之下，就想掏枪营救，不料被陈大林一把拉住。

"哎，你看他们那么多人，上去我们也是白白送命，再想想办法，等一会儿再行动，也许有救。"陈大林低声说道。

经陈大林这么一说，刘春盛感觉自己刚才的做法也太莽撞了，他把伸进腰间掏枪的手又抽了回来。

"大林，还是你想得周到。"

"走，咱到那边去。"陈大林说完，带刘春盛来到街边的一个烧饼铺中。两人找了一个靠街的窗户坐下后，陈大林紧盯着元福春酒楼门前的动静。看了一会儿，他对刘春盛说道："他这是自作自受，让里边那个娘儿们把魂都勾去了。"

"什么？什么？大林，你说啥呢？"刘春盛一头雾水地问道。

"你不知道，在我们撤离镇子前，他就常来元福春酒楼，找一个从济南来的女人鬼混。"

"大林，说话要有根据，可不能由着性子乱来，这可是纪律和原则性的问题。"刘春盛道。

"我三大爷就在元福春酒楼干杂活，他看得很清楚，都告诉我好几回了。"

"这个问题很严重，应该向组织汇报。"刘春盛道。

"上次元福春酒楼购买大量肉食的事，我非常怀疑，就汇报了，可让他给顶回来了，还瞎编乱造说什么给羊口的朋友代买的，糊弄谁呢？以前我经常坐船去羊口，这海边的人家有喜事什么的，都是习惯用海货摆酒席，很少用肉。"

"大林，咱先不说了，得赶快去任先生那里，以免再出什么乱子。"刘春盛说道。

"你去任先生那边把这里的事告诉他。我在这里守着看看啥情况。"

"也好，那你注意安全，我走了啊。"

"放心吧，我这里熟，他们逮不到我。"陈大林道。

刘春盛出门后，又返了回来，他走到柜台前冲老板说道："掌柜的，给我那位小伙计来上十五个烧饼，要热的啊。"刘春盛付钱后，冲陈大林点了下头，离开烧饼铺。

刘春盛走后，陈大林一边吃着烧饼一边死死地盯着元福春酒楼的大门口。就在这时，酒店的小二王锦出得门来，骑上自行车向周炳文设在码头上的保安队方向骑去。

不一会儿，二十多个荷枪实弹的匪兵，在王锦的带领下，急急忙忙地赶了回来，停在元福春酒楼门前。

这时，唐际会、焦俊艳等从屋内出来，向王锦耳语了几句。

"弟兄们，跟我走，抓住共党通通有赏！"王锦说完带领匪军向益元堂药铺而去。

刘春盛快步来到益元堂药铺门口，停下朝四周一望，确认无人跟踪，便闪身进得门来。

"刘干事，快到里屋来。"任连山边说边用手势冲小伙计丁方暗示了一下，注意外面的情况，然后同刘春盛进到里屋。

"任先生，刚才来的路上，崔所长出事了。"刘春盛道。

"我都知道了，丁方刚探听回来，把外面的情况告诉我了，崔所长被捕，敌人现在肯定盘查得很严，我们要见机行事。"任连山话音刚落，外面传来小伙计丁方的说话声："俺掌柜的今天很忙，不要货，没时间见你们。快走吧！"

"我说小伙计，我们手上可有上等的药材，上个月和你们掌柜定好的，你告诉他一声便是。"一个头戴黑色礼帽的人说道。

"定好的也不要，现在没有钱，以后再说吧。"小伙计丁方道。

里屋的任连山听到丁方和来人的对话，赶忙走了出来。

"哎哟喂，是李掌柜。真是盼了你好久了，快快快，里边说话。"任连山握住来人的双手，满脸欢喜地把来人请进里屋。

石头跟在后边，瞪了丁方一眼。

丁方也没搭理他，把头一扬，继续在门口放哨。

来者不是别人，正是化装后的李东桥，三人进得屋来，刘春盛把在码头上遇到的情况详细做了汇报。

"李所长，情况就是这样，大林还在元福春门口守着，如果有什么新的发现，他会及时回来报告的。"

李东桥听后，立刻对任连山说道："任先生！这益元堂药铺怕是待不住了，我们得马上转移！"

"春盛，石头，你们快点去烧饼铺子接大林回来，我们马上走。"

"所长，镇上北厚记那边呢？"韩志生急忙问道。

"张老板那里只有我和世勋知道，现在还安全，不会出什么问题。志生，这是张老板给张指导员的信，带好它。"说完他转身对任连山说道："任先生，你和志生先走，我等一下大林他们。"

"我带先生走就行。"丁方手持双枪跑过来说道。

"好，小兄弟，保护好任先生。你们出码头后，顺河边向东，从苇子沟再到酸枣树，那里有我们的应急联络站，志生知道联络暗号。"

"丁方，你留下，和李所长一块儿撤离。"

"是，先生。"丁方回道。

"同志们，保重！"任连山说完带领其他两个伙计随韩志生出门离去。

刘春盛和石头刚刚走出门口，就看到崔立杰带领匪军向益元堂药铺而来。

"刘同志，你看，敌人来了。"石头说道。

"还真是个孬种，这一会儿工夫，就叛变了，也怨不得大林说他。"刘春盛愤怒地说道。

"咱们打吧，枪声一响，李所长就知道了。"

石头话音刚落，就听匪军们后边响起了枪声和大喊声："狗日的，来抓我啊！"

"是大林，大林在后边开的枪。"石头说道。

"他在向我们报警，吸引敌人，掩护我们。"

枪声响后，只见毫无防备的匪军一下子被撂倒了三四个。其他人赶忙散到大街两边，躲藏在掩体后边，向陈大林射击。

陈大林迅速躲到一个墙角处，紧握手中的匣子枪，并从腰间摘下两个手榴弹。"王八蛋们，再敢往前走，就炸死你们这些狗日的。"

此时，匪军们边喊"抓活的，别让他跑了！"边向陈大林包围过来，准备扑上去将他生擒。

"炸死你们这群土匪！"随着喊声墙角处"嗖嗖"接连扔出两颗手榴弹。五六个靠前的匪军在爆炸声中倒下，剩下的几个吓得魂不附体，赶忙寻找街边的掩体躲藏。

"石头，现在趁敌人心神未定、立足未稳，你我赶快打他个措手不及，把大林接应过来。"

"好嘞！"石头话音未落，刘春盛手中的枪已开了火。两人边打边向前冲锋，匪军们接二连三地倒了下去。

就在这时，李东桥和小伙计丁方每人提着十几个手榴弹跑了过来。

"小方，把手榴弹扔出去。"李东桥一声令下，两人手中的手榴弹瞬间全都投向了匪军。

"大林，快过来。大林——"石头高声呼喊着。

陈大林趁着手榴弹爆炸的硝烟跑了过来。

就在此时，躲避在墙角的特务王锦冲陈大林的后背开了一枪。

"大林，大林！"看到大林中枪，石头心急地喊着他的名字。

丁方迅速朝大林跑去，并从腰间抽出一块白布把大林的伤口包了起来。

"狗日的，我非杀了你不可！"说着，石头就要往匪军那边冲。

"石头，不许蛮干，背上大林，赶快撤退。"李东桥一把扯住石头说道。

"李所长——"石头还想说什么。

"这是命令！石头，春盛，你俩背大林走。丁方，随我掩护。"李东桥果断地命令道。

"抓住这些共党，别让他们跑了！"这时，前来增援匪军们的号叫声、枪声由远而近。

李东桥等人安全撤出水云镇，来到小清河边的应急交通站——酸枣树。

"春盛，这里安全了，先把大林放树荫下，让小方看看大林的伤势。"李东桥说道。

"放这上边。"石头说着把自己的上衣脱下来，铺在地上。

刘春盛放下陈大林后，用手抹了一下自己额头上的汗水。

这时，李东桥向停靠在对岸的一条小木船高呼道："大舅，我要去姥姥家，赶快把船划过来。"

对岸船上正在放鱼鹰的老汉听到喊话声，赶忙回道："是大外甥来了呀，我这就划过去。"说完，老汉放下手中的鱼鹰，拿起船篙，将船划了过来。

"大林，你醒醒啊，大林。"李东桥蹲在陈大林的身边喊道。

"大林，你醒醒啊，我是石头，大林。"

"李所长，大林的伤势太重了，子弹还在身体里边，怕是——"丁方把伤口包扎好，低声对李东桥说道。

过了一会儿，陈大林慢慢睁开眼，吧嗒了一下嘴，但还是不能说话。

"大林，你醒了。"石头看到陈大林睁开眼睛，猛地站起来，跑到小清河边，用双手捧了一捧小清河中的水来到大林身边。

"大林，水，小清河里的水。"石头把手指敞开一条小缝，清水一滴一滴地落在大林的口中。

"李——所——长，肚子很疼。"陈大林望着李东桥断断续续地说道。

"大林，我知道，坚持住，一会儿船就来了，我们过河后就去清北的解放军医院。"李东桥回道。

"崔——崔——是叛徒，他给——土匪们——指的路，我看到了。"

"大林，放心吧，叛徒一定会得到惩罚的。"

陈大林歪了一下头，冲一边的石头说道："石头，娘说——要盖新房子，把秀娶家来。"

"大林，知道，哥知道。"石头回道。

"石头哥——俺想——俺娘了。"

"好好，哥带你回去。"

陈大林说完后，再也没有了回声。

"大林，大林啊！你咋啦这是？大林，是我劝你当的民兵，可你这样走了，叫我咋和你娘说啊？"石头双腿跪在陈大林的身边哭喊着。

"石头，坚强点！陈大林同志用生命践行了自己的信仰。为了解放全中国，他牺牲在冲锋的路上，人民不会遗忘，小清河畔的老少爷们不会忘记。同志们！向陈大林烈士的遗体默哀，鞠躬！"李东桥站起后，流着泪向战友们说道。

陈大林的遗体被战友们埋在了这棵古树之下，永远躺在了小清河边。

小船划了过来，船工李大爷说道："李同志，任先生他们已经安全过河了，放心吧。"

"李大爷，真是辛苦你了。"

李东桥等人上了小木船，安全渡过了小清河。

李东桥上岸后立刻说道："崔立杰的叛变，会使敌人对我们的地下组织采取更多的破坏行动，我们必须赶在敌人的前头。春盛，小丁，你俩跟我走。"

"那我呢？"石头着急地问道。

李东桥走到石头身边，低声向他交代了几句。

"李所长，知道了，这里的地形我熟悉，那我先走了啊。"石头说完便转身离去。

石头走后，李东桥带领春盛、小丁顺小清河北岸向西而去。

今天发生在码头上的这些事情和遭遇，还要从一个人说起，那就是元福春酒楼的伙计王锦。

崔立杰三人早上刚进入水云镇小吃一条街，便被买包子回来的王锦遇到，他感觉其中一人非常面熟，便驻足看了一眼，认出是和焦俊艳鬼混的共党干部崔立杰。他想，要是抓住他，正是自己升官发财的好机会。但他并没有声张，而是不动声色地赶回酒楼，把这一情况告诉了自己的主子唐际会。

"王锦，你说的这个情况非常重要，这可是一条大鱼，抓住他既能找到共党的藏身之地，也可破获共党在水云镇的地下组织。我让唐刀带人先把崔立杰给抓了，你赶紧去告诉周炳文，让他带人前来增援。"

"是，我马上去。"王锦说完便骑车而去。

接下来，就是五六个黑衣人把站在门前想好事的崔立杰抓进了元福春酒楼。

这元福春酒楼实际就是国民党特务的一个秘密活动据点，早在抗日战争时期就已经建成，里边的人员除去厨师和打杂的以外，全部是特务。自国民党匪军重新占领水云镇后，特务们就开始了公开活动。今天，抓捕崔立杰的这些黑衣人就是潜伏在这酒楼里的特务唐刀、金条、曲选法、石钟、李杆等人。

唐际会所谓的外甥女焦俊艳，实际也是一名训练有素的军统特务。前几年国民党在全国各地寻找特务苗子，在济南学习护士的焦俊艳因相貌出众，胆大泼辣，办事机灵，被国民党看中。在国民党特务的蛊惑下，她加入了特务机关，这年她十九岁。

通过三年的培训，焦俊艳便开始为国民党效力，她辗转济南、青岛、潍坊多地参加刺杀、策反行动，利用自身相貌的优势，为国民党解决了不少敌人，成为毛人凤特务组织的得力干将，受到特务组织上层的赏识。

解放战争爆发后，国民党为了占领水云镇水旱交通要道，控制小清河水上运输线，便派她化装成报社记者潜伏在水云镇，以便拉拢、腐蚀人民政府中意志薄弱的干部和刺探我军情报。

水云镇水上派出所长的崔立杰，就是她到水云镇后拉拢腐蚀的第一个目标。

元福春酒楼内，特务金条站在焦俊艳房间的门口说道："焦特派员，抓住一个共党干部，是水上派出所的崔立杰，现关到地下审讯室了，唐老板让你过去一下。"

"好，我知道了。"焦俊艳说完，走到镜子前，整理了一下头发，然后走出卧房，向地下审讯室走去。

崔立杰被带到地下审讯室后，特务们并没有对他进行严刑拷打和刑讯逼供，而是让他站在一边看眼前的审讯。

拔牙齿、老虎凳、烫烙铁、竹签扎指甲缝……地下审讯室中，这些酷刑手段相当恐怖。被吊在木桩之上的一位中年男人显然是刚被这些酷刑拷打过，面部痉挛着，身上的肌肉在颤抖，太阳穴上绷起了道道青筋。

"你来水云镇干什么，和谁接头，共党的交通站在哪儿，说不说？"特务金条瞪着血红的双眼号叫着。

"我只是一名商人，是来水云镇做生意的，你说的什么交通站，和谁接头，我根本就不知道。"

金条听后说道："今天还碰上硬茬子了。"他说完走到火炉面前，抄起烧得通红的火棍转身往中年人的身上烫去。火棍烫在他的肋骨处，冒起一股刺鼻的白烟。

此时，身穿淡绿色旗袍，口叼烟卷，脚踩高跟鞋的焦俊艳走了进来。

"特派员，你来了。"金条看到焦俊艳进来，赶忙放下手中的铁棍说道。

面对眼前遍体鳞伤的中年男士，站在一边的崔立杰精神早就崩溃了。当他看到焦俊艳走进地下室时，直接哭了出来。焦俊艳一挥手说道："把崔所长带我的房间去。"

"是，特派员。"两个特务把崔立杰带了出去。

来到焦俊艳的房中，崔立杰直接叛变投敌，一口气把中共在水云镇的秘密联络站及地下情报人员和交通网全都告诉了焦俊艳。

接下来，焦俊艳和崔立杰来到元福春酒楼的大门口，崔立杰向王锦等匪军们说道："赶紧去益元堂药铺，共军现在那里接头。"

这一幕，全被在烧饼店监视敌人动向的陈大林看在眼里。

"焦特派员，唐老板让你和崔先生赶快过去一下。"特务唐刀来到元福春大门口对焦俊艳说道。

两人转身来到唐际会的房间，焦俊艳进屋后直接在八仙桌边的椅子上坐下，可崔立杰站在一边，一动不动。

唐际会也没有招呼崔立杰坐下，而是站起身来走到焦俊艳的身边，低声和她说了什么。

"是，唐先生，我去准备一下。"焦俊艳说完转身离去。

送走焦俊艳，唐际会来到崔立杰的身边说道："哈哈，崔所长，你的情况焦小姐都和我说了。我们今天的行动，就是把暗藏在水云镇中的中共地下组织一锅端的开始。根据崔所长的表现，应该得到嘉奖和重用。一会儿焦特派员要去执行一项任务，回来后再给你接风洗尘。"

水云镇娘娘庙内，随着土匪唐刀的一声高叫："焦特派员到！"娘娘庙门口进来一位女子，杏眼红唇，身配美式军服，脚穿黑色长筒马靴，身后跟着六个随从。

女子走到孙立面前，立正后举手行军礼说道："师哥，近来可好啊？"

"俊艳，你什么时候来的，真没有想到是你。"孙立迎上前握住焦俊艳的手说道。

"师哥，我前几天刚到，来时老师告诉我，说你在水云镇，他让我等几天再和你见面。"

孙立打量了一下这位很久没见的师妹，开心地说道："太好了，太好了。你来了，我就可以放心地走了。"说完，他走到周炳文和匪军们面前说道："诸位，这位就是咱们水云镇新上任的国军特派员焦俊艳上校，以后清河保安大队要在焦特派员的带领下，以水云镇为中心，开展军事斗争，逐步向小清河以北共党占领区推进，并且发展壮大我保安大队的力量，配合国军主力部队将共军全部消灭在小清河两岸。下面由焦特派员给大家训话。"

焦俊艳向前走了几步，用眼扫了一下站在自己面前的匪军们，然后说道："诸位，我们坚守小清河水云镇乃党国之所需，应有长期作战的准备，以后我们要团结一心，精忠报国，将来各位自有好处，对于有功者我即禀报上峰，给予——"

这焦俊艳话还没有说完，就听到匪军中有人大呼道："什么，什么特派员，我看你就是个骚娘儿们。还领导我们，我看陪弟兄们玩玩还行！是吧，弟兄们？"

站在焦俊艳面前的土匪们，随即发出一阵狂笑声。

这冲焦俊艳叫嚣的不是别人，正是周炳文以前的拜把子兄弟，人送外号"独角兽"的郑金棍。

这郑金棍原在清水泊当土匪，被解放军围剿打散后，便带着逃出的十多个残匪来到水云镇，投靠了周炳文。

这郑金棍三十出头，大圆盘子脸，小眼睛，头顶上用红线绳绑了一个朝天小辫子，像一只怪兽的尖角，所以人送外号"独角兽"。这家伙天生好斗，爱挑逗事儿，这不，特派员焦俊艳正在训着话呢，他的老毛病又犯了。

周炳文瞪了他一眼，可他全然不顾，继续说道："想要管我们弟兄们，你得有真本事才行，还特派员呢，我看你就是个摆设。"

郑金棍这话音刚落，匪军们又是一阵哄笑。此时，队列中有人喊道："玩嘴有什么用，打仗枪法好那才叫真本事，敢和老子单挑吗？"

"训诫期间，你们胆大包天，竟敢侮辱上司！高炳、李秩，给我把那个带头闹事的拖出来，按军法从事。"孙立冲自己的卫兵喊道。

"是。"两人应声把郑金棍拖出队列，摁倒在焦俊艳的前面。郑金棍不但不服，反而喊个不停："老子就是不服娘儿们管，你们他娘的放开我！"

"何超，把庙门上的顶门杠拿过来，先打五十军棍。"孙立气愤地说道。

"师哥，都是一家人，我看算了吧。"焦俊艳走到孙立面前说道。

焦俊艳的声音并不大，却被摁倒在地上的郑金棍清晰地听到。

在这样的压迫之下，他无力反抗，至少目前他明白，就算是哭闹求助，也一点儿用都没有。听到焦俊艳为自己说情，他便知趣地静了下来。

孙立示意高炳、李秩松手后，郑金棍从地上爬了起来，拍了拍身上的土，看了焦俊艳一眼也没说话，直接向站在队列前的周炳文走去。当他走出十步开外时，焦俊艳迅速掏出手枪，冲郑金棍的头上就是一枪，只听"叭"的一声，子弹从头顶呼啸而过，朝天小辫子上的红头绳被打飞了，小辫子也被烧焦后"啪嚓"一声落在地上。

郑金棍吓得魂飞魄散，慌里慌张地用手摸了一下头，语无伦次地哭着向周炳文喊道："大哥，大哥啊，我的头掉了！"

"他妈的，放屁，你头掉了还能说话！"周炳文道。

焦俊艳手提左轮手枪，双眼审视着被吓傻了的郑金棍，然后又用眼睛轻蔑地扫了一下匪军们。匪军们低着头，极力躲开焦俊艳的目光。

此时，周炳文把脸一沉厉声骂道："你这个畜生，还不赶快去给特派员赔礼。要不是焦特派员看在我的面子上饶了你，你轻则挨军棍，重则早就上了西天了！"

众匪们一看，这女特派员哪里是摆设，枪法这么准，不好惹啊。刚才叫嚷着和焦俊艳单挑的人，这下子都傻了眼，满头冷汗，呆若木鸡地站在队列中一动也不敢动。

"诸位弟兄们，这次我接替师兄任特派员一职，就是要和你们一起战斗在这小清河边，为党国建功。别的我不多说，希望弟兄们在以后的日子里，服从命令，好自为之。下面我传达党国的任命。任命周炳文为国民革命军小清河下游剿共自卫军总司令。"

焦俊艳说完来到周炳文面前说道："周司令，这从水云镇到羊口可都是你的地盘了，希望你赶快招兵买马，扩充队伍，更好地为党国效力。"

周炳文敬礼道："谢谢党国的栽培，我会尽快安排好。"

接下来，焦俊艳便向匪军介绍了破获水云镇中共地下联络站一事，然后和孙立往娘娘庙大院渡口而去。

焦俊艳、孙立刚到渡口，特务王锦迎上前来说道："焦小姐，按水影的吩咐，孙特派员去羊口的船都准备好了，就在河边。"

焦俊艳点点头，回头和孙立说道："师兄！老师这次调你去青岛，一定是委以重任！因战事紧迫，我就不再挽留你了，船都准备好了，我现在就送你上船。"

"师妹！水云镇乃是共党五区区长张世勋的老家，此人在水云镇战斗多年，人脉广，地形熟，是一个很难对付的人，你千万要小心。别的我就不多说了，我们后会有期。"

孙立带领随从登上河边的木船，向羊口方向而去。

焦俊艳接任特派员一职后，便在水云镇加紧活动。她吩咐叛变分子崔立杰继续对中共地下组织展开行动。

"特派员，你找我。"崔立杰急急忙忙跟随特务唐刀来到焦俊艳设在元福春酒楼里的办公室。

"崔副队长，水影对你的表现大加赞赏，给了你丰厚的嘉奖和应得的官位。根据你提供的情况，我决定对共党的下一个联系点顺路马车店的人员展开抓捕，这次由你带队，今晚开始行动。"

"是，特派员。"崔立杰应声而去。

李东桥、刘春盛、丁方三人急匆匆来到顺路马车店门前，店里的伙计蔡卓赶忙迎上前去说道："李掌柜，你们来了。"

"小伙计，忙着呢，你们东家在吗？"李东桥道。

"在，在后院算账呢，我去喊他。"蔡卓说完便带李东桥三人直奔后院。

"掌柜的，收野兔子的李掌柜来了。"蔡卓站在门口冲屋里喊道。

李孝义听到蔡卓的暗号，赶忙迎了出来。

"老李，快进屋。"李孝义上前打着招呼。

三人坐下，掌柜的李孝义一边倒水一边说道："志生临走时告诉我，说你们很快就会来到，所以，我就派小蔡在门口等着，这安全回来就好了。"

"李掌柜，任先生能安全脱险，这下我就放心了。不过，由于崔立杰的叛变，我党在水云镇的联络站遭到破坏，暂时没有暴露的同志也处在危险之中，这里已经暴露了，你抓紧收拾一下，马上撤离。"

"好，那我们一起走。"李孝义说道。

"李掌柜，你先撤。我想这样做。"李东桥说完低声和李孝义说了起来。

李孝义听后，果断地对李东桥说道："你既然这样想，那我更需要留下来配合你的行动。"

古河道村解放军驻地，郑萍收拾完药包和学习材料，正在用手帕擦拭世勋送给她的手表。

"郑萍同志，忙着呢？"世勋走进屋来，瞅了一眼郑萍的肩膀继续说道，

"看你干活的麻利劲儿,伤口恢复得很快。"

听到张世勋的声音,郑萍赶忙把手表装入衣袋中,转身对进屋的张世勋说道:"张指导员,我负伤的这些日子里,给你添麻烦了。"

"哎,我说小郑啊,照顾伤员也是特殊时期该做的工作,可别这么客气,前段时间我负伤时,也没少让你受累不是?再说了,咱们可是小老乡,又不是外人。"

"张指导员,你看,我胳膊上的伤完全好了,随时可以参加战斗。"郑萍说完将受伤的胳膊用力向上挥了一下。

"慢着点、慢着点,伤刚好,别再拉伤了。"张世勋话音刚落,警卫员李洪手拿两件叠好的衣服走了进来。

"郑萍姐,衣服缝好了,给你放哪儿?"

"给我吧,我自己来。"

三人正在闲聊着,来喜进了门,急呼呼地说道:"世勋哥,任老先生来咱们这儿了,成排长陪他走在后边。"

"他和谁来的?"

"公安派出所的韩同志。"

"你看到李所长和石头他们了吗?"

"没有。"

"走,看看去。"张世勋道。

众人刚出门,就看到任连山、成勇、韩志生等人向这边走来。

"连山哥。"张世勋上前一步说道。

"世勋,同志们都好吧?"

"好,都好,连山哥,咱们进家说。"

"是任老先生来了啊,快进屋,快进屋,我可是有大半年没有见到你了。"房东张大娘乐呵呵地对任连山说道。

"老嫂子,看你走路的架势,身体还是这么硬棒,这就好哇。"任连山说道。

"有这些孩子们在，整天吃得饱，睡得着，欢喜着呢，这日子过得舒心，身子骨啊就差不了哪里去。"张大娘回道。

众人说笑着进得院子，韩志生赶忙从衣袋中掏出一封信说道："张指导员，张老板的信。"

张世勋看完信后说道："到我屋来。"成勇、韩志生随张世勋来到房中，刚想坐下，门口传来一个男人的喊声。

"世勋哥，世勋哥。"

听到石头的喊声，张世勋赶忙出得屋来："石头回来了，李所长他们呢？"

"李所长他们在大车店呢。"石头回道。

"看你跑得这身汗，快来屋里，先喝口水再说。"

石头也没顾得上回话，直接跑到院子里的水缸前，从缸沿上抄起水舀子，掏起一瓢水便咕咚咕咚地喝了起来。

"石头，你慢着点，别呛着。"张世勋冲石头说道。

石头喝饱后，把水舀子放回原处，用胳膊一抹嘴说道："哎呀，可干死我了，这喉咙里都冒了烟了，这下痛快了。"

进得屋来，石头一口气把水云镇发生的情况和李东桥的奸敌计划对张世勋说了一遍。

"石头，我知道了，我们一定会为陈大林同志报仇的，叛徒也一定会得到应有的惩罚。石头，你先去吃点饭，休息会儿。"

"世勋哥，你快着点啊，李所长还等着我回去报信呢。"

石头走后，张世勋说道："张老板在信中告诉了我们现在整个山东战场的形势，我山东野战军和华中野战军在山东经过鲁南战役、莱芜战役、孟良崮等战役，取得了决定性的胜利，不但有力配合和积极策应了解放军外线作战，而且有效牵制和消灭了进攻我省的国民党之敌，使山东战场由内线作战转入进攻作战。上级命令我们，找准时机歼灭水云镇周炳文匪军，夺回码头渡口，恢复我军小清河南北的交通和联系。"

"太好了。夺回码头，解放水云镇，战士们都等不及了。"成勇道。

"张指导员，因崔立杰经不住利诱叛变投敌，供出了我党在云水镇的联络站，并带人进行了大规模搜捕，我地下组织遭到前所未有的损失，很多干部群众被捕或遇害。营救被捕同志们的事情，交通站正在通过内线获取准确情报，一旦确认，张老板会迅速派人告知我们，以便展开营救。"韩志生说道。

"崔立杰的叛变，对我党的地下组织破坏性很大。而且他贪图享受，必然会无底线地去求生。尽快让与崔立杰有联系的人员撤离，保障他们的安全。然后再有计划地除掉崔立杰这个叛徒，以保证党组织在水云镇的联络安全。"成勇道。

"崔立杰这样的人，在革命最需要的时候只想保命，出卖组织，出卖同志，一定要尽快将其除去。"韩志生道。

"按理说，他在水云镇与同志们共事多年，应该有感情才对。但没想到他为了贪图享乐，置同志们的安危于不顾，真是一个没有道德底线的人。一个连与自己朝夕相处的同志都能背叛的人，自然也没有忠诚可言。这样的叛徒，特务们也只是利用他，不可能信任他，当他丧失了利用的价值，敌人留他何用？鉴于石头的汇报，我看咱们这样做……"张世勋道。

四 十 二

天色越来越暗，水云镇口岸上暮色渐浓。

几片黑淡的云渐渐遮住了月亮，船工们说话的声音也逐渐稀少了起来，取而代之是更多的呼噜声，蛤蟆的叫声。

午夜过后，二十多个带枪的身影，鬼鬼祟祟地登上了停靠在码头上的一条木船，向北岸驶来。

这二十多人，正是叛徒崔立杰带领前去偷袭顺路大车店的匪军。他们弃船上岸后，靠着街道两边的商铺做掩护，顺着墙边一直向北摸去。

站在河边的焦俊艳看到崔立杰带人上了岸，便对身边的特务唐刀说道："你带弟兄们过去，埋伏在北岸大堤上，见机行事。"

"是，特派员。"唐刀应声带人上船向北岸而去。

崔立杰带领匪军来到顺路大车店的不远处，挥手示意："弟兄们，停，前边就是了，都小心点儿。"然后他们蹲在墙角，耐心观察着大门口的动静。突然，大车店的门打开了，一个人趔趔趄趄地走了出来。

为首的崔立杰定睛看去，只见出来的这个人，一只手揉着眼睛，一只手提着裤腰，朝着大门南边的茅厕走去。

昏暗中，崔立杰仔细地看，不由得狂喜起来，原来这个人正是顺路大车店的老板李孝义。

看到李孝义进得茅厕，崔立杰心想，这李孝义还在，说明他们还不知道自己叛变的事，如果知道，早就跑了。想到这儿，他转身对封学木说道："兄弟，刚才这个人就是顺路大车店联络站的头头李孝义，你带弟兄在这里守着，我过去看看情况，再回来通知你们进去抓人。"

"还用回来干啥，你朝天放两枪不就行了。别磨磨唧唧的，早干完了早回去。这活儿本应该是你们特务队的，却弄得我们半夜三更不睡觉，陪着你们在这儿活受罪。"封学木不耐烦地说道。

"今天是焦特派员安排我带队，一切服从命令，都是为了给党国效力，发什么牢骚？！"崔立杰道。

封学木听后在心中骂道：你个叛徒有什么能耐，还在老子面前逞威风，要不是那个婊子护着你，就你现在这个熊样，真想赏你颗枪子吃。

崔立杰见封学木没有吱声，便继续说道："那就听封队长的，我得手后朝天放两枪，你们就直接冲进去抓人。"

"行了，行了，知道了。"

封学木说完，崔立杰便从墙角处来到大路上，向大车店门口走去。

"李老板，李老板，是我，崔立杰。"

"哎哟，是崔所长啊，你咋来了，又有啥指示了？走走，咱快到屋子里去说。"李孝义从茅厕里出来后，和来到大门口的崔立杰低声打着招呼。

两人进得门来，李孝义看了看身后无人跟踪，刚想将大门关上。

"李老板，不用关门，我一会儿就走，省得麻烦。"

李孝义一听，心中骂道：好你个兔崽子，还他娘的留后手，也好，将你带来的人一锅端了。想到这里，李孝义便顺坡下驴说道："听崔所长的，这样也省我的事。崔所长，镇子上的情况咋样？"

"李老板，你就放心吧，因我们提前做了准备，组织很安全，我这次从镇上回来，正准备回古河道呢。"崔立杰道。

"那就好，那就好，组织安全我就放心了。"李孝义道。

两人来到房中，崔立杰问道："李老板，你的两个小伙计咋不在？"

"菜卓和苇湾去执行任务了，他们黎明前赶回来。"李孝义道。

"是这样啊。"崔立杰话音刚落，就听门口有人说道："他俩不在，我在，带我回去岂不是立功更大呀？"

崔立杰一听这声音，吓了一跳，忙伸手去掏枪。早已埋伏在里屋的石头冲出来，举起手中的棍子朝崔立杰抡了下去。

听到耳边风声响起，崔立杰刚想回头，石头手中的棍子已横扫了过来。崔立杰下意识地抬起右胳膊阻挡，石头手中的锄杠正好狠狠地砸在他的胳膊上。

"哎哟！"崔立杰叫喊的同时，匣子枪也甩了出去。

"你个该死的叛徒，害死大林，我再叫你闹腾。"石头口中骂着，手中的第二棍朝崔立杰的脸部扫来，随着"啪"的一声，崔立杰的鼻子塌陷，一张脸立刻成了平面图。

石头的第二棍打出后，只见崔立杰身子一歪，"扑通"一声，摔倒在地上。

"今天我非砸死你这个鳖种不可，替大林兄弟报仇。"

"石头，住手，他应该得到人民的审判。"站在门口的张世勋说着和成勇一起走进屋来。

"好，世勋哥，先留他一条狗命。"石头说完朝崔立杰的身上踹了一脚，然后继续说道："别他娘的趴着装死，起来。"上前一把抓住他的衣领，把他从地上提了起来。

"站好了，否则再给你一棍子。"石头说完从他身上解下两个装有弹匣的小皮盒，然后弯腰拾起地上的匣子枪顶在崔立杰的后心上。

"现在我问你，你们一共来了多少人，你进院后怎么和他们联系？"

"一共二十个人，朝天上放两枪，他们就进来了。"

"石头，先把他关里屋去。"

"是，世勋哥。"石头说完把崔立杰押进里屋，李孝义把锁挂在门鼻子上。

"成排长，按原计划行动，等土匪们进来，将其歼灭。"

"政委，放心吧，六挺机枪都带来了，用一挺机枪封住门口，其余的火力全开，他们一个也跑不了。"

"好，告诉战士们准备战斗。"

"叭，叭。"随着两声清脆的枪声，子弹划破夜空，直冲云霄。

封学木听到院子里传来两声枪声，便挥起手中的匣子枪喊道："弟兄们，冲进大院，活捉共党分子，特派员有赏银！"土匪们从大门冲向院中。

"给我打！"成勇一声令下，密集的机枪子弹从四面雨点般射来，土匪们一个个倒地身亡。

防守在大门口的土匪刘久和陈志荣听见大院中密集的枪声，知道封学木等人难以突围，两人交换了一下眼色，转身想跑，被早已埋伏好的来喜带民兵活捉。

崔立杰被反锁在里屋，抬手捂了捂陷下去的鼻梁，心想，今晚被抓是必死无疑呀，因为他知道共产党最恨的就是叛徒，何况自己又出卖了组织。他越想越害怕，就在这个时候，他看到房中靠后墙的柜子动了一下，随后两扇门突然被人推开，从里边快速闪出一位手中提着匣子枪的年轻人。

"苇湾，是你，你这是？"崔立杰认出来人正是大车店的小伙计交通员卢苇湾。

苇湾先是一惊，在灯光下仔细一看，认出了崔立杰，赶忙说道："崔所长，前几天我去清北根据地执行任务，今晚刚回来，我到门口的时候，看到那里有很多黑影在晃动，为了安全起见，我就从暗道进来了。崔所长，你怎么在这儿，伤得这么重？"

崔立杰两个眼珠子一转，心想：机会来了。他赶忙说道："小卢同志，我在水云镇执行任务时不幸被土匪认出来，和他们经过一番搏斗后终于脱险，来到这里，不料土匪却追了过来，李老板看我的伤势很重，为了安全起见，把我藏在这里，这不正遇上你过来了。"

此时，门外传来了张世勋朝天打的那两声枪响，苇湾走到窗台前向外观察情况。就在此时，崔立杰弯腰抄起地上的一块方砖，朝卢苇湾的头上砸了过去。然后，他拾起苇湾丢在地上的匣子枪，从暗道逃走了。

埋伏在小清河北岸的特务们听到从大车店传出的枪声后，金条说道："唐刀，咱们过去支援吗？"

"等等看，特派员让我们见机行事。"唐刀说道。

"枪不响了，准是封队长他们得手了。"金条道。

唐刀瞪了金条一眼说道："刚才响的是机枪，封队长他们带的是短枪，响声不一样，我看八成是回不来了。一袋烟的工夫，如果不见他们回来，我们就撤。"

"是，队长。"金条应道。

等了一会儿，唐刀在无望中带人撤离小清河北岸，然后乘船从渡口返回。

大车店内剿灭土匪的战斗很快结束。

"报告张指导员，活捉两个土匪，其余的十八个全部歼灭。"成勇向张世勋报告。

"好，带上俘虏，押上崔立杰，我们回古河道。"张世勋刚说完，就听石头在北房门口喊道："世勋哥，不好了，崔立杰跑了。"

听到喊声，张世勋、成勇、李孝义快步来到正房，进得里屋一看，交通员卢苇湾躺在地上，崔立杰已不见了踪影。

"苇湾，苇湾，你醒醒，醒醒。"李孝义蹲下身子，抱着苇湾的头喊道。

"李老板，这是怎么回事啊？"张世勋问道。

"前几天卢苇湾同志去清北根据地汇报工作，他没在水云镇，不知道崔立杰叛变的事情。"李孝义道。

"李老板，你赶紧继续叫他的名字。小蔡同志，快用盆端点温水过来。"

经过一番抢救，苇湾慢慢地睁开了眼睛，看着眼前的李孝义说道："掌柜的，外面有枪声，赶快通知崔所长，转移。"说完后又昏了过去。

"小蔡，快去找麻绳和棍子，绑一副担架。来喜，你马上选四个民兵，抬小卢同志去清北医院。"

"是。"蔡卓、来喜转身而去。

"成排长，你挑选两个战士护送，也好在途中倒替着休息会儿。"

"是。"

不一会儿，担架做好，众人抬着卢苇湾奔清北医院而去。张世勋、成勇、李孝义等人则带着俘虏连夜赶回古河道。

水云镇娘娘庙内，土匪丁叙快步走进周炳文的房间大声说道："周司令，大事不好了！"

"什么事？慌里慌张的，连点稳重劲儿也没有。"正在八仙桌前喝茶的周炳文道。

"哎呀，我的司令啊，还稳重呢，昨天晚上封队长，他，他们都、都被共军打死了。"

"什么？你说什么？"周炳文听后噌地从太师椅上站了起来。

"报告司令，昨晚封队长在捉拿共军时，不幸殉国。"丁叙立正说道。

"不是说去逮个开大车店的吗？带着二十个人去的，咋就死了呢？"

"一定是中了共军的埋伏了，去的一个也没有回来，全完了。"

"他娘的，敢杀我这么多人。丁叙，把押在后院的那些共党分子，通通给我活埋了。"

"我现在就去。"丁叙急呼呼地回道，然后转身就走。

"慢着，你给我回来，明天就是镇子上的大集了，等赶集的人多了，先把他们赶钟楼上去，让镇上和赶集的人也看看，再活埋他们，看以后谁敢再当共军，谁敢与我为敌。"

"是，司令。"丁叙说完出门布置。

张世勋等人回到古河道村，立刻对土匪刘久和陈志荣进行了审讯，进一步掌握了水云镇及被捕人员的情况。

古河道村张大娘的院子里，正在召开一个支部扩大会议。张世勋对五区下一步的工作和当前水云镇的情况做了详细说明，并要求大家为解放水云镇做准备。

"政委，根据这两个土匪的交代和敌人的部署情况来看，我们现在攻打水云镇时机已经成熟，不过在军事行动上，还需要周密安排。"成勇道。

"周炳文一伙土匪，除了打家劫舍、杀人越货外，还接受国民党反动派所谓的任命，相互勾结，极端仇视我新生的人民民主政权，攻击我镇区革命政府，残害革命战士，严重危害了我小清河畔解放区的生存和发展，对于这样的匪徒必须彻底消灭。"张世勋道。

"我们马上制订作战方案，解放水云镇，拿下码头和渡口，把被捕的同志们救出来，让水云镇重新回到人民手中。"郑萍话音刚落，就听门外传来警卫员李洪的声音："报告张指导员，北厚记酒楼的史鸣同志来了。"

"赶快让他进来。"

"报告张指导员。"史鸣进得院中立正报告后，从上衣口袋中掏出一张纸条继续说道，"这是我们内线传出来的情报，张老板让我亲手交给你。"

张世勋接过纸条看后愤怒地说道："这是土匪们在做最后的挣扎，企图以杀害我革命干部和群众的行为，达到他们的目的。周炳文这个沾满革命鲜血的刽子手，是我党我军不可原谅的敌人。"张世勋说道。

"周炳文这个土匪头子，欺压百姓，杀害我革命同志，我们一定要抓到他，让他血债血偿。"李东桥说道。

"史鸣同志，你马上返回水云镇，告诉张老板解救同志们的事宜，我马上安排，让他放心就是。"

"好，张指导员，那我现在就回去，张老板还等着我的回信呢。"

"也好，路上注意安全。来喜、石头，你俩把史鸣同志送到小清河边上，护送他安全过河。"

"是，世勋哥。"

说完，三人奔小清河而去。

水云镇娘娘庙内，不幸被捕的秋玲被土匪们关押在后院中。同时被捕的还有本村的牟希英、吴建中、王芬、张玉春、任大新、铁肩、张志坚、许汉文等革命群众。

秋玲、王芬、牟希英三人被关押在一起。这天，焦俊艳带着特务们来到娘娘庙，对秋玲她们再次进行审讯，妄想得到有价值的东西。

第一个被提审的是王芬，当她被押回房间时，已被土匪们拷打得浑身是血，奄奄一息。

第二个被提审的是秋玲。

特务唐刀指着各种刑具说道："这些家伙什的味道都不错，想品尝品尝吗？"

秋玲昂头轻蔑地看了他一眼，也没吱声。

这时，焦俊艳走到秋玲面前说："一个大姑娘家，何必逞能啊！你为什么当妇救会长？为什么和党国作对？"

秋玲瞅了她一眼说道："为了妇女的翻身解放，为了老百姓能过上好日子。"

"你是共产党员吗？"焦俊艳道。

"如果党需要，我随时都可以加入。"

"你知道水云镇谁是共产党吗？他们的地下交通站设在哪儿？"

秋玲昂起头说道："不知道！这个我怎么会知道？"

"如果你说出来，我们就放你回家。"焦俊艳诱惑道。

秋玲朝焦俊艳瞪了一眼，轻蔑地哼了一声。

站在一边的特务金条脸色一沉，恶狠狠地说道："不说是吧，你，还有你老爹老娘一个也别想活。"

秋玲听后厉声大骂道："你们这些畜牲，早晚有一天会受到人民的审判的。"

这时，上来四个特务把秋玲按在木凳上，腿上压了一根枣木杠子，两头坠上石块。

唐刀狰狞地逼问道："你说不说？不说就把你的腿压断。"

秋玲大声怒骂道："别说压断腿，你就是把姑奶奶打死也不说，我不知道。"

"给我狠狠地用刑！"

从早上七点到下午五点，历时十个小时的折磨，秋玲经历了常人难以忍受的酷刑，穷凶极恶的特务们用尽了各种酷刑，都不能让她就范。勇敢坚强的秋玲只是回答一句话："不知道，不知道。"视死如归，毫不畏惧。

特务头子焦俊艳看从秋玲身上得不到任何信息和线索，便对土匪头子周炳文说道："共党这些顽固分子，你自己看着处置吧。"说完，便带领唐刀、金条等特务离开娘娘庙，返回渡口的住处。

秋玲被押回房间后，体力不支，躺在草铺上，轻微地咳嗽了两声后对王芬和牟希英说道："虽然我们是女人，可我们是革命战士，在最难的时候对党要忠诚，对水云镇的老少爷们儿要负责，我们宁可丢掉性命，也不能说出危害革命的一点事来。"

"放心吧，秋玲姐，我们已做好了随时牺牲的准备。"王芬和牟希英坚强地说道。

四十四

这日，正是逢五排十的水云镇大集。地里的果实都收下来了，因而来集上卖东西的和买东西的人不少。

以前的时候，人们赶集顺便来这娘娘庙参拜的很多，但现在这里被土匪盘踞，娘娘庙大门前很是冷清。

紧靠在娘娘庙东边的是一座始建于万历年间的钟楼。

天将近午时，秋玲、王芬、牟希英等数十位革命群众被铜锣开道的匪军们押往钟楼场院，准备再审后将其活埋。

不多会儿，钟楼的场院上已经来了很多围观的群众。

"她婶子，你也来了？"

"是啊，听说了，来送送她们。"

"土匪们自回到咱镇子上就没干过好事，整天要钱要粮的。"

"我说刘掌柜，你可小声点儿，让他们听到了，一家老小就要遭殃啦。"开杂货铺的王老汉说道。

"刘掌柜说得很对，土匪们在镇子上欺男霸女，每天日子也过不消停。"开米粮店的徐掌柜说道。

"这不，前天每个铺子又摊派二十块大洋，没按时交上的，好几家子都挨揍了，人被打得不轻。"开酱菜铺子的王连生说道。

"你们听说了吗？昨天晚上，说大鼓书的李先生的大闺女，就是弹弦子的那个，又被姓周的抢去了啊。真是个畜生！"教私塾的吴先生说道。

"这些王八羔子，早晚让解放军给收拾了。"扎纸草的邱上云说道。

……

在这挤满了场院的人群中，有各种各样的人，有水云镇的老百姓，有准备劫法场的共产党人，也有潜伏在人群中的叛徒和特务。

被打得遍体鳞伤的秋玲被带到钟楼的台阶之上，她轻蔑地看了他们一眼，愤怒地说道："你杀我十个，我们还有一百个、一千个和无数的老百姓，革命者你们是杀不完的！"

秋玲说完带头高呼："打倒蒋介石！解放水云镇！中国共产党万岁！"

就在她举手振臂高呼的时候，突然看到一张熟悉的面孔，虽然她化了装，但秋玲一眼就认出是自己的战友郑萍，她用眼睛加快速度搜寻后发现李东桥、来喜、石头等人的身影。

秋玲眼睛一转，突然看到出卖自己的败类邱玉民也在人群中鬼鬼祟祟地四下张望。她意识到，特务们一定是设好了圈套，而危险正在步步逼近营救自己的同志们。只要台下的战友们动手，立刻就会有大批埋伏在周边的土匪和特务出来。想到这里，她突然对着台下的人群喊道："乡亲们，好姐妹，好兄弟们，都赶快回家去吧，别让野狗咬着啊！"

"赶快把她的嘴给我堵上，快点儿。"丁叙叫喊着。

身边的土匪从口袋中掏出一块白布，堵住了秋玲的嘴。

台下围观的群众骚动了起来。

"李所长、郑萍姐，张指导员命令，暂且放弃这儿的营救。"警卫员李洪头上扎着一条毛巾，背着一袋子地瓜，走到李东桥、郑萍面前低声说道。

"好，我们撤。"李东桥向石头等人使了个眼色，众人陆续从钟楼的场院中撤出。

焦俊艳、周炳文等人一直埋伏在钟楼顶上，中午已过，并无人前来劫法场，周炳文说道："这闹腾了半天，连个人影也没看到，别说什么合围了。"

"共党也很狡猾，可能是走漏了风声，导致他们取消了这次营救行动。"

"都晌午了，还等吗？"周炳文道。

"告诉弟兄们，撤了吧。"焦俊艳无奈地说道。

"知道了。"周炳文道。

焦俊艳带特务们离开钟楼后，周炳文对丁叙说道："赶紧的，弄到顶盖子地把她们活埋了，看以后谁敢还在镇子上闹腾。"

"是，司令。"丁叙答应后，带领二十多个土匪，押着秋玲她们向镇东的顶盖子地而去。

事先从场院撤离的李东桥、邓萍、李洪、来喜、石头等人，来到王家场院后，李东桥说道："郑会长，你和李洪赶紧去报告张政委，土匪们的刑场设在顶盖子地，和情报上说的完全一样。我们按计划留在这儿，然后把他们引进伏击圈。"

"好，李所长，那我们先走了。"

郑萍、李洪两人快速返回老河套，把情况向张世勋作了汇报。

秋玲等人被土匪们押往镇东的顶盖子地，出现在她们面前的是挖好的十多个大土坑。

"丁队长，你们怎么才来，坑早就挖好了。"土匪门槛石说。

丁叙走到土坑边上看了下，然后回头恶狠狠地说道："把这些共党分子给我推下去，赶紧埋了。"

秋玲带头高呼："中国共产党万岁！"其他人也跟着高呼起来。人被推下坑后，匪徒们往坑中埋土。

就在匪徒们活埋秋玲等人的关键时刻，从顶盖子地北一百米处的老河套里传来密集的枪声，十多个举着铁锨铲土的匪徒应声倒地。

解放军战士们的突然开火，给丁叙一伙土匪来了个猝不及防，匪徒们死伤大半，剩下的几个随着丁叙向镇中逃去。

张世勋、郑萍冲到土坑前，将被埋在土坑中的同志们营救上来。

"秋玲姐，秋玲姐。"郑萍抱住秋玲，眼睛里饱含着泪水。

"妹子，姐没事。"秋玲道。

"李洪。"

"到，张指导员。"

"你带着秋玲她们赶紧撤。"

"是，张指导员。"

"二班长。"

"到。"李少峰回道。

"你带战士们保护同志们撤退。"

"是。"李少峰道。

"三班长、机枪手随我留下，撤回到老河套，准备接应李所长他们。"

"是，政委。"三班长汪杰、机枪手洪复强、徐大章异口同声地回答道。

"秋玲姐，咱们先走。"李洪说完，弯腰把秋玲背在背上。解放军战士们搀扶着其他被救的群众，向小清河岸边走去。

镇中的土匪头子周炳文听到镇东的枪声，感觉情况不妙，便带人前来增援，刚出围子墙，就碰上逃回来的丁叙。

"司令，不好了，人被共军劫走了，我们死了好多兄弟。现在怎么办？"

"怎么办，快去追啊！"周炳文道。

"是，弟兄们，把人给我抢回来，每人十块大洋。"说完，众匪原路返回。

李东桥看到周炳文、丁叙一伙土匪从镇中出来后，便对刘春盛、韩志生、来喜、石头等人说道："我们边打边向老河套撤，把敌人引入我们的埋伏圈。同志们，都听明白了吗？"

"明白了。"

李东桥率领战士们边打边撤，时不时地装作被绊倒在地。

"弟兄们，共军就这几个人，赶快追呀，逮着一个赏大洋五块，逮着两个赏大洋十块了啊！"周炳文移动着手中的匣子枪号叫着。

几个不要命的土匪听到有赏钱，对李东桥等人是紧追不舍，边开枪边喊："抓活的，别让共军跑了啊！"紧跟在李东桥他们的后边朝老河套追去，妄图活捉。

李东桥等人撤到老河套边上，匣子枪上足了子弹，朝后边追来的土匪狠狠地打出一梭子，然后潜入老河套边的芦苇中。

听到镇东接连传来枪声，赶回渡口的焦俊艳感觉事情不妙，她走出房门冲特务唐刀说道："唐队长，镇东连续传来枪声，看来事情没有那么简单。传我的命令，让马青山带人去看看什么情况。"

"是，特派员。"唐刀应后转身离去。

"马队长，很悠闲呀。"唐刀进得匪军大院，对正躺在竹椅上一边喝茶、一边哼着小曲的马青山说道。

马青山听到有人喊自己，赶忙把跷着的二郎腿放下来，回头一看说道："哎哟，是唐队长来了呀，来来来，赶紧，坐下喝上一杯，我刚沏的好茶，京城货，张一元的茉莉花。"

唐刀看了他一眼，也没有顺着他的话回应，直接说道："特派员口谕。"

马青山不愧是老兵油子，听到唐刀这一口，马上站起立正。

"特派员命令你，快速集合队伍，奔镇东枪响的地方，看看什么情况。"

"是，请特派员放心，如共军来犯，我们会马上参加战斗，保卫渡口安全。"马青山口中喷着唾沫蛋子，一口气说完。

然后他转身向院子里的土匪们喊道："紧急集合，渡口。"

"是，队长。"徐召道。

"周纪、段达跟我出发，地点老河套子，向右转，跑步前进。"然后带队顺小清河大堤向东而去。

出来渡口不远，马青山上气儿不接下气地说道："我操，他娘的，真跑不动了，还喘不上气来了。弟兄们停下、停下。"

"队长，咱上哪儿这是？干啥的？"周纪问道。

马青山喘了一口粗气，指着大堤下的高粱地说道："我说你聋啊，没听到这边打枪吗？看到了吗，里边藏有解放军。"

"没有啊队长，没看到啊。"周纪说道。

"我说周纪，你能和马哥比吗？咱马哥有三只眼，当然看得到。"段达拍马屁地说道。

马青山看了段达一眼说道："哎，还是你小子懂事。"

"马队长，发现解放军了，那咱打吧。"段达道。

"弟兄们，每人一梭子子弹，打完了，咱们就回。"马青山手指高粱地说道。

土匪们朝着大堤下面的高粱地是一个劲儿地打枪。

"光知道开枪，都他娘的哑巴了吗？快他娘的喊啊！"马青山向众匪命令道。

"冲啊，杀啊，活捉共军呀！"

马青山带领众匪毫无目标地折腾了一会儿，便说道："共军已被我们消灭，弟兄们，我们撤。"

就在马青山转身之时，一颗子弹从他身后飞来，擦着头皮把帽子打飞，吓得他一个趔趄趴在地上。

"哎哟，俺娘唉！"马青山不自觉地用手摸了一下头。

"马哥，你这三只眼看得还真准，共军是被咱消灭了，但是还有活的。"周纪说完用手指了指马青山的头。

"马队，咱再开枪打吗？"段达说道。

马青山站起来没有说话，抬腿就往回跑。众匪一看，这还用问吗，个个像狗撵兔子似的撒丫子紧随其后，向渡口逃窜。

成勇望着土匪逃跑的背影说道："再跑慢点，非用机枪突突了你们。"然后他又对汪杰等战士们说道："我们走，接应张政委过河。"

率众匪追赶李东桥等人的周炳文，听到小清河大堤上传来枪声，便停了下来。他想了片刻，感觉有点不对劲，举起枪向空中放了两枪，然后高声喊道："停止追击，赶快回来！"

埋伏在老河套的张世勋用望远镜密切地注视着土匪们追踪的情况，当他看到周炳文命令土匪们停止追击时，心想，一定是小清河大堤上的枪声让周匪有了警觉，他向机枪手洪复强、徐大章说道："敌人可能有了疑心，一旦发现他们往后撤，先消灭掉跑在前面的这些土匪。"

"是。"两人回道。

土匪们听到周炳文的喊声，停了下来。跑在前头的十几个匪徒心中还嘀咕呢，咋回事啊，这是？

"快回来，小心共军有埋伏。快回来，快回来。"周炳文挥舞着手中的匣子枪，大声地喊叫着。

"土匪想溜。"张世勋话音未落，机枪手洪复强和徐大章就扣动了机枪的扳机，对准想逃的土匪一通猛扫，冲在最前面的十多个土匪纷纷倒地。

徐大章端起上好弹盒的机枪跃出老河套，把机枪口对准逃跑的土匪，"嗒嗒嗒"，跑得慢了的土匪又被他放倒了四五个。

匪首周炳文是又惊又怒，边跑边喊："都他娘的散开跑，散开跑。"

"大哥，大哥，往这边来，快点。"

周炳文听到喊声，抬头一看，正是自己的拜把兄弟郑金棍带众匪前来接应。

"好兄弟，你来得正是时候。"周炳文道。

"弟兄们，保护大哥，快走，回镇子。"郑金棍喊着。

在土匪郑金棍的接应下，周炳文一伙侥幸逃回水云镇。

四十五

　　崔立杰从大车店逃脱后，不敢停歇，顺老河套子边一直向东走，然后转身向南，摸黑来到小清河码头渡口。他大口地喘着粗气，知道自己跑是跑出来了，但要想活下去，必须马上渡过小清河到南岸去，那才是真正安全的地，得赶紧通知对岸的船过来接自己。想到这里，他站起身来，双手呈喇叭状送到嘴边，冲着南岸就要大喊，可话到喉咙眼子，又咽了回去。崔立杰心道：不行啊，这一嗓子喊出去，不就等于把自己暴露了吗？要是让解放军或民兵听到，那不等于找死吗？现在只能靠自己游过去了。他躺在地上休息了一会儿，慢慢地站起身向河中走去。

　　河水越来越深，在他眼下漂浮起密密麻麻的水珠，越来越急的水流带着他浮浮沉沉地向下游漂去。

　　游了一会儿，崔立杰感觉两条踩水的腿开始抽筋，脚怎么也蹬不起来，手也变得不听使唤。他双臂用尽全力慌乱地拍打着身边的水，溅起无数水花，用颤抖的声音喊道："救命、救命啊！俊艳，快来救救我呀。"因为恐惧和紧张，导致全身肌肉僵硬，一僵硬，连呼喊也叫不出声了。

　　此时，他的脑海中出现了幻觉，站在河边的焦俊艳扔给他一块木板，可在水里挣扎的他手脚僵硬得像木头一样，怎么也抓不住。一个浪头打来，一口水灌进他的口腔内，因鼻梁被打断，鼻孔无法换气，河水呛入肺管。终于，崔立杰不再挣扎，随着水流缓缓下沉。

　　张世勋带领解放军和被营救的秋玲等人返回古河道村后，将她们分散在农户家里养伤。老先生任连山则对她们的伤势进行了诊断，然后到雏家荒洼、老河道中采集中草药为她们治疗。

鉴于现在的形势，驻守水云镇的匪军已经没有能力对小清河以北根据地进行军事行动，解放军可以在村里公开活动。战士们有的帮老乡们担水，有的劈柴，人人和蔼可亲，村子里家家户户任由解放军战士出出进进。

村里的小孩子们见来了这么多带枪的解放军，是既好奇又高兴。孩子头二蛋，带领着狗剩、大壮、鞭炮、小斧头、高子、老臭、泥娃等在村里是东瞧瞧、西看看地来回跑。

"二蛋哥，俺家也有当兵的了，住在俺家东屋里。"鞭炮说。

"俺二奶奶家也有。"大壮说。

"都听我的啊，咱现在哪儿也不去，就去六奶奶家（张大娘）。我刚才看到她家门口上有站岗的，手里有枪，咱去和叔叔们要枪玩玩，多带劲啊。"二蛋和小伙伴们说着。

"好，还是枪好玩，那咱们走吧。对了，要是他们不给，咱还能抢啊！"小斧子说道。

"他们是大人，咱能抢过来吗？"老臭说道。

"我告诉你们，六奶奶家门口站岗的没穿黄衣服，但手里有枪。我往院子里瞅了瞅，里边有一个女的，这女的她跑不快。我听我娘说过，这女的是专门给人扎针的，扎到身上很疼。我看咱这么着，到了六奶奶家门口，我先去要枪，要是不给，小斧子你就上去抢，抢过来咱就跑。听到了吗？"

"是，二蛋。"小斧子回道。

"叫二蛋哥。没听到你娘和你说吗，以后见了我叫二蛋哥。"二蛋不高兴地冲小斧子说道。

"是，二蛋哥。"

"狗剩、高子你们两个给我听好了，小斧子抢的时候，你俩趴在地上抱住叔叔的腿，给小斧子帮忙。"二蛋说道。

"行。"狗剩回道。

"那俺抱腿，你干啥？要是拿枪的叔叔揍俺咋办啊？"高子反问道。

"抢过来咱就跑，他又撵不上咱，揍谁呀揍？害怕你就别去。明天我们几个去村东那棵柳树上掏鸟蛋，不带你去，以后不跟你玩了。"二蛋噘着个小嘴对高子说。

高子一听说不和自己玩了，赶忙向二蛋说："好，好，二蛋，我去，我趴下抱腿还不行吗？明天带我去掏鸟蛋啊。"高子搓着小手说道。

"这还差不多，咱走。"二蛋道。

"二蛋哥，俺干啥？"老臭问道。

二蛋想了一下说道："你抓上两把土，要是不给，你就用土扬他。"二蛋说道。

"上次用土扬人，回去让俺娘揍了俺一次了，这回还扬啊？"老臭道。

"要不你回去吧，你也别去了。"老臭听后低下头也没吱声。

"走了，抢枪玩去了。"孩子们各自揣着好奇心，乱哄哄地向张大娘的门口跑去。

此时，正值民兵石头在张大娘家的门前站岗。

二蛋领着小伙伴们走了过来。"叔叔，俺想玩枪。"说着伸手就去夺枪。

石头瞅了一眼二蛋，用力一握枪身，二蛋不但没有撼动，反而因用力过猛，把自己摔了个仰面朝天。"哎呀，屁股疼。"二蛋不经意地用手摸了一把被摔疼的屁股。

狗剩、高子见状，跑上前去，趴在地上，双手用力抱着石头的腿，"嗯嗯"地使着嘴劲，小脸憋得通红。

"小斧子，快抢啊！"二蛋捂着屁股喊道。

小斧子一看二蛋栽了跟头，呆呆地站在那儿，不管二蛋怎么喊叫自己，愣是没动。

老臭一看二蛋摔在地上，松开两个小手中攥着的土，撒丫子转身往家跑。

老臭一跑，小斧子两个小眼睛一转，也转身跟了上去，一边跑一边喊："二蛋，我回去拿弹弓，等着我回来啊。"

听到小斧子的喊声，高子昂起小脑袋一看，咋都跑了？他也赶紧撒开抱着石头的手，撒丫子跟了上去。

狗剩趴在地上闭着双眼用力抱着石头的腿，不但没动，口中还说道："小斧子，抢过来了没有？二蛋，俺啥时候松手啊？"

就在此时，院内走出一位戴军帽、穿军上衣的人，石头马上举手敬礼说道："张指导员好。"此人还礼后快步来到二蛋跟前，把他从地上扶起来，拍了拍他身上的土说道："孩子，摔疼了吧？"

"你不会告诉俺娘吧？"爬起来的二蛋望了一眼张世勋，没有直接回答他的问话，而是反问道。

张世勋笑了笑，刚想回答，二蛋说道："不疼，就是屁股有点麻。"

"你几岁了？"张世勋道。

二蛋两手举起，分别伸出三个手指说道："这个。"

"到了上学的年龄了，以后我带你还有你的小玩伴们去水云镇，去那里读书学习，你愿意吗？"

二蛋一听要他读书学习，一时不知该如何回答。只顾低着头，两个小手不停地揉搓。

听到外边孩子们的喊声，郑萍从院子里走了出来。二蛋猛一抬头，发现郑萍向这边走来，立刻从张世勋手中挣脱出来，撒丫子就跑，一边跑一边喊："狗剩，快跑啊，那个女的出来给咱扎针啦，快点儿跑。"

望着孩子们跑远的背影，张世勋笑着对郑萍说道："看到他们就想起自己小的时候，那么天真，看什么事情都是那么好奇。"

"是啊，孩子们已经到了读书的年龄，他们是祖国的未来，是以后建设祖国的接班人。"郑萍道。

"我们要尽快解放水云镇，让这些孩子们都能读书，让孩子们从小在心中扎下对祖国、对人民深深的爱，这样他们在面对困难，面对国家危亡的时候，就能挺起民族的脊梁。"张世勋道。

"政委，政委。"这时，李东桥和成勇走了过来。

"东桥、成排长，你俩来得正好，对于解放水云镇的作战方案，我们再深入研究一下。"

"这次战斗务必要把码头渡口和水云镇一举拿下，彻底消灭周炳文匪徒。"成勇道。

"这还需要我们进行周密部署，以达到出奇制胜的目的。"李东桥道。

"好，我们进屋谈。"张世勋说完，众人进得院中。

四十六

　　元福春酒楼客厅内，老板唐际会与焦俊艳正在谋划着下一步的行动。焦俊艳说道："派出抓捕大车店共党的人员，无一人生还，看来共党的作战能力提升了。"

　　唐际会端起茶碗喝了一口，用手帕擦了一下嘴说道："共军虽然装备上不如我们，但他们实施机动作战的能力强。自国军从水云镇撤离后，周炳文一伙土匪虽然穿着国军的服装，但不能和党国同心同德，各打小算盘，这样一来，国军欲借这些土匪之手，削弱共军之力量的算盘也就落了空。共军的军事力量在'匪区'得到穷棒子们的支持，愈来愈强也就不足为奇。"

　　"我们下一步的行动计划，请唐先生明示。"

　　"就当下的形势和水云镇的军事力量，我们在没有外援的情况下，这些杂牌军很难抵挡得住共军的进攻。但是，我们也要发挥自身的力量优势与共军周旋和抗争。"

　　"一旦渡口失守，我们该怎么做？"

　　"上峰已经来电命令我们，让我们保存实力，继续在水云镇潜伏，接受上峰的任务，等待国军再次打回来。"

　　"好，那我马上安排。"

　　"焦特派员，双方一旦开战，这码头渡口必将首当其冲，所以我已做了安排，你带人这样做。"唐际会向焦俊艳低声说了几句。

　　"嗯，嗯，好。唐先生，我马上去办。"说完，焦俊艳出屋回到自己的住处，向唐刀等特务下达了秘密转移的任务。

败退渡口的马青山，进屋坐在八仙桌旁，闭上双眼待了片刻，点燃一根烟，用熏黄了的食指和中指夹着，慢慢地放到镶着两颗金牙的嘴边，猛地吸一口下肚，闷了好大阵子，才从鼻孔和口中缓缓吐了出来。此时的马青山，留在肚子里的是无奈，吐出来的还是无奈。这段时间发生的事，让他这个兵油子感到不安。此时，他心中默念道：当断不断，反受其乱，是时候了。只见他站起身来，将没有抽完的烟狠狠地摁在烟缸里，然后出门朝镇子上走去。

马青山来到镇中一家寿衣店门前停了下来，向四周张望了一下，感觉安全后，闪身进得店内。

"客人好，你有什么吩咐？"寿衣店的掌柜董福来迎着笑脸招呼着。

"董掌柜，是我。"马青山道。

"哎呀，是马营长来了啊，看我这人老眼花的。马营长你里边请。"董福来赶忙戴上老花镜说道。

"不了，不了。董掌柜，前些日子我订的那两件货弄好了吗？"

"马营长，早就弄好了，本想让伙计们给你送过去，可你上次走时嘱咐过，说自己来取，也就没给你送。"

"董掌柜，这不送就对了。"

董掌柜从货架上拿起一个包袱转身放到马青山面前的柜台上说道："马队长，就按你给的尺寸做的，要不你打开试试？"

"不用了。"马青山提起包袱，从衣袋中掏出两块银圆丢到柜台之上。

"马营长，使不得、使不得，不要钱。"董掌柜说道。

"少啰唆，来你这门里取货，收钱是规矩啊。"马青山说罢，头也没回走了出去。

"马营长，你慢走啊。"董掌柜望着马青山离开的身影，掂了掂手中的银圆，心中默念道：是福不是祸，是祸躲不过。然后走进柜台，把银圆扔在钱箱之中。

马青山回到渡口的住处，已是傍晚时分，他进屋后把包袱解开，拿出从寿衣店定做的白色孝衣、孝袍，在身上比画了一下，自言自语道："这老家伙的手艺还真不赖。"说完将孝衣放到床上。

"先他娘的吃上点儿，啥时候也不能当饿死鬼。"马青山说着从八仙桌的抽屉中拿出一包点心，一边吃一边掏出匣子枪，往里压满了子弹。不一会儿，马青山将一包点心吞入肚中。他走到床前，弯腰从床底拿出一个长条布袋子，解开袋子口看了一下，然后重新把袋子口封好后斜挎到身上。这一番操作完成之后，他又从弹箱中拿出四个装满子弹的弹夹用皮带捆绑在腰间。

马青山在房中走了一圈，停下后又晃动了几下身子，感觉一切到位，便来到床前把定做的孝衣穿在身上，再披上孝袍。一切准备妥当，他来到门口，向外看了一下，然后抡起手掌朝自己的前额"啪啪"打了两掌，眼泪便哗啦哗啦地流了下来。

"我的亲爷啊，我的亲娘啊，我那可怜的媳妇和孩子呀。我的……"

站在院子里的土匪徐召，听到马青山嗷嗷的哭声，对坐在屋里下棋的段达和周纪说道："哎，哎哎哎，我说你俩听听，马营长好像让狗给咬着了，快出来听听。"

两人扔下棋子，跑出屋来，竖起耳朵听了一会儿，段达说道："这也不像是被狗咬着了，又喊娘又叫爷的。"

"还等啥呢？赶快过去看看吧。"周纪说道。

三人来到屋里，看到身穿白色孝衣的马青山，躺在地上是鬼哭狼嚎地喊爹叫娘的。

"大哥、大哥，咋了这是？怎么还扮上了呢？"徐召说道。

"大哥，大哥，有啥过不去的事啊？弟兄们给你做主了，赶紧起来吧。"

三人用力将马青山从地上拉了起来。

马青山起来后抬手擦了一把泪说道："俺娘、俺爷，还有俺老婆和那可怜的孩子前天晚上都被仇人所杀。这不，俺那叔伯兄弟告诉俺后，放下这身孝衣就走了。俺的娘啊，俺那可怜的孩子呀！"

"大哥，这可是个大事，赶紧回去报仇啊。"徐召道。

"营长，走，弟兄们和你一块儿回去，杀那狗娘养的。"段达道。

"事是这么个事，都走了，周司令那里怎么交代，也不好说啊。"周纪道。

"还是周老弟说得对，咱都走了，这渡口谁守啊？要是周司令怪罪下来，我们都吃不了兜着走，我看这么着，我自己先回去看看啥情况，再回来叫你们。"

"大哥，你自己回去身单力薄的，能行吗？"徐召道。

"大哥文武双全，再带上支冲锋枪，还怕谁不成？"段达道。

"好，就按你说的办。段达，你马上给我拿支冲锋枪送到渡口来。周纪、徐召咱们去渡口。"

三人来到渡口，周纪找来一条带马达的小木船停在河边。他站在船头问道："大哥，你看这船行吗？"

马青山朝木船看了一眼，抬起右手向周纪伸出一个大拇指。

这时，段达提着一支冲锋枪过来说道："大哥，给你枪，子弹在这个包里。"

"好，好兄弟，这码头上的事就交给你们了，我回去办完事就回，用不了多长时间。"

"大哥，还和司令报告吗？"段达道。

"那当然，不过这天也黑了，这个点司令一定是在陌上花茶楼抽上（大烟）了，如果现在去搅了他的局，准没好果子吃。明天吧，明天早饭后你去向他报告。"马青山对段达说道。

"知道了，大哥。"

"弟兄们，我先走了。"马青山说完将船开到河心，把船头一掉，向羊口方向驶去。

看到马青山掉转船头顺水而下，站在河边的周纪心道：这不对啊，以前听他说是博兴麻大湖人，船应该往西走才对啊，咋还开船向东了呢？

"周纪，人都走了还愣那儿干啥？回去了，回去了。"走到河滩的段达回头冲站在河边的周纪说道。

周纪望着马青山远去的身影，隐隐觉得马青山的突然出走肯定没那么简单。一阵顺河风刮来，周纪不禁打了个寒战，心中瞬间有一种不祥的感觉。

马青山开船向东走出十余里地，把身上的白衣服脱下来扔到河中，回头望着渡口方向，冲天空大声说道："弟兄们，对不起了，我先走啦，咱们后会有期。"然后他把船减速开向河边，纵身上岸后消失在黑夜之中。

四十七

焦俊艳带领金条、曲选法、石钟、李杆四人来到周炳文设在娘娘庙的保安剿共司令部，她要在这里召开一次军事会议，对周匪们布置下一步的军事行动。

"欢迎，欢迎，欢迎焦特派员。"周炳文嬉皮笑脸地迎上前去说道。

"人都到齐了吧？"焦俊艳问。

"都到齐了，就驻防渡口的马营长还没来，已经电话通知了，应该很快就到。"周炳文话音刚落，土匪周纪进门说道："司令，司令，马营长昨天回家奔、奔、奔丧去了。他本想过来的，但天色已晚，家中催得又急，只好先走了，临行时吩咐弟兄们今早特来和司令您禀报一声。"

周炳文下意识地看了焦俊艳一眼，然后说道："这个我知道，马营长是个孝子，你回去告诉渡口的弟兄们，一会儿我和焦特派员就过去。"

"是，司令。"周纪说完转身离去。

望着周纪的背影，周炳文心中骂道：马青山呀马青山，你这个兔崽子，在这关键时候居然溜了，真他娘的兵油子一个。想到这里他冲站在一边的丁叙说道："赶紧，把我兄弟郑金棍叫来，临时代理营长，负责渡口防御之职。"

"是，司令。"丁叙转身而去。

不一会儿，众匪头目们到齐，进屋落座后，周炳文道："立正，下面由焦特派员训话。"

焦俊艳伸出双手，示意众匪坐下。当她看到那天被自己用枪子烧掉半截朝天小辫儿的郑金棍时，心中暗喜，开口说道："右边最后一个，给我站起来。"

众匪的目光全都投向被点名的郑金棍，他站起后心中默念道：这娘儿们，真他娘的气量小，这是又想为上次的事找碴啊。

"刚才我听周司令说让你代理营长负责渡口的防务。"郑金棍刚想回话，却被周炳文抢先说道："是，是，是，特派员，这个是刚投奔我的兄弟郑金棍。"

"好，周司令，恭喜你有这么一位好兄弟，党国就是需要这样的人才干将。"接着，她又给匪徒们打气鼓劲："我们水云镇前有小清河作天然屏障，渡口又有堑壕，码头上的地堡群壁厚洞深，并配有各种重火力，再加上周司令指挥下的兄弟们英勇善战，已形成了一个完整而严密的坚不可摧的渡口防线。别说现在共军没有野炮，就是有，也攻不下、打不开我们这样的铜墙铁壁。而且水云镇现存的粮食和各种物资非常充足，可供弟兄们吃三年之久。等国军大部队再次打回来，我们清河国民革命军必胜，那时就是我们重新出头的日子！"

焦俊艳训完话后，与周炳文、丁叙、郑金棍等人来到水云渡。看着眼前的小清河，焦俊艳说道："这小清河真乃防御天堑，我们的渡口阵地固若金汤，共军难以逾越。"

"特派员放心，有我金棍兄弟在，这码头渡口跑不了。"说完便冲着渡口发出阵阵狞笑。

四十八

　　古河道村张大娘家中，由张世勋主持的攻打水云渡作战会议正在召开。五区全体干部，解放军班长、排长，公安派出所，水云镇民兵队长，古河道村的指导员和村长全部参加，张世勋向全体与会人员传达了这次军事行动计划，然后说道："在土匪们占领水云镇短短两个月时间里，镇子上生产停滞、商业萧条，老百姓担惊受怕，社会秩序混乱，人民生命安全无法保障，所以解放水云镇是全镇人民的期盼，更是我区当前工作的重点。"

　　张世勋说完，李东桥说道："渡口是周炳文匪徒的重要战略防御要点之一，侦察发现，现有守敌一百二十多人。这瞬间冒出来的许多土匪，是守敌头子郑金棍前几天刚刚招收的被打散的国民党残兵游勇，他们在码头和渡口构成两道防御阵地，形成上下两个坚固防御体系。同时，周炳文在镇内还配有一个营，加上国民党特务共计一百多人。随时可以对渡口进行支援。"

　　张世勋听后说道："综合现在水云镇的实际情况，我们提出的作战方案是'围点打援'，已经得到县委的批准。门书记对攻打水云镇提出的要求是速战速决，并指示六区中队和县大队配合这次军事行动。所以我们在这次战斗中，要用重兵力攻打渡口，引周炳文派兵出镇增援，然后再集中优势兵力消灭敌人的援兵。"

　　成勇道："这样最好，出其不意伏击歼灭。通过消灭敌人援兵这一战略战术，切断镇上和水云渡郑金棍匪徒的相互联系，将其分割消灭。"

　　李东桥道："现守水云渡的土匪头子郑金棍是个老奸巨猾的家伙，他以前在济南国民党部队当过连长，因图财害命后逃到寿光的巨淀湖聚众为匪。前些日子他的匪徒队伍被我渤海军区解放军消灭了，但郑金棍这个老狐狸带着几个亲信钻到芦苇荡中逃跑了，后又收容了国民党残余三十多人，前来水云镇投靠他以前的拜把子兄弟周炳文，现带领匪军守卫渡口。郑金棍这家伙有作战经验，战术灵活，熟识长短枪法，狡猾刁悍，是个很难对付的人。"

成勇听后说道："周炳文、郑金棍都是亡命徒，想让他们投降绝非易事，所以我们只有采取武力手段，打援后将他们分隔起来，用手中的枪杆子狠狠地消灭他们。"

"成排长说得对。而后我们迅速突入纵深攻占镇内，将匪首周炳文击毙或活捉。"李东桥道。

"夺取水云渡，解放古镇，为确保这两场战斗的胜利，县委决定派县大队在榆林洼阻击清河县城国民党可能派出的援兵，指派六区中队配合我们作战，一起打响攻克水云渡、解放小清河畔这座千年古镇的战斗。"

张世勋话音刚落，警卫员李洪进门报告："张指导员，养伤的梁班长回来了。"

"报告张政委、成排长，一班长梁庚辰伤好归队，请指示。"梁庚辰进屋后敬礼说道。

"庚辰，你回来得正好，咱们啊，就要打回水云镇了。"张世勋说。

"庚辰，你要是再不回来，可就捞不着参加解放水云镇的战斗了。"成勇上前一步，抱着梁庚辰说道。

"政委，我不但要参加这次战斗，还给你带来了一个老部下呢，他一会儿就到。"梁庚辰话音刚落，就听到门口有人说道："报告张政委，炮排排长杜朝贵前来报到，请指示。"杜朝贵进屋后敬礼说道。

"朝贵啊，你心灵手巧，又喜欢琢磨事儿，这会儿啊，真派上用场了。"张世勋说。

"政委，清河特战队整编后，我没有随部队南下，而是被组织派去胶东根据地学习火炮技术。这次军区安排我带领炮排前来支援攻打水云渡的任务，请指示。"杜朝贵说。

"好，太好了，来得太及时了，有了你们的支援，战士们战胜敌人的信心更大了。"张世勋说完后，将新老战友相互做了介绍。

"张指导员，六区中队的战士们开过来了，在村口待命。"李洪说道。

"好，知道了，我们马上过去。"张世勋道。

"张指导员，我们去安排住宿，等会儿先让同志们住下。"古河道村的指导员张成刚说道。

"好，那就辛苦你们了。"张世勋说完转身对成勇和李东桥等人说道："走，咱们看看去。"

安排好六区中队的战士们，张世勋又去看望了炮排的同志们，然后回到自己的住处张大娘家。刚进门，秋玲急忙忙地迎上来开口问道："世勋哥，我还是你妹子吗？"

"秋玲，看你说啥呢，我就知道你在闹情绪。我不让你参加这次战斗有两点，一来，你的伤还没有好利索；二来，方召不在家，双方老人都需要你管，怕你万一有个闪失……"

"世勋哥，打你带领我们打鬼子那会儿起，你就常说，为了咱水云镇，为了乡亲们不当亡国奴，能过上好日子，只有上战场，怕苦、怕累、怕死的就别当兵，别上战场，因为枪子儿不长眼，要想翻身做主人，只有拿起枪赶走侵略者。你说的话我一直记着呢。"

"秋玲，你还是不参加的好，因为——"

"世勋哥，我是民兵，又是队长，要和你们一块儿打回水云镇，我宁愿不要自己的生命，也要参加这次战斗。"

"张指导员，我看就让秋玲姐参加吧，她对水云镇熟悉，又有作战经验，就让她去吧。"郑萍道。

张世勋看了看两人，只好点头同意："好吧，但必须听从安排。"

"是，世勋哥。"秋玲回道，然后牵着郑萍的手高兴地回到房间。

四十九

经过多日准备，沿河村庄支援渡河作战的船只均已到齐。

就在水云镇大集这天傍晚，作为这次攻打水云渡总指挥的张世勋对各参战人员做简短的战斗动员。

"同志们，我们马上就要攻打水云镇了。争夺水云渡是消灭周炳文匪徒的关键一仗，是一场你死我活的战斗，但为了解放镇上的兄弟姐妹，就是上刀山下火海我们也要闯过去。我们革命战士，从来没有怕过任何敌人，冲到对岸消灭他们，拿下水云渡！"

"拿下水云渡！解放古镇！消灭周炳文！打倒蒋介石！解放全中国！"参战人员齐声高呼。

"各小队，听我命令，按预定作战方案，分头出发。"张世勋向各参战小队下达了作战命令。

张世勋、郑萍、杜朝贵、李少峰、汪杰带领战士们来到小清河边的指定地点。

"张指导员，你们来了，我先介绍下，这位是负责渡河的船工牛生汉大叔。"早已在河边等候的六区指导员杨连山道。

"牛大叔，辛苦你们了。"张世勋上前一步握住牛生汉的双手说道。

"张指导员，今天来的这些划船的，都是从小在河边长大的，不但水性好，这船玩得也好。前几天接到区上的信后，我们就把船橹、船桨都换成了新的。为防止船漏，我们还准备了补漏用的棉花和石灰油泥。今晚送战士们渡河打仗，你就放一百个心好了。"

"牛大叔，真是太感谢乡亲们了，等解放了水云镇，我一定请你和乡亲们吃镇子上的陆家小笼包子。"

"好，那你牛叔就等着了，从今晚开始，就不吃饭了。"牛生汉说完用手捋着胡子是乐得直笑。

"政委，匪军的岸边巡逻队过去了。"汪杰道。

"好，速将渡船抬到河边。"

"是。"

"杜排长。"

"到。"

张世勋指着河边的渡船说道："将炮排分列，隔两船一门迫击炮。"

"是。"杜朝贵道。

"郑萍。"

"在。"郑萍道。

"我们这次攻打水云渡，原则来说是力争偷袭，一旦被敌人发现只能强攻。你随杜排长的船渡河，尽最大可能保证他的安全，以确保他指挥炮排打击守敌，掩护战士们登陆。"

"是。"郑萍回道。

"报告政委，渡船准备完毕。"

"报告政委，炮排准备完毕，一切就绪。"

"好，渡河。"张世勋一声令下，一字排开的渡船向南岸驶去。战士们借着天上的弯月，看到水云渡的碉堡、铁丝网越来越近。

水云渡河边防线的壕沟内，匪军周纪正在和段达抽烟说话。

"我说段哥，今天我才明白了，这马青山是个不讲义气的人，丢下兄弟们，自己滚犊子了。"

段达靠在壕沟的墙壁上，把手中的烟头往地下一扔说道："弟兄们在一起混，这义气就是底线，连义气都不讲的人就不配当我们的大哥。他娘的，什么玩意!"

"现在说什么都晚了,给我拿一下枪,我上去撒泡尿。"周纪说完,站起身来,无意间望到河中从对岸驶来的渡船,吓得尿了一裤子,愣了片刻,随即高声大喊:"解放军渡河了!解放军渡河了!"

"什么、什么?"段达噌地一下站起身来,看到河中密密麻麻的帆船驶来,不禁打了一个寒战,他挥手朝河中打了两枪,然后高声喊着:"弟兄们,共军来了,共军来了,快起来,给我打啊!"

顿时,机枪、冲锋枪、步枪、炮弹筒一齐开了火,向河中的渡船打了过去。偷渡也随之变为强渡。

匪军的子弹密集地射向渡船,一颗子弹打在了船工牛生汉的左臂上,他咬着牙坚持撑船。

"三人一组掩护船工,各船全速前进,强行登陆!吹冲锋号。"张世勋说完后用身体挡在船工牛生汉面前,掩护他安全划船。战士黄明瑞、尹建华迅速站在牛生汉的前边,手持冲锋枪不停地向南岸开火。其他战士抄起备用的木桨,全力划水,木船快速前进。

整个水云渡河面枪炮声响成一片,匪军的炮弹打在河中,激起的冲天水柱落下来打在战士们身上,渡船在水柱间颠簸前进。

"张指导员,快到船舱里去,这样危险,这仗还指着你指挥呢。"船工牛生汉一边用力划船一边对身边的张世勋大声说着。

各船的迫击炮长听到冲锋号声,马上下令:"放。"迫击炮兵对守敌发出猛烈的轰击,流星般的炮弹尖叫着划破夜空、倾泻在对岸匪军的壕沟阵地上。

李少峰、汪杰向战士大声喊道:"同志们,狠狠地打!"架在船头上的机关枪,战士们手中的冲锋枪、匣子枪一齐开火。

匪军的一梭子弹打来,将指挥船的船帮打穿,河水从破孔中涌入船舱,致木船开始倾斜,有倾覆的危险。

"政委,船漏水了。"战士夏明江趴在船舷上说道。

听到喊声,船工牛生汉右手撑船,左手迅速从筐中掏出一团去籽的棉花说道:"赶紧,用这个堵上。"说完一下子扔了过来。

警卫员李洪快步上前接住棉花,跃身跳入河水中,奋力堵住了漏洞。

"排长,排长,排长负伤了。"战士薛寿轩喊着。

郑萍低头一看,炮排排长杜朝贵腰部被子弹击中。她迅速蹲下,用一只手将杜朝贵的左小腿伸直然后从膝盖处拉弯:"这样疼吗?"

杜朝贵没有回声。

"杜排长,这样弯曲疼吗?"郑萍眉心紧绷着再次问道。

杜朝贵摇了下头说道:"不疼。"

"这样呢?"郑萍抬起他的右小腿问道。

"不疼。"

她又用手按了一下伤口的周围。

"啊——有点疼。"

"还好,没有伤着骨头。"郑萍说完取过药箱开始处理伤口,止血,包扎一气呵成。

冒着匪军射来的子弹,渡船离岸边越来越近,汪杰高声喊道:"敌人在河边埋有木桩,船靠不到岸边,我们下河冲上岸去,同志们跟我来。"汪杰喊着跳入河中。战士毕永昌、郝来之、岳天培、傅华东也争先恐后地从未停稳的船上跳入水中,向岸边扑去。

"兄弟,共军上来了,咋办?"周纪道。

"赶紧,进暗堡。"段达说。

"嗒嗒嗒……"一梭子子弹突然从壕沟内的暗堡中打出,冲上岸的三名战士当即牺牲。敌人疯狂地扫射,阻拦了抢滩的道路。

"岳天培、傅华声!"

"到,班长!"

"你俩捆好手榴弹,给我炸了它。"汪杰道。

两人准备好后向暗堡匍匐前进,当接近匪军战壕时,被暗堡中机枪打出的子弹击中。随后,毕天昌、郝来之也在爆破中牺牲。

　　"狗娘养的，还留了这么个后手。"汪杰向身边的战士们说道，"把手榴弹给我。"汪杰捆好手榴弹一跃而起，朝烟雾中的暗堡冲去。

　　"同志们，掩护班长。"战士们喊着。

　　汪杰靠近暗堡，立刻拉着了手榴弹的引线，快速塞进了射击孔。

　　"段哥，一捆手榴弹。"暗堡中吓得面色苍白的周纪说道。

　　"扔出去。"暗堡中的段达抢先一步，拾起手榴弹丢了出来。

　　汪杰刚想转身离开，看到手榴弹又被匪军扔了出来，他弯腰抄起冒着白烟的手榴弹，双手紧握又塞了进去。

五十

　　渡河解放军全部弃船上岸，占领匪军渡口阵地，稳住阵脚后，张世勋说道：“杜排长，伤怎么样？”

　　“没事。”杜朝贵半弯着腰回道。

　　“好，命令炮排对准敌码头阵地，开炮！”

　　“是。”

　　调整好的迫击炮，在杜朝贵的一声令下，炮弹纷纷出膛飞向码头，顿时，匪军防线被炸成一片火海。

　　“队长，共军的炮火太猛了，压得弟兄们抬不起头来，这趴在工事里不能打枪也不是个事啊。”徐召冲郑金棍说道。

　　“这码头工事坚固，又有地堡护卫，火力交叉，共军想突破我们的防线比登天还难。”郑金棍道。

　　“大哥，共军有炮火支援，已经抢滩上岸，我已告诉弟兄们，务必顶住。”随郑金棍一起投靠周炳文的土匪涤尘说道。

　　“涤尘，告诉崔宝器，组织一次反击，把渡口阵地夺回来，以报周司令收留之恩。现在我马上打电话，让周司令赶紧派兵增援。”郑金棍道。

　　“是。”涤尘转身而去。

　　水云镇娘娘庙内，匪首周炳文放下手中的电话，从郑金棍报告中得知，第一道防线已被解放军突破。面色蜡黄的他，急得背着双手在房中走来走去，连续转了好几个圈。

"听共军的炮声越来越近，说明共军炮火开始延伸，可能已经登岸了，再不派兵增援，整个码头可能会被共军拿下，到时我们只有死路一条。"站在一边的特派员焦俊艳说道。

"好，只能这样了。"周炳文说完冲院子中喊道："丁叙，赶紧带弟兄们支援码头。"

"是，司令。"站在院中的丁叙道。

"慢着。"周炳文说完，走到丁叙面前低声交代了几句。

"是，司令。"丁叙说完冲院中的土匪们喊道："集合了，集合了。"丁叙集合匪军后，率队来到镇子北门，他叫住土匪马昆嘀咕了几句，然后率领王传、夏候、徐贵阳、柳克、杨桂等众匪顺老官道朝渡口赶去。

担任阻击的解放军和六区中队，按作战要求将要出镇增援的匪军消灭后，成勇负责打扫战场并迅速赶到下一个埋伏地点；六区中队北上配合张世勋等人，完成对码头郑金棍匪军的四面合围。

成勇、六区中队的伏击队员们，在通往渡口的道路两旁焦急等待着。

"排长，你看，匪军们出动了。"梁庚辰说。

丁叙带领匪军沿途而来，足有八十多人，诡计多端的周炳文没有派出全部人马，而只派了驻镇匪军人数的一大半。

待丁叙带领的匪军全部进入伏击区后，成勇一声令下，解放军和六区中队同时开了火，打得众匪鬼哭狼嚎，一片混乱。

官道两边的伏击战士，以包饺子的态势向匪徒发起狠狠的打击。此时，丁叙才知道中了埋伏，大喊道："我们上当了，弟兄们，赶紧往回撤！"丁叙话音未落一颗子弹飞来，击中他的左眼："哎哟，看不见了。"丁叙用手捂着眼大叫。

成勇一口气击毙四个匪徒后，看到一名匪军正想扔手榴弹，他手举匣子枪直接将其脑壳击碎。

已经被吓破了胆的匪军，有的直接跪在地上举手投降。

"丁哥，我带你走。"土匪柳克背起丁叙在十多名亲信的保护下，钻进老石桥底下，企图借石桥固守顽抗，以待周炳文的救援。

"杨指导员，你带区中队盯紧镇上的周炳文，这几个残匪我来对付。"

"好，就这么办。"六区指导员杨连山应后而去。

为了迅速解决战斗，成勇向石桥下的匪军发出最后警告。

"梁庚辰，命令战士们喊话，告诉石桥底下的匪军，如不赶快投降，我们直接往里扔手榴弹。"

战士们喊话后，石桥底下静了片刻，再没有往外打枪，可不一会儿，桥底下传出丁叙的吼叫声："弟兄们，别听共军的鬼话，北门的弟兄们马上就到，立功者赏黄金，谁敢投降，马上枪毙！"丁叙话音刚落，石桥底下的冲锋枪、手雷，又朝成勇这边打来。

丁叙按周炳文的指示，出北门前安排马昆带三十多名匪军留在镇子北门以防万一。马昆听到枪声知道丁叙遭遇伏击，心中打起了小九九，他并没有马上出来救援，而是当枪声渐渐稀落下来后才开始行动。

"弟兄们，丁哥被困，随我赶去救援。"马昆带队刚出北门，就被杨连山的六区中队打了回去。

成勇见桥下匪军顽固到底，怒道："梁班长，让战士们把地头上的那些谷草弄过来，点燃后从桥面上扔下去，把这些家伙给我熏出来。"

"是，排长。"梁庚辰转身而去。

"所有战士，听我的命令，各自找到合适的射击位置，用火力封锁石桥洞，掩护梁班长他们。"成勇喊道。

梁庚辰招呼三名战士将泼上煤油的谷草点燃，从桥洞的上风口将其扔了下去，顿时，柴草的浓烟熏得丁叙一伙涕泪横流，咳嗽声一片，无处躲藏。

成勇带领解放军战士堵住石桥洞，向里喊道："里边的人滚出来。"无奈之下，十多个匪徒相继走出桥洞。最后一个走出来的，左眼血肉模糊、面目狰狞，此人正是丁叙，战士们上前将他按倒在地，用麻绳将其双手严严实实地捆了起来。

"我再叫你跑。"梁庚辰狠狠地踢了他的小腿肚子一脚。

"哎呀,娘啊。"丁叙疼得跪倒在地。

"杨队长,这些俘虏先交给你派人看管,战斗结束后押送镇中。"

"好,我安排就是。"杨连山道。

完成伏击任务之后,杨连山带领六区中队迅速沿老官道北上赶往码头参加战斗,成勇则带领解放军向水云镇方向而去。

李东桥、刘春盛、韩志生、石头按计划从酸枣树渡过小清河后,顺着水河古道向西,然后从饮马壕处向南、再向西,来到水云镇东门脚下。李所长挥手示意,四人便趴在路边观察东门的情况。

"李所长,门楼上的灯亮着,看来站岗的还没睡。"石头说。

"张老板他们已经得手,志生,发信号。"李东桥看到东门楼上亮着的灯笼后说道。

韩志生用双手捂在嘴边,发出黄雀的叫声。片刻,东门楼上的灯突然灭了。

看到东门楼上的灯光熄灭,李东桥噌地一下站起身来说道:"走,进镇。"

水云渡口,郑金棍双手提着匣子枪,带领由涤尘、崔宝器等众匪组成的敢死队向河边反攻。郑金棍声嘶力竭地吼叫着:"弟兄们,给我冲啊,夺回阵地,保住渡口,咱们一起大碗喝酒,大块吃肉!"

"听营长的话,冲啊。"崔宝器左手持大刀片子,右手拎着短枪,附和着郑金棍喊着。众匪们个个挥舞着鬼头刀,拎着短枪由上而下向壕沟阵地进逼。

"同志们,等敌人靠近了再打。"壕沟阵地中的解放军战士们把手中的武器准备好,只等郑金棍匪徒们靠近。

"炮排准备好,掩护冲锋。"

"是,政委。"杜朝贵道。

就在此时,渡口东、南、西三面响起了密集的枪声、手榴弹的爆炸声、喊杀声。

民兵副队长来喜、六区中队指导员杨连山、秋玲分别带队，以迅雷不及掩耳之势，从三个不同方向发起冲锋、杀向渡口，按预先作战方案形成了关门打狗之势。

看到眼前的一切，郑金棍先是一愣，缓过神来后大叫道："停下，弟兄们，赶紧回来。"匪军开始拼命往码头上逃窜。

"开炮。"随着杜朝贵一声令下，迫击炮弹向匪军们打了过去。

"同志们，冲啊！"张世勋一声令下，战士们跃出战壕边打边冲，跑在后边的匪徒瞬间被撂倒了五六个。此时的郑金棍也顾不了那么多，丢下阵地就想跑，因为码头没有战略纵深，再不走就来不及了。

郑金棍向身边一看，现只剩徐召、涤尘、崔宝器三人，他用手抹了一把脸上的汗说道："渡口周边防御阵地都已经被共军占领，就是想走，这道也没有了，还怎么走？"

"大哥，共军火力太强，我们硬拼不划算，再说就我们几个，不走就是等死。"涤尘说道。

郑金棍用手抓了一下头上的半截小辫说道："走。"

"营长，跟我来，咱们从暗道走。"徐召道。

说完，徐召带路在前，郑金棍三人紧随其后，在夜幕掩护下，向码头西边的一排仓库逃去。

五十一

成勇带领解放军战士跑步来到水云镇，首先剪断敌人的电话线，然后来到预定地点。

"同志们，埋伏好，以防敌人从此处逃跑。"

"是。"

水云镇娘娘庙大厅内，周炳文放下手中的电话对焦俊艳说道："电话不通，县城和渡口都他娘的联系不上。"

焦俊艳刚想说什么，特务唐刀进得门来："报告特派员，水影让你赶快回去，接受上峰的命令。"

"好，知道了。"她说完对周炳文说道："周司令，现在战斗紧急，这保卫水云镇的任务就交给你了，我另有紧急军务，先行一步了。"说完随唐刀出得娘娘庙，向牟家大门而去。

"滚蛋，都他娘的滚蛋！还水影，鬼影吧你，臭婊子！"望着焦俊艳的背影，周炳文骂道。他心里明镜似的，这焦俊艳明明是他娘的想逃跑，还说接受什么军务。

渡口的枪声渐渐地停了下来，周炳文知道大势已去，现在只有一根救命稻草，就是他暗地里留在北门的马昆和三十多名土匪。

"司令，现在我们怎么办？"勤务兵元三问道。

"走，去北门。"周炳文说完把短枪插在腰间，顺手拎起身边的冲锋枪，带着十几名亲信出得娘娘庙向北门跑去。

四人来到门楼下，化装成国军的地下党员史鸣将门打开："李所长，你们来了。"

"史鸣同志，辛苦了。"李东桥道。

"李所长，不辛苦，这位是我们的内线刘国成。"史鸣向李东桥介绍道。

李东桥上前一步说："国成同志，你好。"

"你好，李所长，张老板在楼上等你。"刘国成道。

"好，你们注意点。"李东桥说完，带三人上得门楼。

"李所长，快进来。"北厚记的老板张思恭迎在门口说道。

四人进得屋来，张思恭把东门的情况向李东桥进行了简单介绍后说道："原来东门站岗的三人，国成同志提前做了工作，我到后每人发了两块银圆，各自脱下军服回家去了。你事先安排的事都已经做好，柴草就放在东门楼外的沟边，点火的煤油、鞭炮、油桶均已备好。"

"好。等信号弹升起，你们就点起柴草，放鞭炮，制造声势迷惑敌人。"李东桥道。

"好。造成门楼起火、已经被攻破的假象，使周炳文匪徒不敢从东门逃跑。"张思恭回道。

李东桥弯腰提起一挺机枪，拉了一下枪栓说道："还是这家伙什好啊。石头兄弟，这箱子里的手雷就是你的了。"

"好，李所长，这玩意儿一磕就行，打鬼子那会儿我用过。"石头道。

"好，各自检查一下武器，准备战斗。"李东桥说。

"报告张指导员，没有抓到匪首郑金棍。"来喜报告说。

"土匪没有向南逃跑。"六区指导员杨连山说。

"世勋哥，也没有发现他们往西跑。"秋玲说。

"杨指导员，你带区中队打扫战场，继续搜索残敌。我们攻打水云镇，秋玲，你帮杨指导员他们。"

"世勋哥，我想起来了，土匪可能从暗道跑了。来喜，春来，带民兵跟我走。"

"秋玲，你小心点。"张世勋喊着。

"世勋哥，放心吧，我知道。"

"郑萍同志，你去帮她，注意安全。"张世勋说完从腰间掏出手枪，交到郑萍手中。

"好。"郑萍接过手枪，追了上去。

"李洪，把冲锋枪给我。"

"好嘞，张指导员，接着。"李洪把手中的冲锋枪递给张世勋。

"同志们，解放水云镇，活捉周炳文！"张世勋举起手中的枪高呼着。

"解放水云镇！活捉周炳文！"战士们喊声过后，随张世勋攻向水云镇。

周炳文、元三带十多个匪军来到北门，马昆迎上前去，哭喊着说道："司令，丁叙他、他带的弟兄们全让共军给灭了！"

周炳文举枪朝夜空打了一梭子子弹后冲匪军们说道："哭什么哭，他娘的，看你这熊样，都给我打起精神来。今晚守住这水云镇，那丁叙就他娘的没白死。弟兄们，有这水云镇，我们啥也有，吃香的，喝辣的；丢了它，我们就是死路一条。"周炳文话音未落，就见北门外升起两颗红色的信号弹。

信号弹过后，水云镇东门瞬间燃起冲天大火，张思恭按预先的安排，将准备好的大量鞭炮放在铁皮桶里点燃，听起来就像无数挺机关枪在射击一样，加上史鸣、刘国成等人不断地朝天鸣枪，呐喊，使得镇东门就像在激战之中。

看到升空的红色信号弹，清河县大队按预定作战方案留下一中队继续在原地监视县城敌人的动向，防备县城敌人的增援。大队长刘东江带领二中队迅速赶到水云镇南门，对守敌发起攻击。

"许峰，带爆破组把大门炸开。"刘东江说。

爆破队员们巧妙地迂回到南门楼下，用炸药包将两扇大门炸开。

"大门炸开了，同志们，冲啊！"刘东江大声高喊。

"冲啊！杀啊！"队员们举起手中的枪呼喊着。

守门的几个匪军见县大队兵力强大，火力猛，喊杀的怒吼声仿佛要震掉自己的脑袋，吓得转头逃跑。

刘东江带领县大队在一片喊杀中攻进镇来。

在北门督战的周炳文，看到镇东门门楼起火，南门爆炸后喊声震天，知道大势已去，再不走，就来不及了，赶忙对马昆说道："兄弟，你守在这儿，务必将共军歼灭在北门以外，我去南门看看。"

"是，司令。"马昆道。

"走。"周炳文说完带领元三及十几个亲信向镇南而去，当走到镇中的仓门口时，周炳文停下脚步，对元三等匪徒说道："留得青山在，不怕没柴烧，向西走，从小西门出镇。"

"是，司令。保护好司令，去小西门。"元三说完，手提双枪，头前开路直奔小西门而去。

在镇北门死守的匪军马昆，遭到解放军正面炮火的猛烈攻击，正考虑怎么守住时，突然又从背后传来机枪的扫射声。李东桥、韩志生两人扣动扳机，两挺机枪火力全开，火舌向马昆匪徒的背后卷去，呼啸的子弹雨点般在匪军群里是嗖嗖地乱窜。马昆一伙被两面夹击的火力压制得根本就抬不起头来，几个胆大的匪军，趴在北门楼的砖墙垛子上刚想露头，连枪都没举起来，就被飞来的子弹打中，命归西天。

石头身上挂着一串手雷，爬到北门楼东边的高槐树上，由上而下往匪群里扔手雷，爆炸飞起的弹片，让匪军是碰着的死，挨着的亡。

随着迫击炮弹在北门楼的爆炸声，张世勋带领解放军战士攻入北门，并与李东桥形成南北夹击之势，全部歼灭马昆匪军后与县大队刘东江汇合。

秋玲带领民兵追击郑金棍来到码头西边的仓库，她停下脚步对来喜说道："来喜，安排两个人守在门口，不许进出，注意可疑人员。"

"秋玲姐，放心吧。"来喜说。

"秋玲，这里是什么地方？"赶上来的郑萍指着仓库问道。

"妹子，这个仓库里有一条引河和小清河连通，是为了方便雨天装卸怕淋湿的物资修建的。当年修建这个仓库时，我爹是这里的铁匠头，经常带我来玩。我琢磨了一下，渡口在我们四面包围的情况下，郑金棍最大的可能就是从这里逃跑。"秋玲说。

"走，进去看看。"郑萍话音未落，秋玲已经带头冲了进去。

徐召带领郑金棍、涤尘、崔宝器进得大仓库，来到仓库引河和小清河连通的后门。

"郑营长，我们从这里渡过小清河，然后北上进入雒家洼，共军就是天兵天将，也找不到我们了。"徐召道。

"好，大难不死，必有后福。我们赶快走。"郑金棍说完，四人出得后门，向河边走去。

快到河边时，郑金棍突然说道："停，我们四人都下了河，如果共军追上来，那我们就成了活靶子，为防万一，我们必须交替掩护渡河。"

"郑营长说得也是，这样比较安全。"徐召道。

"宝器，你先留下，我们过去后用火力掩护你再过河。"

"是，大哥。"崔宝器道。

"好兄弟，大哥先行一步了。"郑金棍用手拍了一下崔宝器的肩膀说道。

"大哥放心。"崔宝器道。

郑金棍转身向河边走去。

周炳文、元三众匪一行十多人来到小西门后停下脚步。

"元三，上前看看，有啥情况。"周炳文指着小西门说道。

"是，大哥。"元三拎着匣子枪，带两个匪军蹑手蹑脚地走了过去。

"干啥呢？再、再、再往前走，就开、开枪了。"突然间从小西门的胡同口传出问话声。

元三一听，我操，真有种，仗都打到这份上了，这个家伙愣是没跑。"我是元三，我说刘二结子，司令到了，快出来。"

这刘二结子名叫刘备书，因说话结巴，因此得了这么一个外号。今晚是他和另一个匪军贾宝灯站岗，因镇子上枪炮声打得急，两人吓得钻到胡同口里，一直没敢出来，听到元三叫自己，才伸了伸蹲麻了的腿，起身从胡同里走了出来。

"元哥，你可来了，今晚咋回事，满镇上响枪放炮的，这是咋了？"刘备书问道。

"没有什么大事，小股共军袭扰，已被我们打退。"元三和刘备书正在对话，周炳文走了过来说道。

"报告司令，刘、刘、刘备书，贾宝灯守门站岗，请请司、司、司令指示。"刘备书、贾宝灯立正说道。

"好，很好，发现外面有什么情况吗？"

"报告司、司令，没有，没没、没有。"刘备书道。

"继续站岗，如有共军到此，开枪击杀。将门打开，我们有紧急军务。"周炳文说。

"是，司、司令。"刘备书道。

刘备书打开小西门，周炳文匪徒逃出水云镇。出得小西门走了百十来步，元三说道："司令，咋不带他俩走？"

周炳文停下脚步说道："带他俩？难道你看不出来，带上也是个累赘，自生自灭吧。"然后他转身回头看了一下水云镇继续说道："水云镇，我周炳文一定还会回来的。"

周炳文话音刚落，就听路边有人大声喊道："周炳文，你说对了，这就叫你回去！"

这说话的不是别人，正是埋伏在此的解放军排长成勇。

成勇话音未落，战士们手中的武器开了火，不等周炳文众匪缓过神来，十几个匪军全被击毙。周炳文见势不妙想跑，可刚跑出几步，就被成勇击中倒在草丛中。元三见大势不好，急忙趴下，但左腿和右手被击伤，手中的枪也丢在了地上。

"周炳文，你被俘了。"成勇赶上来把周炳文踩到脚下，用枪指着他说道。

周炳文还想挣扎，一班长梁庚辰过来一枪托子打在他左腿的枪伤处："老实点，你这个挨千刀的东西。"

"哎哟，疼死我啦，你你你他娘的打死老子了，你——"周炳文趴在地上号叫着。

"打死你，早晚的事，把他捆起来，押回镇子。"成勇道。

战士们带着缴获的武器，押着一瘸一拐的周炳文等人赶回水云镇。

水云镇内，张世勋和县大队长刘东江握手告别。送走参战的县大队后，张世勋对李东桥说道："李所长，你和思恭同志、石头在镇内继续搜索残匪，维护镇上的社会治安，防止剩余敌特破坏，我赶回渡口配合秋玲她们追捕郑金棍。"

"是，指导员。"李东桥道。

"指导员，我们回来了，你预测的真准，周炳文这家伙果然从小西门逃跑，给我逮住了。"

"好，把他交给李所长看押。成排长，留下一班协助李所长维护镇上的治安，你我带二班、三班回渡口，秋玲她们还在追捕郑金棍，我们赶回去支援。"

"是。"成勇回道。

解放军二班、三班在张世勋和成勇的带领下，快速向水云渡行进。

安排崔宝器掩护后，郑金棍、涤尘、徐召向河边而来。三人刚想下水渡河，此时常在河里打鱼、捞漂子的王光重老人划着一条小木船顺水而来。（捞漂子，是旧时的一种营生，专门在小清河里捞漂在河里的死尸，往往也能从死者身上的衣袋里找到银圆和有价值的东西）。

看到有船到来，徐召高兴地冲王光重大喊道："船家，快过来，我们有急事，渡我们过河去。"

老人一听岸边的人呼喊着有急事过河，便好心地把木船划了过来。

小木船来到河边还没有停稳，三人猛地跳到船上，郑金棍冲王光重大喝道："快点，送我们过去。"

王光重一看，心想，这个家伙扎着朝天小辫，凶神恶煞的，显然不是什么好东西。

"王老汉，我认识你。这是我们郑营长，过河后重重有赏。"徐召冲王光重道。

王光重看了一眼徐召，心道：你这个祸害水云镇多年的土匪，周炳文的狗腿子，就是扒了皮我也认得你呀。于是，他指着河水推辞道："上游济南下大雨了，这河水在呼呼地上涨，你又不是看不到，现在划船过河有点难。"

王光重话音刚落，就感到脖子上凉飕飕的，一把鬼头大刀已经架在了他的脖子后边。"别他娘的不识抬举，快给老子划船，快划，要不老子砍了你的脖子！"涤尘厉声喝道。

无奈之下，王光重只好架起船桨掉转船头。

"快点，再快点，别磨磨唧唧的！"郑金棍道。就在王光重调整好船头准备划向对岸时，从仓库后门跑出来的秋玲大声喊道："王大叔，快停下，把船划回来，他们是土匪！"

听到秋玲的喊声，王光重心想：我也想停下，但眼下一对仨，何况他们手中还有刀枪，如果鲁莽往回划，非但伤不了土匪，还得把命搭上，好汉不吃眼前亏。他暗中一跺脚，小船继续划向对岸。

看到有人追来，郑金棍不停地大声催促道："快点，再快点！"

埋伏在河边的崔宝器，用枪瞄准跑在前边的秋玲，扣动了扳机。这一幕正被紧随其后的郑萍看在眼里："秋玲姐，快卧倒！"她猛地朝秋玲一扑，将她推倒在地，自己后背不幸中弹。

冲过来的来喜、春来等二十多个民兵，看到眼前的情景，所有武器一起朝崔宝器打去，瞬间，崔宝器被打成了肉筛子。

"郑萍妹子，郑萍妹子！"秋玲抱着郑萍不停地呼喊。

王光重划着小船来到河心，忽然一个浪头打过来，木船剧烈晃动起来。王光重一看机会来了，猛地抬起胳膊一拳打飞涤尘架在自己脖子上的鬼头刀，迅速站在右船沿上双脚用力一蹬，船身失控整个翻了，四人全部落水。

不一会儿，王光重湿漉漉的脑袋从水里冒了出来，很快游回南岸。涤尘是个旱鸭子，掉下河后当场淹死。

徐召挥舞着双手，拼命地在水中挣扎，口中叫着"娘啊娘的"，显然是被呛了几口水。

"喜子，朝河里开枪，直接把这俩王八羔子送东海去喂鱼。"秋玲愤怒地大喊着。

民兵一起开枪，密集的子弹朝河中两个匪徒射去。

"别打了，停止射击，你们看，这两个家伙翻了肚子了。"来喜指着河中被打死的郑金棍和徐召说道。

"同志们，停止前进。指导员，河滩中有枪声。"赶到渡口的成勇冲张世勋说道。

"走，过去看看。"张世勋说完带队向仓库而去。

"世勋哥，世勋哥，快过来。郑萍，郑——"秋玲看到张世勋后哇的一声哭了出来。

"郑萍，你醒醒，你醒醒。"张世勋接过郑萍抱在怀中，喊着她的名字。

"指导员，我听到——你的——声音了，就是——说不出来。"随着她的话音，一口鲜血吐了出来。

"郑萍，没事，没事。"张世勋用手给郑萍擦去嘴边的血迹说道。

郑萍咳嗽了两声，慢慢睁开双眼，看了看张世勋，然后对身边的秋玲说道："秋玲姐，你的话我一直记着呢，听你的，我不走，留在——水云镇，和世勋哥——在一起。"

"好，好，咱不走，不走。"张世勋望着郑萍说道。

郑萍望着张世勋，还想说什么，可她痛苦地张了张嘴，然后头歪到了张世勋的怀中。

"郑萍，郑萍……"张世勋大声喊着。

"郑萍妹子啊！"秋玲大声地哭喊着。

成勇带领解放军战士们冲天鸣枪。

"郑萍，安息吧。我会把你的事迹告诉你的爸妈，告诉济南和小清河畔的人民。"

五十二

这天，逢五排十的水云镇大集。街道两旁张灯结彩，人山人海，锣鼓喧天，进入水云镇的解放军官兵受到群众的热烈欢迎。

也就在这一天，水云镇娘娘庙东边的大场院里罪大恶极的国民党残余势力土匪头子周炳文、丁叙、王向文被押到刑台上。三名罪犯跪在那里，等待着审判的开始。他们都低着头，不敢看台下的群众，承受着场院里小清河畔上万名群众的愤怒。

上午九时，五区区长张世勋、驻水云渡口解放军排长成勇、派出所所长李东桥、水云镇民兵队长范秋玲等走上公审大会的主席台。李东桥主持会议，宣布公审大会开始。张世勋一一列举了周炳文等匪徒的罪状。最后他说道："土匪自古以来都是中华民族的败类，以周炳文为首的反动势力并不甘心失败，他们与一些暗藏的特务互相勾结，组织恐怖暴乱、破坏民主，制造谣言，破坏生产，杀害干部和群众，反动气焰十分猖獗，给水云镇及小清河畔的稳定和人民群众的生命财产安全造成了很大威胁，对小清河畔的解放事业造成了极大的破坏，罪不可恕！现在我宣布对这些土匪执行死刑，立即执行！"

听到周炳文被执行死刑，台下的老百姓欢声雷动，无不拍手称快。

就在此时，突然有一个人手拿镰刀跳到台上，欲扑过去砍杀周炳文，被台上站岗的民兵们拦下，台下的群众一看，来者正是全顺当铺的打更人刘河泉。

刘河泉把丁叙带人抢劫当铺，杀害钱连胜一家之事前前后后说了一遍。

"除掉这个祸害水云镇的土匪！杀了他们！枪毙这些狗杂种……"乡亲

们举起手来高喊着。

周炳文一伙被押往水云渡口的河滩行刑。解放军战士列队对罪犯们扣动扳机，子弹穿过他们的脑袋，为他们罪恶的一生画上了句号。

过了一段时日，张世勋从县里开会回来，召集五区干部及驻防水云镇的解放军班排长传达县委对济南战役支前的指示。

张世勋说道："县委发出支持济南战役总动员令，进一步要求我们水云镇干部、军人、群众积极行动起来，克服一切困难，既要做好动员民工的支前工作，又要坚决保障战时小清河水运的畅通和军需物资的供应安全，夺取济南战役的全面胜利。"

可就在会后的当天晚上，一阵急促的电话铃声将张世勋惊醒。

"报告张指导员，渡口站岗的两名哨兵被暗杀，仓库中的军需物资遭到破坏。"

张世勋放下成勇打来的电话，与李洪一起向水云渡口赶去。

（未完待续）